I AM WATCHING YOU

意外的目击者

〔英〕特蕾莎·德里斯科尔(Teresa Driscoll) 著

谢瑾瑜 译

中国出版集团 现代出版社

图书在版编目（CIP）数据

意外的目击者 /（英）特蕾莎·德里斯科尔著；谢
瑾瑜译 . -- 北京：现代出版社，2021.1
ISBN 978-7-5143-8928-9

Ⅰ.①意… Ⅱ.①特… ②谢… Ⅲ.①长篇小说—英
国—现代 Ⅳ.① I561.45

中国版本图书馆 CIP 数据核字（2020）第 250262 号

版权登记号 01-2020-7371
Copyright © 2017 by Teresa Driscoll
Published by arrangement with Madeleine Milburn Literary, TV & Film
Agency, through The Grayhawk Agency Ltd.

意外的目击者

作　　者：〔英〕特蕾莎·德里斯科尔（Teresa Driscoll）著
译　　者：谢瑾瑜
选题策划：杨　静
责任编辑：杨　静　赵海燕
出版发行：现代出版社
通信地址：北京市安定门外安华里 504 号
邮政编码：100011
电　　话：010-64267325　64245264（传真）
网　　址：www.1980xd.com
电子邮箱：xiandai@vip.sina.com
印　　刷：三河市国英印务有限公司

开　　本：880mm×1230mm　1/32
印　　张：10.5　　　　　　字　　数：216千字
版　　次：2021 年 2 月第 1 版　印　　次：2021 年 2 月第 1 次印刷
书　　号：ISBN 978-7-5143-8928-9
定　　价：45.00 元

2015 年 7 月

第一章　目击者

我犯了一个错误。我现在知道了。

我犯错的唯一缘由，就是我在火车上听到了那些内容。我真诚地问你，你听了会有什么感觉？

在那之前，我从没有觉得自己有多正经，或说有多天真。好吧，好吧，所以我还是一个非常传统的人，有人可能会说是我被保护得太好了。但是，天哪！现在看看我，是我之前经历得太少了，后来才能学到这么多。在道德行为的标杆上，我相当平凡。这就是为什么我听到的内容能让我如此震撼。

我那时认为她们都是好姑娘，你懂的。

当然，我真的不应该听其他人的对话。但是你有没有发现，在公共交通上不听到是不可能的。那么多人嗷嚎着打电话，一个比一个声音大，只能让人听见。

反过来说，如果我手上的书更有趣一些，我也不可能会那么着迷于去听他们的对话。我购买了封面上印有涡轮机的那本杂志，还买了这本书，原因是因为它们都不起眼。这个决定让我终生遗憾。

我在哪里读到过："人到四十岁就应该更在乎自己对别人的看法，

而不是别人对你的看法。"那为什么现在我还这么在乎别人对我的看法呢?

"如果你想买《你好》杂志,就买吧,艾拉。"那个收银台上的无聊学生想什么和你有什么关系?

但结果相反。我选择了那本不起眼的环保杂志和这本有价值的传记,所以当两个拎着黑色塑料垃圾袋的年轻人在埃克塞特上车时,我已经无聊透顶了。

现在我要问你了。

如果你看到两个男子登上一列火车,手里都拎着一个黑色的垃圾袋,里面不知道装些什么,你会怎么想?我是一个十几岁男孩的母亲,孩子的卧室卫生、安全又整洁。我看到,只会想:"伙计们太不讲究了,你们连手提包都找不到一个吗?"

他们大声喧嚣着,就像许多二十多岁的人一样,开着玩笑胡闹着,只不过他们在火车上还这么干,而胖乎乎的站台警卫愤怒地吹着口哨,表达不满。

他们瞎摆弄着自动门,让门打开,又关上,打开,又关上,竟然因为这就欢欣不已,后来就坐到离行李架最近的座位上。但是随后,他们显然发现了两个女孩,她们是从康沃尔来的。这两个家伙默契地互相看了一眼,然后往车厢里面走去,径直来到她们后面的座位上。

我笑了笑。看,我又不是傻瓜。我也曾年轻过。

我看到女孩们都安静又羞涩起来,一个女孩睁大眼睛看着她的朋友。是的，其中一个男人长得特别惹人注意，外貌就像模特或男孩乐队的一个成员。这一切让我想起了那种非常特别的感觉。

你知道这种感觉的。

一个男人站起来，另一个长相帅气的男人俯身在分开的座位上，在想他是否要去餐车拿一些食物给女孩们——"我要去吗？"看到这一幕，我一点也不惊讶，也不会有什么不满。

他们接下来就是自我介绍，不停地咯咯笑。表演开始了。

喝过两杯咖啡和四杯啤酒后，年轻男子便加入了女孩们的队伍。他们都坐得离我很近，近到我能听到他们完整的谈话。

我知道，我知道。我确实不应该听，但我们已经说过这个问题了。记得吗？我很无聊了，而且他们声音很大。

所以后来，这些女孩又重复地说了我早先从她们的闲聊中就已经知道的事。这次伦敦之行是她们第一次独自来首都，这是她们爸妈为她们准备的礼物，来庆祝中学考试结束。她们爸妈帮她们预订了一家经济型酒店，还买了《悲惨世界》的门票。她们从没有这么兴奋过。

"你在开玩笑吗？你真的以前从来没有自己去过伦敦？"那个有着男孩乐队长相的卡尔惊诧不已，"姑娘们，伦敦可是个复杂的地方。要知道，那可是伦敦。你们要当心。出剧院时，要坐出租车，不要坐地铁。你们听到我说的话了吗？"

我现在对卡尔有点好感了。他在推荐着商店和街市上的小摊，还有一家俱乐部，他说如果女孩们看完演出，想听听音乐，跳跳舞，来这家俱乐部会很安全。他为女孩们在纸上写下俱乐部的名字。"我认识保镖，记得提我的名字，好吗？"

然后，安娜——两人中的那个高个子女孩，也好奇那黑色袋子。我暗中高兴她问了这个问题，因为我也很想知道，微笑着期待女孩对他们一番嘲笑。"男孩们，这么杂乱无章。你们是什么人呀，嗯？"

但是结果出人意料。

这两个年轻人刚出狱。黑色的袋子里装的是他们的个人物品。

那时我实际上可以听到自己吞口水的声音，大量液体突然涌入喉咙，耳中回响着脉搏恼人的敲击声。

谈话暂停了，但过一会儿，很快，女孩们又说开来："你们在开玩笑吗？"

不，男孩们没有开玩笑。他们决定坦诚相待，直言是自己犯了错，付出了应有的代价，但不以为耻。

姑娘们，所有的事情都一目了然了。卡尔由于殴打别人，在埃克塞特的监狱里服刑；安东尼则是因为盗窃。卡尔的朋友在酒吧遭人欺负，而他讨厌欺凌。卡尔只是为朋友出头，老实说如果再次发生一样的事情，卡尔还是会这么干。

我呢，正在为这个悖论而纠结：欺凌与殴打，我们是否真的会因为一点小争执就把人关进监狱？但女孩们似乎很着迷，她们甜美而天真，心胸非常宽广，她们说忠诚是一件好事。说曾经有一个从监狱里出来的家伙到她们学校，并告诉她们因吸毒服刑后，他的生活如何彻底发生了改变。他曾经满身都是文身。"满身啊。"

"哇，监狱。那到底是什么样的？"

在这点上，我想起了我作为妈妈的角色。

我自己想象着安娜妈妈在雅家炉上取暖，和丈夫一块担心他们的小女孩是否还安好，而她丈夫告诉她不要大惊小怪。"她们成长得很快，是懂事的女孩们了。亲爱的，她们没事的。"

我认为她们的处境一点也不好。因为卡尔现在认为，在游览期间，这两个女孩应该需要一个熟悉伦敦的人陪伴她们，这样才最安全。

卡尔和安东尼将与沃克斯豪尔的朋友们待在一起，度过一个隆重的夜晚，庆祝他们从监狱里释放出来。他们建议女孩们在看完演出后和他们碰面，一起去俱乐部。

就在这时我决定要给女孩们的爸妈打电话。她们提到过自己所在村庄的名字。安娜住在一个农场里。这不是什么复杂的事情。我可以打电话给邮局或当地旅馆，在那儿没有多少农场。

但是现在安娜根本不确定。是的，她们应该今晚早点回酒店，这样明天上午就可以去逛商店了。看，她们计划的第一件事是去自由百货公司，因为莎拉决心试穿时装设计师斯特拉·麦卡特尼设计的产品，并且拍照留念。

"好女孩，"我在想，真是个明智的女孩，"安娜，你省得我出面干预了。"但有一个复杂的问题，因为莎拉似乎突然对安东尼产生兴趣了。第二次从餐车回来时，他们就调换了座位，安娜现在与卡尔坐在一起，莎拉和安东尼坐在一起。安东尼正向莎拉讲他多么后悔把自己的生活搞砸了。他仅仅是太绝望了，不得不犯罪，因为他找不到工作，没法养他的儿子。

"儿子？"

这简直令我震惊不已。我的生活表面华丽实则传统无聊，支持我的信念庇荫在不断减弱，直到成为一片阴影。因为安东尼解释说他正在为争取探望权而和前妻做斗争，他告诉莎拉自己没有办法让儿子长大了却不知道他爸爸是谁。"莎拉，你不觉得那很糟糕吗？长大了还不知道爸爸是谁？"

现在，莎拉才是让我惊掉下巴的人，她竟然哽咽起来，说她觉得安东尼真的很棒，如此在乎自己的儿子，因为很多年轻人做不到，只会甩掉责任。"我真的相当敬佩，我们一起去逛斯特拉·麦卡特尼的店吧。"

事实是怎样的呢？在这一点上，我就完全不知晓了。我能知道什么呢？我只不过是在儿子去当地影院去看十八岁限制电影时，才会去争吵的女人罢了。

随后一小时，他们窃窃私语着。我非常努力地尝试再次阅读，看看新一代更安静的风力涡轮机有些什么优点，但随后安东尼和莎拉又开始去吃自助餐了。我想，他们去喝更多啤酒了。"莎拉，你可犯了大错了。"这时我做了决定。

是的，我亲自去餐车，假装去喝咖啡，排着队，或假装经过走廊时手机出了问题。接着借机向莎拉寻求帮忙，希望能将她与安东尼分开，悄悄和莎拉说句话，给出一点小小的警告，让她离这种胡说八道的人远点儿，否则我会打电话给她爸妈。"莎拉，立刻离他远点，知道吗？我能找到你爸妈的电话号码。"

我们的车厢离餐车隔三个车厢。通过第二个车厢时，我跌跌撞撞地绊倒在座位上，撞到了大腿，然后我穿过自动门进入连接处时，在外套口袋里摸索着手机。

就在那时我听到了他们的动静。

他们不知羞耻，甚至没有想让动静小一些。就在火车厕所里大声地骄傲地做爱，就像一对动物一样缩在小隔间里发情。

从安东尼说的话我就知道是他们。做的时间是那么长。他是多么感激。"莎拉，哦莎拉……"

是的，我承认，我震惊到不行，身体发热，倍感屈辱，怒不可遏。最后是气急败坏，绝望透顶，只想逃避这个噪声。

真是耻辱，我太天真了，之前的假设实在荒谬。

我又摇摇晃晃穿过走廊，经过下一组自动门，进入车厢，呼吸急促，心烦意乱，想赶紧离自己错误估计的那一幕远一点。

"好姑娘？"

在餐车排队时，耳中再次回荡着脉搏的跳动声，在想现在有没有其他人听见了他们的动静，甚至去举报？

然后我在想："要不要举报他们？向谁举报呢，艾拉？就你自己能听见吗？打一开始其他人就听见了，只会做你本该做的，那就是少管闲事。"

这时，我的情绪开始发生变化，相反，我在想我应该如何不管这件事情，守口如瓶。很明显，我这女人不了解年轻人，一点也不。

现在我的脑海里满是记忆的万花筒。我们在儿子房间里找到的杂志，有图片从上面撕下来了。有一天我们看完电影早早地回家了，竟然发现卢克试图翻越防火墙看色情片。

所以在这辆可怕的火车上，我发现我迫切需要和丈夫谈谈，和我的托尼，来重设下我的指南针。

我需要问问他，这里发生所有问题的症结是不是不在于他们，而是在于我。"托尼，我是不是非常荒谬呢？是的，真的，我需要你对我讲实话。那次我们还因为卢克看的电视频道还有杂志争执不休。"

我是真的太拘泥保守了吗？是吗？

实际上，我确实想在会议结束后的那天晚上在酒店给他打电话。我想告诉他我多么明智，去到了火车的另一端，不管他们的事。女孩们显然在都市里能适应得很好。

但是托尼出门在外，没带手机，因为他是为数不多仍认为手机会让人患脑癌的人，所以我就和卢克聊了聊。听着他描述晚饭我平静了不少。他的晚餐是北非风味的塔津锅，按照下载的一个新应用程序里的食谱做的。我的卢克喜欢做饭，我取笑他厨房杯盘狼藉，打赌他用遍了厨房里所有的电器和锅子。

然后在酒店醒来就已经是早晨了。

我非常讨厌这种感觉，开的空调让全身麻木，躺在一张陌生的床上，因为缺乏自律还在房间迷你吧里喝大了。漫长的一天后，我在迷你吧里喝了一两瓶白兰地。

现在才六点半，我想继续睡，试了十分钟，徒劳无功，就放弃了，打量着水壶旁的小碗盛放的一个个小包袋——我总是在酒店房间里这么做。欺骗我自己就只喝这一次速溶咖啡，结果还是把它往浴室的水槽里倒掉了。

我凝视着空空荡荡的房间，在可怕想法来临时畏畏缩缩。我瞥了一眼床边的电话，一阵担心，熟悉的恐惧感又来了，唯恐自己做了尴尬的事会后悔。

我又走到那排瓶子前，回想起昨晚在喝完第二瓶白兰地之后，我决定查姓名地址录，再打电话给女孩们的爸妈。一想到这儿，我就脊背发冷，记忆仍然朦胧。"你真的要打电话吗？想想，艾拉，想想。"

我再次盯着电话，全神贯注地思考。是啊，我现在想起来了，肩背终于放松了。我拿着电话，然后就在拨号的那一刻，我意识到我思虑并不清晰，这不仅是因为白兰地的原因，而且我动机不纯。我之所以想打电话，不是因为我担心这两个女孩，而是为了惩罚，因为莎拉让我感觉很不好，我很愤怒。

所以后来我做了明智的事情，放回电话，熄了灯，然后睡觉。

好。非常好。瞬间整个人轻松了许多，我甚至决定要尝一尝速溶咖啡，来庆祝一下。

我先打开烧水壶的开关，然后打开电视。就是在那时，时间暂停，然后延伸，延伸出这个房间，越过这个城市。就是在那时，我意识到自己的生活将不复从前。

永远不会。

我看着午夜电影，电影静音了，所以我就看字幕，以免打扰隔壁的客人。

但是，这照片没错，是那个美丽女孩，这是从她脸书页面上下载的一张照片。她绿色的眼睛闪闪发光，金色的头发顺着背垂落下来。照片里的她在海滩上。我认出了她身后的圣迈克尔山。

莫名其妙地，我的身体向后再向后，穿过枕头、床架，还有墙壁，直到从更远的地方看着屏幕。那厌恶、可怕的字眼在屏幕上滚动播出："安娜……失踪……安娜……失踪……"在我突然计划打电话时，水壶在愤怒地尖叫，镜子上满是雾气。

一堆多么暗黑可怕的借口。没有一个借口足够好。

无论是对警察，还是对托尼。

"你要知道，那会儿我正要打电话……"

第二章　父亲

亨利·巴拉德坐在玻璃房里，努力试着忽视厨房里的哐当作响。

亨利知道他应该去到妻子身边，帮助她，安慰她。但他也知道即便这么做了也无济于事，所以就没去了。亨利看着草坪，其实希望这样的时间能再长一些。玻璃房是个奇特的空间，是房子额外的一部分，从来没有真正起过作用，哪怕他们非常荒谬地安装了百叶窗和巨大的吸尘风扇，但不是太热，就是太冷。在玻璃房里，他不知怎么地就进入了半混沌状态，思想超越了身体，超越了时间，漫游出了玻璃房，来到了花园。就在这一时刻，在曙光下，他正在聆听她们在灌木丛中小窝里的窃窃私语。是安娜和珍妮。

那个小窝是安娜和珍妮整整一年或者两年最喜欢的地方，那时正是可怕的粉红色阶段。她们羽绒被要粉色的，芭比娃娃要粉色的，在邮购的粉红色帐篷里还摆满了各种女孩子的东西。亨利总是拒绝靠近这些。现在，他比世界上任何人都更希望忘记挤奶和干草、增值税表格和银行，然后飘到这个阶段，升火做好香肠给她们做早餐。还要去野营，亨利向她们承诺过那么多次，却从未做到过。

现在，厨房里的一场巨响把亨利从遐想中拉了回来。他的妻子正从地板上捡起瓶瓶罐罐，大小、形状各异，装着面包和烘焙盒。

"你到底在做什么？"

"李子片。"

"噢，天哪，芭芭拉。"

李子片是安娜的最爱。这是一种烙饼，中间嵌有用香料煮好的李子。他能闻到肉桂味：香料罐摔了下来，香料撒了一厨房，辛辣的香料堆得像一座平滑的小山。

"哦，芭芭拉。"

亨利看着芭芭拉捡起所有罐子，手还颤抖着，亨利简直无法忍受。

而且亨利没去帮忙，甚至都没有装装样子，相反他走进书房，坐在电话旁，等了五分钟，也许是十分钟，他是第一个看到警车再次停在外面的人。

亨利的胃在翻搅，他还想把门堵起来。这是一幅非常可笑的画面，所有走廊里的家具都高高堆了起来，这样他们就不能进来了。这次有两个人来。一个男人和一个女人。男人穿着西装，女人穿着制服。

等到亨利进了大厅，他的妻子正穿着围裙，站在厨房门口，一遍又一遍地擦干手。亨利转身看了看芭芭拉，芭芭拉眼睛里充满了祈求，祈求着他，祈求着上帝，祈求着正义。

亨利打开门，安娜和珍妮背着书包和网球拍冲了进来，把它们都扔到地板上。多放松啊，多轻松啊，多惬意啊。

然后回归现实。

他们的脸色说明了一切。

"你们找到她了吗？"

那个身着皱巴巴普通西装的男人只是摇了摇头。

"这位是家庭联络官凯茜·布莱特警员。我们在电话里谈到过她。"

亨利什么也没说，沉默着。

"巴拉德先生，我们能进来吗？"

亨利点了点头——用尽了所有气力。

他们都在书房里坐着。一阵奇怪的沙沙声传来，是亨利妻子生生揉搓着手掌，所以亨利伸出手来握住她的手，阻止她发出这个声音。

"正如我们之前说到过，伦敦的警察，那个伦敦警察小组，真的竭尽全力了。考虑到安娜的年龄，他们已经迅速追踪了此案。他们会根据情况的进展，和我们保持联系。"

"我想去伦敦，去帮忙——"

"巴拉德先生，我们讨论过的，在这里你的妻子需要你，我们在这里也需要帮助。如果我们可以集中精力收集所有我们需要的信息，最好现在就来收集。如果伦敦有任何新消息，哪怕一丁点，我保证一定会告知你，并且立即安排去伦敦的交通。"

"莎拉想起来什么了吗？有再说些什么？如果我们能跟她说上话，我们想和她谈谈。"

"莎拉还是极度震惊。这完全可以理解。目前有一支专业团队在那儿，另外她的爸妈现在和她在一起。我们都在努力获取可以得到的信息。

伦敦的警察们正在审阅所有的监控录像脚本，那些俱乐部的监控录像。"

"我不太明白。俱乐部？她们在俱乐部做什么？计划中没有任何去俱乐部的内容，她们只有《悲惨世界》的门票。我们明确说过的——"

"巴拉德先生，调查有一个新进展，可能会有所启发。"

亨利试图清清嗓子，但嗓子发出的声音似乎太大了，"咕噜咕噜"，令人作呕。

"有目击者出现，在火车上的一个人。"

亨利的喉咙里有一口痰。

"目击者？目击者是什么意思？目击什么？我不懂。"

两名警官交换了下眼神，女警官坐到了芭芭拉旁边的椅子上。

警员说："她是在旅途中，坐在安娜和莎拉附近的一个女人，在警方提出申述后，打电话给了警方。这个女人说，她偶然听到了这两个女孩在火车上与两个男人结识。"

"结识是什么意思？什么男人？我不知道你在说什么。"亨利的妻子把亨利的手握得更紧了。

"巴拉德先生，巴拉德太太，从目击者听到的内容来看，安娜和莎拉似乎和两个男人相处得很友好。我们认识这两个男人。"

"男人？什么男人？"

"他们刚从监狱刑满释放，巴拉德先生。"

"不，不。她一定是误会了……不可能。绝对不可能。"

"伦敦警察会尝试和莎拉再多谈谈这件事情，这是当务之急。还要和这个目击者谈话。就像我说的，我们需要尽可能多地把安娜失踪之前发生事情的细节拼凑起来。"

"安娜失踪已经好几个小时了。"

"是的。"

"警官，她们都是懂事的女孩。你们明白吗？是的，都是懂事的女孩，有着好的教养。我们本来不想让她们去旅行的，如果我们没有……"

"是的，是的。当然是的。你必须非常努力保持乐观。就像我说的，我们在竭尽所能寻找安娜，会随时通知你每一步进展。凯茜可以和你们待在一起，回答可能有的任何问题。如果可以，我想再看看安娜的房间。我们希望能有她的日记，再看一眼她的电脑，诸如此类。巴拉德先生，你能带我去吗？凯茜也许可以为你妻子泡杯茶。行吗？"

亨利没有在听，他在回忆。芭芭拉不想让她们去伦敦的。她说她们还太小了，伦敦太远了。是自己在使劲说好话："噢，天哪，芭芭拉，她们不能永远都是小宝宝。"为什么呢？因为亨利觉得安娜不能永远系在芭芭拉的围裙上。

还要离开李子片。

但是亲爱的上帝。事实不仅仅如此。

如果他们发现事实不仅仅如此，该怎么办？

第三章　朋友

伦敦这家天堂旅馆名不副实，莎拉在一间闷热的双人房里。她可以听到妈妈在耳边小声叫唤着自己的名字，所以她坚定地闭着眼睛。

这不是她们之前订的那个房间，虽然布局完全相同，但楼层不同。尽管莎拉无法理解为什么，但是她与安娜一起入住打开包裹的那个房间仍然不能进去。安娜后来没有回过那间房间。他们不相信她吗？"她没有回过这儿，好吗？"

现在这个房间仍散发着一股可怕、难以描述的气味。这个气味让她想起小时候玩捉迷藏的游戏，那是躲在橱柜背面的味道。莎拉闭上眼睛，希望能忽略现在的气味和温度，忽略她妈妈和警察，来玩捉迷藏的游戏。是的，玩时间飞逝版本的捉迷藏，安娜就会在旁边吹着头发，直发棒已经加热好了，随后就可以用了。一边是吹风机嗡嗡的声音，一边是安娜还在不停叨叨着她们今天应该做些什么，应该先去哪家店。莎拉是真的很想试试斯特拉·麦卡特尼的系列服装，因为连导购从她们穿的衣服都可以看出，她们实际上买不起任何一件。

安娜，又甜美又让人气恼的安娜。那么苗条，那么美丽，那么——

"宝贝，你醒了吗？亲爱的，你能听见我说话吗？"

莎拉背对着母亲，睁开眼睛，看到光线透过窗帘的缝隙在墙壁上形成了三角形，不禁皱起眉头。她和衣躺在床上，不肯睡在被窝里，坚定地认为现在就会有消息。随时，他们随时都可以找到安娜。

"宝贝，我很高兴你试着睡了会儿，哪怕只睡了一个小时。我去泡了点茶。"

"我什么都不想喝。"

"就抿一口，加两块糖。你需要补充点能量。来一些糖——"

"我说了我没法面对。行了吗？"

莎拉母亲穿的裤子和昨天的一样，不过换了件干净的上衣，而莎拉认为如果是她自己想换一件上衣，简直太糟糕了，还不合时宜。

"你爸爸来了，就在楼下。他大多时间都和警察待在一块。如果你感觉好一点，他们想再和你谈一谈——"

"我已经告诉他们我记得的所有事情了，说了几个小时。而且我也不想见到爸爸。你不应该给他打电话的。"

莎拉和妈妈四目相对。

"瞧，亲爱的，我知道你和你爸爸相处得不好，但他确实是在乎你的。警察接到了一个电话，他们想和你谈谈。是在电视报道之后接到的。"

"电话？"

"是的。是火车上的一个女人打来的。"

"女人？我不知道你在说什么？什么女人？"

莎拉和警察在等待她妈妈的几个小时里，感觉非常难受，肚子里面仿佛有一个豁开的洞，现在这种感觉又回来了。那时她还因为醉酒而昏昏沉沉的。"安娜你在哪儿？你到底在哪儿？"

莎拉尝试给警官们足够多的细节，警官们也认真对待，但还不够……

莎拉现在很快起床了，起身时发现亚麻衬衫在腰线处皱皱巴巴的。梳妆台上堆着梳子、化妆包，还有其他垃圾，莎拉一通乱找。

"你拿着遥控器吗？我需要看新闻，看看新闻上报道了什么。新闻在报道什么？"

"我不觉得这是个好主意，莎拉。把茶喝了。我去告诉你爸爸，你醒了，他们现在可以进来了。"

"我不要和他们说话，现在还不想谈。"

"亲爱的，我知道这对你、对我们所有人来说都很糟糕。"莎拉妈妈穿过房间，"但是宝贝，他们会找到安娜的。我很确定他们会的。安娜可能是去参加了某个聚会，我们只是担心她遇到了麻烦。"她把茶杯摆在杂乱的梳妆台上，搂着莎拉，但莎拉把妈妈的手拿了下去。

"安娜的爸爸妈妈在这里吗？"

"还没，我不知道。我不知道他们做了什么决定。警察想在康沃尔向他们要一些东西看看。"

"什么东西？"

"电脑之类的。不晓得，莎拉，我不是很记得清，一切都模模糊糊的。警察只是想搜索一下，获取所有有帮助的信息。"

"你觉得我没有提供有用的信息？你觉得我还不够难过吗？"

"没有人怪你，亲爱的。"

"怪我？没人责怪我的话，为什么说到责怪我的字眼呢？"

"莎拉……亲爱的，别这样，警察会找到安娜的。我知道他们会的。我去给楼下的人打个电话。"

"不。我需要一个人静一静，你们都不要烦我。我现在就要你们都走开。"

莎拉妈妈从口袋里掏出手机，这时敲门声响起。

"可能就是他们。"

是之前那个警员，但是这次旁边换了一位女警官，莎拉的爸爸站在旁边。

"现在有什么消息吗？"莎拉的母亲从椅子上直起身子，但是看到他们摇了摇头，身子又沉下去了。

"莎拉，你试着休息会儿了吗？现在身体还好吗？能和我们再谈谈吗？"女警官说道。

"我没有喝醉。我之前和你们说过，我没醉。"

"是的。"

大人都面面相觑。

"莎拉，我们看了监控，是俱乐部提供的。"现在警员在说话，声音更加坚定，"不幸的是，有些监控摄像头不能正常工作。莎拉，但有些事情我们还不太了解。另外，我们接到了一个目击者的电话。"

"一个目击者？"

"是的。火车上的一个女人。"

莎拉立刻打起了寒战，血液流经的地方一阵寒冷。事情泄露了。

莎拉脸上毫无血色。

一年后

2016 年 7 月

第四章　目击者

我从来没有逃避现实。

我一直都知道这周会有什么样的情形。一方面我渴望这周到来：即使希望渺茫，周年报道也可能让调查再启动。另一方面我单纯很害怕。人们又会戴上有色眼镜看我："就是那个女人。你还记得吗？那个在火车上什么都没说的女人。你还记得吗？就是那个女孩消失那会儿？天哪，这已经是一年前的事儿了吗？"

但是我仍想在《犯罪捕手》节目上重新描述当时的情形。这是为了那个家庭，那个可怜的妈妈。我只是不想成为悲剧中的一分子。

你可以理解的，对吧？我是说，我不介意人们来问我。尽管警察打电话来，托尼会勃然大怒，还非常诧异他们竟然可以这么厚颜无耻。

"是你们泄露了艾拉的名字，是你们让她置于每个人的审视之下，就这样你们还认为她想参加这个电视节目……"

托尼仍坚持认为是媒体故意泄露了我的姓名。坦率来说，我们没有证据，而且我不确定要不要上电视。我只知道，每个人又会重新出现，揭开伤疤，来审视、憎恨我。一想到这儿，我就无法忍受。

甚至我店里的忠实顾客也会以奇怪的眼神看着我，只是故意不提这件事。

　　警察新闻办公室官方说没有泄露，他们只是向一些记者提到火车上的目击者是去"参加会议"。但是他们一定说了那是什么样的会议，否则媒体怎么知道我是一名花商呢？不论真相如何，一些媒体查看了各类花卉活动，列出了来自德文郡和康沃尔的与会代表名单，最后他们找到了我家门口。

　　一想到这儿，我仍会打冷战。

　　当然，如果我聪明一点，他们也无法确认。只要我那时说的是："我不知道你在说什么"，那么他们将无可奈何了。但我没这么说。

　　我知道我的回答听起来非常愚蠢，但那会儿我在家门口，完全云里雾里，便说道："谁给你我的名字？"

　　托尼听到首先问的就是："究竟为什么你要这么说？天哪，艾拉，你让他们有的忙活了。"

　　但我不是有意的，真的。我没让任何记者进家门。我发誓没有给他们任何可以报道的材料，但他们还是拍了我的照片，然后他们一直打电话，一直打，直到我们不得不换了号码为止。

　　托尼称之为"骚扰"。"艾拉受的这些还不够吗？"我真幸运，有这么好、这么体贴的丈夫。

　　之后事情就变得非常糟了。我的社交媒体上出现了骇人的内容。到最后，我们不得不停止营业一阵子。

　　但这只不过是刚开始。尽管事情已经恐怖至此，但我仍不觉得就结束了。那个漂亮的女孩仍然失踪，而且很有可能没有活着。我听说那位可怜的妈妈还抱有希望，觉得女儿还活着。

你觉得这位妈妈错了吗？如果我是这位妈妈，可能也会这么认为。

《犯罪捕手》节目的警察联络官告诉我，巴拉德夫人接受了一次非常悲痛的采访。我甚至没有勇气看这个采访。安娜妈妈过去一年都在收集一些失踪女孩的信息，这些女孩最终都在几年后又出现了。你知道的，她们被一些流氓地痞抓了去，被洗了脑，最终逃跑了。显然采访节目播放时这些片段都删掉了，因为这根本不是警察的重点。很明显，他们认为安娜大概已经死了。做这期节目为的是抓到凶手，而不是找到一个地下室藏有女孩的流氓。

为了提高人们的敏感度，节目保留了巴拉德夫人讲述安娜还是小女孩时的所有故事，她所有的希望和梦想。显然，这些内容让人们发现新信息时能打来电话。但这都是为了找到那两个男人。我想，还有一具尸体。一想到这儿，我又不寒而栗……

这也是托尼真正气愤之处。他觉得我都已经给警察透露了消息，如果不是警察提起诉讼，去追踪卡尔和安东尼的过程那么磨磨叽叽，也许他们不会逃之夭夭，还有可能逃到了国外。

据了解，这与莎拉有关。警察很老练地两两配对。似乎莎拉起初还否认见过卡尔和安东尼，这两个在火车上的男人，甚至说都是我瞎想的。直到警察翻阅了所有的监控录像，最后发现了他们一起下车以及在车站外的几个镜头，警察甚至把照片放了出去。但为时已晚。

当然，那是所有事情出错的源头，所有症结又都回到我头上。

如果我起初就打了警告电话，如果我站出来介入其中就好了。

"你不应该这样想。你没办法把全世界都扛在自己的肩上。你没做错什么。艾拉，你一点也没做错。错的是那两个男人，不是你。你不能再责怪自己。"

"托尼，我能不怪自己吗？"

而且现在不是只有我会怪罪自己了。

几天前收到了第一张明信片。

起初，我看到这张明信片时格外震惊，不得不径直去了洗手间，开始呕吐。

我无法解释为什么会这么害怕，这么震惊。因为一开始它就让我感受到了威胁，看着就厌烦。然后，我终于冷静下来，前前后后仔细思考，突然明白是谁寄的。随之而来的，一半是忽然解脱，一半是极其内疚。老实说，这可能就是报应。

这张明信片只是表达愤怒，不是真正的威胁，仅仅在痛斥。

第一张明信片装在一个信封里。这是一张黑色的卡片，上面的字母是从杂志上剪下来的。"你为什么不帮她？"这就像在电视剧中看到的一样，这个卡片甚至做得不是很好，摸起来还是黏黏的。

我真是愚蠢啊。撕毁了它，还丢进了垃圾桶，因为我不想让托尼看到。我知道他会给警察打电话，我并不想他这么做。警察又会来，媒体又会来，所有的疯狂会再次出现。

　　我花了些时间来处理这件事情。起初，我以为这只可能是随便哪个疯子做的事情，但后来我想："等等，电视上还没播周年诉请呢。"

　　事实是人们已经遗忘了这个故事。直到今晚节目前，根本没有其他人会想起这件事情。事情就是这样，这就是为什么警察进展得这么难。所有人都是三分钟热度，之后就都忘记了。

　　然后今天收到了另一张卡片。又是黑色的，上面的话更加不堪入目："婊子，你怎么睡得着觉？"

　　现在我更清楚了。这是我的错。这就是在报复我，不仅仅因为我没有为安娜打电话，还因为我夏天去了那里。

　　现在我明明白白地知道是谁寄的明信片了……

第五章 父亲

亨利·巴拉德看了看手表，吹着口哨喊来萨米。

远远地，他看到烟雾从一间度假屋里冒出，那曾经是一间谷仓，亨利爸爸每个傍晚都会在同一个时间去那儿，在晚饭前最后检查一下牲畜。

亨利每晚走的仍然是同样的路，但现在的心境沉静而悲伤。

走路时，安娜的声音一直萦绕着他。

"爸爸，你真让我恶心……"

亨利闭上眼睛，等待声音消逝。他睁开眼睛时，前方的烟囱冒出了滚滚炊烟。

当然，这都能赚钱。这是芭芭拉和亨利之间常有的谈话。"赚钱"已经成了芭芭拉最爱的口头禅，"银行"也是如此。"亨利，要能赚钱。"

拉德布鲁克农场的成功农业故事已经传承四代人了。它在当地采矿业的兴衰中，在消费市场不断变化的口味中幸存了下来。即使是稀有之物也能在这个农场长得枝繁叶茂。甚至在农场某个地方，还长出了水仙花。满负荷运转的农场转变为亨利同事仍嗤之以鼻的"亨利还在玩票呢？"的旅游地，就好像只是一瞬间。

现在旅游业才是他的事业，不是农业。是的，而且绝对赚钱。他已经改建了一套谷仓，并且出售，偿还了十多年前所有的未偿贷款。第二套谷仓则用于出租，仅仅用作茶馆和露营场地的租金就已经赚得盆满钵满了，这些盈利比他父亲或祖父敢想象的收入要多得多，也稳定得多。

而事实呢？事实是亨利的祖先艰苦卓绝，用鲜血、汗水和眼泪偿还了欠银行的大笔债务。那亨利呢，亨利做了些什么？

亨利坐享其成。没有一个晚上亨利·巴拉德不为此难过。

所以，是的，亨利仍在玩。亨利和他几乎不需要怎样喂养的绵羊和稀有的牛群在农场边缘闲逛。

多年来，他一直怀着沉重的心走这条路。而现在，自从安娜失踪呢？

想起在车里，女儿坐在旁边的情形，亨利又皱了皱眉。

"你真让我恶心……"

"那现在还能剩下什么？"亨利大喊道。萨米用鼻子嗅了嗅他的手，琥珀色的眼睛抬起来，看看主人。每天晚餐时，萨米还是坐在安娜的椅子下。真让人难以忍受。

亨利拍了拍萨米的头，然后出发去农舍。亨利对即将降临的夜晚异常恐惧，但是他已答应芭芭拉一起观看周年诉请，所以一定不能迟到。他们已经详细讨论了如何处理这个问题，在想怎样对珍妮才最好。这个失去妹妹的姐姐，也许碰到了世间最糟的事。

　　两个女孩只差了十八个月，她们既甜蜜又亲密，尤其是在很小的时候。哦，肯定也有打架的时候，就是通常姐妹间的较劲。但矛盾都不会过夜，她们睡觉前又会和好如初。即使有多余的卧室，她们还是会选择住在一个房间。亨利想起，曾经他晚上最后一件事就是透过孩子们房间的门缝，查看一切是否安好。女孩们全身穿着粉色的睡衣，蜷缩在一张双人床上。

　　想到这儿，亨利又悲从中来。珍妮还没有睡，芭芭拉也没有。他不知道一家人该如何应对这个电视诉请，他们又要再次来到聚光灯下。

　　毫无疑问，他们拒绝了去伦敦摄影棚的邀请。芭芭拉绝对应付不了现场采访。"不去。"亨利态度很坚决，尤其拍摄时警察会在周围，这会让他紧张异常。因此，所有拍摄都是事先在家完成的。他们也找出了安娜在很小时候的一段老录像。

　　亨利想起以前拿着相机的情形，便停下来，握紧拳头。芭芭拉则在相机前运筹帷幄。一群朋友都来参加生日宴请，所有人都穿着精心设计的服装，有牛仔服，有仙女裙。宴会上有一个插着蜡烛的巨大巧克力蛋糕。"亨利，拍几张她吹蜡烛的照片，一定不要忘了给蜡烛拍张照……"亨利记起了另一个样子的妻子：芭芭拉温暖地笑着、忙碌着，那是她最快乐的时光，满屋的小孩都在嬉闹着。

　　亨利清了清嗓子，再次俯身摸了摸萨米的头，感觉到了熟悉的联结：人对狗，人和狗对土地。

　　所以，是的，他们同意发布一些生日视频，因为警方说感人的影片往往会让更多人打来电话。这当然是重中之重。警方告诉他们，一周年是让人们对这个案子重新感兴趣的关键机会，这样尝试找到火车上的男人就可能会有新的进展。但是亨利和芭芭拉非常担心珍妮会有压力。她也在电视节目制片人选择剪辑的影片中，珍妮在妹妹旁边一同笑着。芭芭拉和亨利坐下来，明确表示，如果珍妮哪怕有一点点不舒服，他们都不会用这个影片，然后再看看提供别的影片；或问问珍妮，通过某种方式给她头像打上马赛克是否可行。但他们大女儿的反应让亨利很震惊。

在内疚和无助的悲惨折磨中，珍妮仿佛突然看到了一盏前行之灯，一扇机会之窗。忽然她的眼睛闪闪发亮，说她当然不介意人们看到穿着带有翅膀仙女服的她："亲爱的上帝，如果这可以帮助他们找到安娜，我当然愿意。"

珍妮去她房间，大声喊亨利，让他跟着她。其中一个橱柜的盒子里堆满了老照片。珍妮翻出来，真是大量很棒的老照片。珍妮问亨利可以把警察叫来吗，"就现在，爸爸，把警察叫来。你还记得吗？这张照片是我们曾在那些自动售货亭边到处乱逛时拍的。我们那伙人，我、莎拉、安娜、保罗和蒂姆。"珍妮拿出一张照片，照片上他们五个人对着亨利的镜头做着怪相。

看到照片，想起安娜站在她朋友们中间，亨利倒吸一口冷气，闭上了眼睛。

"你真让我恶心……"

亨利在想警察不会想要这些照片。他们真的没有要，只是想要影片而已。亨利告诉可怜的珍妮，警察非常感激她，他和她妈妈也是，很感谢她的努力，找到了其他照片。珍妮的眼神又回到了之前的模样，只剩下黯然的神采。

"来吧，萨米。是时候面对了。"

亨利在靴室里脱下长筒靴，就听到他妻子在楼上喊着。

"珍妮，你确定不和我们一起看吗？在楼下看？你爸爸和我真的觉得你一个人在楼上不好。等下，我听到你爸爸回来了。"

亨利穿着袜子走到了厨房。

"太好了，亨利，我已经调好了频道，也设置了边放边录模式。制片人一直在摄影棚里，他们会给我们打电话，告诉我们有多少人打进了电话。"

"好，很好。"

"珍妮还是说她想在自己的房间里看。我真是不高兴，亨利，你要试试和她再说说吗？"

"如果你想要我去说我就去。但是，亲爱的，今天早上，我对她说过了，而且——"

"如果珍妮不想看，就完全没有必要看。我是这么告诉她的。但我不明白的是，如果珍妮要看的话为什么不和我们一块呢？我们应该要一起面对。你不觉得吗？一家人一块看。"

亨利在想他是否应该这样说出来。显而易见，他们不再是一个家庭了。他非常仔细地看着妻子的脸，然后低声悄悄说道："珍妮不想看到我们的脸，亲爱的。"其实亨利指的是芭芭拉的脸。

"我们的脸？"芭芭拉说着，表情随之一变，她看向大厅里的镜子，很快又看回亨利，"这是珍妮说的吗？"

"亲爱的，她不必说出来。"

亨利在芭芭拉思考时，凑得很近很近地看着她。亨利直勾勾地看着芭芭拉的眼睛。亨利清楚地知道为什么珍妮不愿看着芭芭拉的脸，因为他发现这些日子自己也是如此。芭芭拉的眼睛目睹了所发生的一切，所有的情感都写在那儿，黑暗而可怕。整天都是如此，每天都是如此。虽然芭芭拉努力在为珍妮掩饰着，总是假装充满希望，面带微笑。芭芭拉的剪贴簿上贴满了寻人启事，她还总是不停地烘焙。

"但你还是会在节目开始前和她说的吧？"芭芭拉低头看着地板。

亨利上前一步，亲吻妻子的额头。这只是一个责任之吻，没有身体其他地方的触碰，他知道规则和底线。他们的夫妻生活已经按下了暂停键，有可能会永远消失。

"会的，我先洗手，然后和珍妮说说。"

珍妮坐在她房间的地板上，周围满是纸片，还有杂志和旧相册。

"你妈妈要我再来和你说一下。"亨利看着相册说。相册里有更多记录两姐妹成长的照片。有在试伴娘礼服的，有一起过升学第一天的。当然最近的大部分照片都电子存储了。但是有一年珍妮的笔记本电脑崩溃，丢失了一整个夏天的照片，而相机里已经删除了这些照片，无法挽回。之后珍妮就会把很多珍爱的照片打印出来。

"我没关系。我已经喊保罗、莎拉和蒂姆过来。这没关系吧？我的意思是，妈妈是对的，我一个人看节目是会很难过，但我没法和妈妈坐在一起看，就是做不到。"

"哦，好吧，我最好插一句。"亨利看了看手表，"只是今晚妈妈和这么多外人一起在家可能会觉得不舒服。"

"哦，爸爸，他们不是别人，他们是我朋友啊。"

亨利闭紧嘴唇。距离节目开始还有一个半小时。他深吸一口气，试着在安抚妻子情绪前先控制下自己的反应。

芭芭拉会去准备一些吃的东西，三明治和蛋糕之类的，忙忙乱乱的。

亨利又心不在焉地看了看手表。谁知道呢，也许有事情忙实际上还能帮到芭芭拉，可以让她分心。

亨利很惊讶，莎拉妈妈玛格丽特竟然没有为了保护莎拉，让她在家待着。这对于莎拉来说很难。还有那么多问题悬而未决。仍然没有人完全知晓两人在伦敦如何分开的，有人一直在指责莎拉。

其实出于私心，亨利并不完全反对这些指责。人们最好是多把注意力放在莎拉身上……

楼下，芭芭拉把最后一些餐具装入洗碗机，亨利解释着新情况。

"啊，好吧。我知道了。"

"所以你有什么想法？没问题吗？我是指满屋子其他人。我知道珍妮应该首先和我们商量的，但我也不想去批评她，至少今天不行。"

芭芭拉在围裙上擦着手，解开后面的结。

"我不觉得这个主意有多好，亨利。这是我的直觉。我知道他们彼此很亲密，但那是过去的事了。"她挺直身子，吸了口气。

亨利没说话，沉默了片刻。没人知道他们现在还亲密无间吗？

"但最近每个人都紧张不安，"芭芭拉把围裙带子从头上拿下来，说道，"珍妮也是一样。我不确定大家来会有什么帮助，至少对珍妮没什么帮助。我不想今晚有什么幺蛾子。"

"似乎这就是珍妮想要的。"亨利仍盯着他的妻子。

"我不确定，她会比我们更了解她自己想要什么，"芭芭拉叹了口气，"唉，算了，和珍妮说同意吧。"芭芭拉突然将围裙扔到厨房台面上，"无论家里有谁，都很可怕。"

他们的谈话被楼上"砰"的一声打断。珍妮的卧室就在厨房上面，脚步声咚咚直响，她一直对着手机大喊大叫。大部分内容都断断续续的，只听到珍妮说："上帝，不要。拜托……不要。"

然后传来可怕的撞击声，还有玻璃碎了的声音，显然是从珍妮卧室里传来的声音。

第六章　目击者

"你需要直接报警。"

"不可能。"

"什么？"

我放弃了。

我拿回了最新的明信片，马修·希尔一直在仔细检查。我没料到马修会有这样的反应。我已将这张新明信片装在了塑料票夹里，塑料票夹是从卢克的学校文件夹中拿的。票夹很滑，上面有预先打好的孔。票夹还很危险，有一次，掉了一张在地板上，我踩着就滑了一跤，狠狠地摔到了肩膀。

最新收到的这封和之前的一样，装在纯黑色信封里，上面印有地址标签。但是这封甚至更奇怪，而且更具威胁性。同样是黑色的背景，粘着字母："卡玛，你会付出代价的。"起初我觉得很奇怪，"卡玛"像是佛教或瑜伽还是其他什么的用语。和佛教、瑜伽相关的词汇不应该是温柔、仁慈和宽恕的吗？但是后来我在网上查了一下这个词，发现有人将它解释为天然的正义或因果报应——因为坏行为获得的坏结果。看到这儿，我开始觉得有点背脊发凉……

我必须阻止这一切。

"我以为你会调查这种事的，这不是私人侦探的工作？"我后悔自己的语气有点嘲讽，但我很紧张，仍盯着马修·希尔，有点迷茫。他的广告很直白：埃克塞特私家侦探、前警察。简洁明了。我本来计划说他要做的事情，然后他就去做。这就是他赚钱的方式。就像顾客走进我的店："请给我准备生日花束。""没问题。"

"是这样的，我一直在跟踪报道。这是新的证据。那个女孩仍然下落不明，如有现场问询，我的规矩是我不……"

"相信我，希尔先生，这不是证据。"

"为什么这样说呢？"

我沉默了一会儿，不确定我应该说出多少。

"是的，我知道是谁寄的明信片，是那个女孩的妈妈芭芭拉·巴拉德。她对我很不满。不，说不满还太轻描淡写了，不仅仅是不满，但谁又能怪她呢。我当然没法怪她，我把责任都归咎于自己。我承认收到第一张明信片时，曾考虑过要报警。有那么会儿，明信片让我震惊不已，着实吓坏了。我的名字泄露后，烦恼不堪，我以为明信片事件也是类似的烦恼。但现在我才意识到这到底是怎么一回事。我已经收到三张了，所以我需要你温和地警告芭芭拉·巴拉德，不要再寄明信片了。否则我丈夫会发现，他会坚持要报警的，我不希望这样。她要应对的事情已经够多了。"

"好吧，恐怕我和你丈夫想的一样，应该要报警。"

"是这样的，她来过我的店，目前为止来过两次。只是透过窗户看着我。她不知道我发现了她。当然……"

"好吧。什么时候她来你店里的？"马修的表情改变了。

"我们说话的内容是保密的，对吗？"

"当然。"

"好的，我也没有说这件事情。这真的是我的错，这不仅仅指没有说火车上的事情。我还去了那里，你懂的。去年夏天，我去了康沃尔，去见了安娜妈妈。我丈夫警告我不要去，事实证明他是对的。我太愚蠢了。我现在知道了。这只是在一整串糟糕事件中犯的一个错误。你知道，最糟的事是一开始我没往这个可怜的家里打电话……去提醒他们。"

"朗菲尔德太太，不是你伤害这个女孩的，不应该是照片上的这人吗？他们是主要嫌疑人。从埃克塞特出来的？"

"是的。但我感觉更糟，希尔先生。"

"马修。请叫我马修就行了。"

"好，马修。我丈夫也反复这么对我说，说这不是我的错。但恐怕安慰也没什么用。而且，最让我受不了的是，警察还没找到那个女孩。"

隔壁房间突然发出噬噬声。我瞥了一眼办公室对面半开的门，马修·希尔突然站了起来，表情柔和了。

"朗菲尔德太太，你想喝杯咖啡吗？我做卡布奇诺的手艺很好。"

"请叫我艾拉就行。这咖啡闻起来就知道你是内行。"我微笑说道，略微放松了些，身体换了换姿势，"我很喜欢喝好咖啡。"

"这是浓缩咖啡机做出来的。买的是进口咖啡豆，我自己配的。我没有咖啡真的不行。"

"我也是。"我深吸一口气，"很抱歉之前这么尖刻。来这里，我非常紧张。"

"大多数人都会的。"马修消失在办公室旁的一个公寓里，声音也逐渐减弱。他离开有一段时间了，最后回来时拿着一个托盘，上面放着两杯咖啡和一壶泡沫牛奶。我点了点头，同意加牛奶。

"所以，请告诉我有关这位母亲更多的信息，还有你去康沃尔的事。说出所有的事，不要有所保留。"

"好的。我不知道你对这个案子有多了解。媒体发现我就是火车上那个目击者时，弄得闹哄哄的。大家异常兴奋，简直所有的专栏作家都出动了，所有的头条新闻都在谈道德大困境'你会怎么做？'之类的。"

"是的，我看到了这些。"马修坐在椅子上，身体前倾，啜着咖啡。

"事情都很不顺，一切都太可怕了。我有一个花店，不得不关了一个月。我们也关掉了社交媒体账户。我发现我无法面对别人。朋友们都很体谅，但有些人就有点奇怪了，哪怕常客也是这样。从他们看我的眼神就能发现。"

"听到这些很抱歉，我真是低估了案件的影响。人们可能表现得很不友善。"

"是的，我丈夫托尼就很生气。就像我之前说的，他很想保护我，多好的人儿。托尼因为我的名字泄露暴跳如雷。"

"那到底名字是怎么泄露的？"

"我们一直也没法完全确定。我那时是去参加伦敦南部的一个花艺会议，去参加培训，建立业务。警察官方宣布，坚持认为媒体只是很幸运，通过拼凑线索，追踪到我，因为我是从德文郡出发仅有的两人之一。但是，托尼怀疑是警方蓄意泄露，引起了媒体的兴趣。"

马修做了个鬼脸。

我问："所以你认为是有可能故意泄露的吗？"

"我不这么觉得，可能性很小。他们也不想把你置于危险之中。"

"危险？所以你真的认为我现在有危险吗？"

"不好意思，我不是故意想吓你。好像你不是唯一认识火车上这些家伙的人。真的，我觉得不太可能是蓄意泄露，是偶然事件……这就是另一回事了。"

"好吧，无论怎样，现在大家都知道了。我就是那个火车上袖手旁观的女人。"

"这段时间，你很不容易吧？"

"是的。但和那个家庭比起来，这就不算什么了。"

"那到底为什么你要去那儿呢？去康沃尔？"

我发出一声叹息，把咖啡放下片刻，手摩挲着头。"我知道我真是太蠢了。但问题是，我看到了巴拉德夫人，她就在商店外面，正看着我。我从新闻报道中知道了她的模样，当地报纸报道得很多。不论怎样都觉得毛骨悚然，思前想后，我觉得还是最好和她谈一谈。我那时就有了一个主意，我想亲自告诉她我是多么抱歉，而且我很理解她有权生气，让她知道我也是一位母亲，我对她的痛苦能感同身受……”

马修的脸色一变。

“是的。我知道，我很傻。”

“她不买账吗？”

“哪是不买账，她简直完全疯了。当然我现在弄清楚了。我是自私的，脑海里幻想着希望她能明白我不是坏人，我极其后悔——”

“还有其他人吗？”

“没有，只有我们。我拿了一些花去，一大束月见草，因为我看到这是安娜最喜欢的花。现在看来，这可能就是导火线，还让情况恶化了。她变得歇斯底里，说她讨厌花。我简直无所适从。她说带花去拜访一点儿也不合适，就好像她的女儿去世了。另外，她不相信女儿已经不在人世了。”

马修在他的咖啡中倒了一些泡沫牛奶，也给了我同样的咖啡，但是我只把手放在杯子上。

“你认为有可能吗？那女孩还活着？”

马修紧闭双唇：“有可能，但大概不可能了。”

“我和托尼也是这么想的。”我结结巴巴地说道。我也希望更乐观。我想起最近播出的一部电视剧，里面找到了失踪几年的女孩。我试着在头脑里想象安娜从地下室或一个躲藏地冒了出来，肩膀上披着警察给的毯子，但我无法真正从心里去塑造这个场景。我咳嗽着，看向那面放着文件柜的墙壁，然后又转回头，再次拿起咖啡杯。"所以，不管怎样，去康沃尔真是太可怕了。我试着离开，为打扰她而道歉，但她很失控。"

"她动手了吗？"

"她那时已经失去理智了。"

"艾拉，她伤害你了吗？我是说，如果她伤害了你，那么她有暴力倾向，你真的要去报警。警方应该知道这事。"

"她不是故意的。就是在外面台阶上有些推搡，不过是意外，只是手臂上有点瘀青。"

马修摇着头。

"噢，天哪！这都是我的错，她不是一个暴力的女人。她不是故意的，我就不应该去那激怒她。但问题是，此行真的让我有些吃惊。我意思是，我知道她怪我，我试图弥补，但没想到她仇恨的程度有那么深，全刻在她眼睛里。"

"这就是为什么你觉得是她寄的明信片。"

"你不这么认为吗？"

马修耸了耸肩，摇了摇头。

"我希望你自己保管好这些明信片。"

"对不起，我不想让我丈夫担心。他正准备晋升，工作就够他忙活了。你看，希尔先生——不好意思，马修，如果你不愿帮我保管这些明信片，我会烧掉它们。我可以告诉你，我是不会交给警察的。"

马修很认真地看着我，换了换姿势。

"马修，我想你去找她。你是中立方，处理这类事情也是得心应手。我希望你不会让她感到更不爽，然后温和地警告她不要再寄明信片了。但不要让警察介入，也不要让她感到更糟。"

"如果是你弄错了，不是她怎么办？这位母亲似乎有些脾气。"

"好吧，如果不是她，我会重新考虑，听取你的建议。"

"好，所以艾拉我们就达成协议了？我试着去拜访巴拉德太太，看看情况怎么样，如果我仍觉得不对劲，你是否考虑把所有这些都交给警察？"

"你不会真的认为这还需要调查吧？"

"说实话，可能不是。如果不是安娜妈妈，那很可能是些变态的人干的。这就应该告诉警方的。"

"让我来报警？"

"好吧。我去康沃尔回来后，我们再碰个头。"现在马修皱着眉头，站着眯着眼。

"艾拉，我想你已经知道事情的最新进展了吧？就是今早的事。"

"什么？"

"今天早上当地广播播的，就在周年诉请后的这个早上。"

"不知道。什么进展？有人站出来说了吗？我错过了这个消息。发生什么事情了？"

马修皱了皱眉："当然，他们没有透露姓名，但是我想那是火车上的另一个女孩。安娜的那位朋友。"

　　"莎拉，她的名字是莎拉。你想说什么，莎拉怎么了？"

第七章　朋友

莎拉又假装睡着了，但这次更难。除了应付她妈妈，还得应付护士们。

"来吧，莎拉。你只要试着喝一点点就行。好吗？"护士轻轻拍拍她的手。

"走开，走开。"

"你们为什么不能给她打点滴注入呢？"莎拉妈妈整夜都在床旁吵吵闹闹、大惊小怪、哭哭喊喊，"莎拉状态很糟糕，她坐不起来。"

"相信我，如果我们能让莎拉清醒一点，自己能起来喝点东西，那对她来说更好。"

莎拉现在在高度监护病房里。她已经清醒了好几个小时了，知道自己周遭发生了什么，但一直头昏眼花，所幸就装聋作哑。

他们想确切地知道莎拉吞了多少药片，一直在问。莎拉听着医护人员和母亲间的谈话。显然他们给莎拉做了测试，检查莎拉服用了多少药片，但如果莎拉能告诉医护人员自己吞下的数量，就会简单许多。

护士们一直试图让莎拉妈妈在家庭房里打个盹儿，莎拉希望她能同意。

莎拉太累了，头昏眼花，还因为内疚而痛苦不堪，感到恶心。她只是希望没人打扰。

莎拉妈妈告诉护士，莎拉上一次住院是因为上小学时哮喘发作。所有爸妈都能在孩子病房旁的游戏室里睡觉。他们睡在放在地板上的床垫上，还有些人比较幸运，可以睡在专门的折叠床上。

这次没有床垫，也没有床了。半夜玛格丽特像鬼魂一样，每隔几个小时就到处晃荡，一会儿待在莎拉病房床边绿色塑料扶手椅上，一会儿又去关了的自助餐厅，自助餐厅的机器会供应难喝的咖啡和小吃。

莎拉现在吐得不那么厉害了，仍然决定什么也不说。

"莎拉，你吃了多少片？我们需要知道数量。"

"家里没有很多扑热息痛，最多就两小包。"莎拉妈妈已经无数次向工作人员重复这句话了。

真相是什么？莎拉记不得她吃了几片。她在街角商店买了一些，在超市买了一些。买药的规定很蠢，每个地方只能买一定数量的药。

莎拉这么做就是因为想到电视要再次曝光，去寻求新的目击者。都是火车上那个蠢货干的。

她一遍又一遍地告诉警察和爸妈，这都是恶毒的谎言。在厕所做爱？和一个彻头彻尾的陌生人吗？他们会认为她是什么人？他们怎么敢这么想。

但后来莎拉惊慌失措起来。如果电视节目播出后，出现更多目击者怎么办？安娜失踪后不久，整个案件很快就没什么声音了。当然，她也希望有人能帮助警察，希望能找到安娜。她只是不想让任何人找出有关她自己那部分的真相。不要发现，拜托不要发现……

"我们最好再叫医生过来，或许一位会诊医生？看看他有什么想法。"

"我绝对是谨遵医嘱，不要太担心。莎拉已经不呕吐了，最好是让她自己吃一点流食。相信我，这是最好的。然后我们就能更好地知道怎么做了。"

"什么意思？"莎拉的母亲火冒三丈。

"闭嘴。"莎拉情不自禁地说出来，但声音很微弱，几乎是耳语，"都闭嘴好吗？所有人都给我闭嘴。"

"你醒了，莎拉，太棒了。来吧，试着睁开眼睛，看看能否坐起来点，好吗？测试结果马上出来了，看看什么情况。但如果你能说出来那就更好了……"

"我不知道吃了多少，好吗？我真的不知道。"

"我觉得我们应该让她一个人静一静。拜托。"莎拉的母亲开始哭泣，莎拉也泛起了泪水。她希望莉莉能在这儿，有些事情没法和妈妈说。又是另一个禁忌话题。

"对不起……"

"亲爱的，你没有什么需要抱歉的。会好起来的，一切都会好起来的。你相信我，每个人都是爱你的，都来关心慰问你，有安娜的父母、珍妮、保罗、蒂姆，所有人。大家只是希望你能好起来。"

莎拉闭上眼睛。这不是事实，对吗？事实是，他们都责怪她，说了很多很多责怪的话。

就在那该死的电视节目播出的前一天晚上，他们聚在一起，说为了获得精神上的支持，但一切开始大错特错起来。事态就发展到这般无可救药的田地，所有人都在大喊大叫。两个男孩气急败坏，而珍妮在哭。

问题是，他们本来都要去伦敦的，五个人都要去。安娜和莎拉是庆祝成功毕业，不用再穿校服了，其他三个人去玩乐。他们以前都会这么做的。人是多么善变啊。

他们还很小的时候，情况完全不一样，年龄差距从来无关紧要。珍妮和两个男孩高两年级，但那又如何？然后到了中学，他们三个年纪较大的有了兼职，一切都变了。他们突然有更多钱，就想做不同的事情，自己开始制订计划。

莎拉讨厌任何改变，她特别憎恨说话不算数的人，她勃然大怒、厉声咒骂起来。

"要不是你们所有人都那么自私，有了其他计划，也许在伦敦我就不用自己一直照顾安娜了。"

先是保罗，要去希腊一个礼拜，和爸妈一起待在带游泳池的别墅里。再是蒂姆，疯狂热衷徒步，他受邀参加苏格兰的徒步周，还想参观尼斯水怪博物馆，也不希望成为女孩旅行团里的唯一一个男孩。

然后珍妮要和她当时的男友一起去看乐队表演。所以只剩下莎拉和安娜了。

"你还是应该照顾好她的……"两个男孩都很生气,"我们不晓得你们怎么分开的……"

然后珍妮想知道为什么她们没有像往常约好的一样,彼此照看:"天哪,那可是在伦敦……"

莎拉希望他们都闭嘴。不论怎样,为什么就是她理所应当是照顾安娜的人?为什么不能反过来?就因为莎拉不是农村长大的,在伦敦就应该没问题?就安娜应该是小公主,是吗?

她们当然约好了。

莎拉向他们吼道:"是安娜违约的!"莎拉吼向他们所有人。她气愤蒂姆自私的徒步旅行,气愤保罗和他的豪华别墅,气愤珍妮和她的演出。莎拉对他们撒了谎,就像她对警察一遍一遍撒的谎一样。

"我们说好凌晨两点在酒吧见面,一起打辆车回家。她没出现……"

"是安娜违约,好吗?是安娜没有守约……"

"我告诉过你们了,说过了,已经说过了……"

莎拉妈妈曾想让她能淡定面对电视节目。火车上的那个女人是没办法在电视上胡言乱语的,那就是在诽谤。"她绝对是个变态……"

但莎拉惊呆了。如果现在其他目击者去上电视了怎么办?可能是火车上的,或俱乐部里的?

她想起爸爸在伦敦天堂旅馆的反应。起初,莎拉拒绝与他交谈。莎拉爸爸已经离开家好几年了,莎拉不想和他联系。但是莎拉妈妈希望他在那儿,共同面对发生的一切。督察说出目击者证言时,他简直气疯了。

"你这是在说我女儿是荡妇吗？"

电视节目播出前，莎拉就坐在家里，一想到电视要播出，她就恐惧得不行。她本来要去珍妮家的，去农舍，和所有朋友待在一起。但是所有场景开始在她脑海中闪过。

俱乐部里，莎拉看着手表，不安的感觉在蔓延……

她和安娜吵架："别这么孩子气……"

莎拉没向警方透露全部真相。一年过去了，有时造成的麻烦是，她记不清自己说了什么，什么没说。她吓坏了，这一切真真假假都可能使祸从口出……说错话。

所以莎拉把药片拿到了浴室，说她在洗澡。莎拉似乎并没明确决定要自杀。没那么夸张，事情并不是非黑即白。

莎拉只是想不再恐慌，不再有等待电视节目的恐慌。莎拉不知道他们发现了多少，她只是想一切停摆……

现在，护士帮莎拉坐起来，在她身后垫了个枕头。这个床边的护士是个新面孔，制服的颜色不同。她年龄较大，看起来更成熟，正和莎拉妈妈说话。她们在小声嘀咕着，感觉不妙，在说着关于测试的一些事情……

"我不是想要吓唬你，只是医生想说句话。"

"结果是什么？发生了什么？"

"海德利夫人最好请过来下。"

第八章　私人侦探

马修在开车前往康沃尔的路上，打了两次电话回家。

"马修，这只不过是无痛宫缩。如果有什么事，我会打电话给你的。没关系，不痛的。"

"你要是愿意，如果害怕，我可以回来的，就待在家里好吗？"

"我没事。"

莎莉已经怀孕八个月了，觉得宫缩没必要大惊小怪的，完全正常。但马修完全一反常态。自从上了分娩课，马修有了超现实的体验，他发现一切都令人异常担忧。亲爱的上帝，为什么他的朋友没有告诉他这些？

"莎莉，你确定不想剖腹产吗？有人觉得剖腹产更安全。临产前这些天你可以提出来。没什么觉得害羞的。"

"马修你是害怕了吗？抱歉，但我不太想赶时髦，而且现在临阵退缩有点晚了。"

莎莉低声说这话时，正坐在瑜伽垫上，穿着灰色运动裤和黑色T恤。马修按照指示按摩莎莉背部，觉得她看起来既可爱，但也有些滑稽。从后面看莎莉，她还是很苗条的，只是她的上衣里塞着一个巨大的气球罢了。

瑜伽班上每个人都很羡慕莎莉："你身体怎么没有肿呢？"她们露出浮肿的脚踝还有腿，捏着背上和手臂上的脂肪。

"天知道，我饭量可大了。"

这话确实不假，马修从未见过莎莉有那么大的饭量。莎莉深夜吃鱼肉馅手指三明治，用蛋黄酱和切碎的小黄瓜做成。这些天，她放屁臭得简直令人难以置信。

"马修你给我滚，我才不会放屁呢，我是一个孕期女神。"

马修又去查看有没有电话，不禁笑了。事实是，现在莎莉甚至睡觉时都会放屁。

这里手机信号很好。还没收到信息。他还能再打一次电话吗？

"不，伙计冷静点。"打第二个电话的时候她就有点不耐烦了。不会有什么问题的，打电话才没多久。

马修查了查导航，这里离巴拉德的农场还有不到四分之一英里，他在路边停了下来。梅尔现在应该在办公室，很好。

梅兰妮·桑德斯警长很快有望成为梅兰妮·桑德斯督察，马修过去当警察时和她最要好。某个时候，是很久很久之前，马修还有点喜欢她，希望友情能再进一步。但这已经是过去的事了。他把这一切都告诉了莎莉，莎莉一清二楚。

但这并不是全部事实。马修没有告诉莎莉，他和梅尔说话时，仍会不自在。不过不是爱的欲望了，再也不是了。这种感觉提醒他，现在已时过境迁，物是人非。

马修已经离开警察局三年了，他讨厌承认自己还在努力适应。

马修按下连接仪表盘和手机的按钮，听着拨号声、响铃。

"我是梅兰妮·桑德斯警长。"

"你喝了几杯咖啡？"

"修？"

"如果你还没喝好第二杯咖啡提神，我会挂掉晚点再打过来。"

梅兰妮笑了："你找我没别的事，就是需要我帮忙了吧？"

"我当然是找你帮忙哈。但我保证，我们都是互相帮助的。"

"哦，修，总是相互的哈？我帮助你，然后我再帮助你。"

这次是马修笑了："说正经事，你在跟进失踪巴拉德女孩的案子吗？"

"只是家庭联络方面的工作。我们团队成员凯茜对接这个家庭。伦敦那边能让我们叨扰时，我们才能得到最新消息。但不是经常有新消息。这个案子的督察是一位右派、心胸狭窄的先生，不要和别人说。怎么了？"

"据目前所知，这家人的背景如何？没有嫌疑吧？"

"你为什么想知道这些呢？"

"没有原因。"

"修，你最好不要再介入这个还没了结的案子。我们都知道……"

"别担心。我发誓，如果我有隐藏什么……"

"祝你好运。"

"你了解我的。"

他们都沉默了片刻。

每次他们这样联系时，梅兰妮都想说服马修重新考虑，回归警署。她觉得过去的事情都过去了，回警署仍然是一个选择。并且发誓，一旦她级别够了，她可以搞定，向马修施压让他回来。但每次马修都能用一个玩笑来打破小僵局。凭梅兰妮对马修的了解，觉得马修不回来不过是在浪费才华。而马修对回警署则细思极恐。

"好吧，修，你不听我的建议。不过有消息说安娜爸爸妈妈的婚姻不是很好。这倒不足为奇。但一家人都有不在场证据。我们主要需密切留意他们。这个案子的督察，我是否说过他就是一个自觉高人一等的傻瓜？无论如何，他的重点仍是找到火车上的那两个家伙。就我们之间说说，我们和欧洲同人们的联系一点都不密切。"

"所以，现在人在国外？"

"几乎可以确定。国内查不到他们一点动静，根本没有线索。监控里也没有找到证据和有用的信息。伦敦警察厅觉得案子还是很棘手的。控制国界的速度比较慢。但周年报道还是有人打来一些电话。我们没有得到太多信息，不过我会去推动的。希望很快知道更多线索。怎么了？"

"没事。看，我们一定要找个时间喝喝咖啡。我会给你发短信的。"

"听以，你真的又要掺和进来了吗？"

马修洋腔怪调道："我吗？"

梅兰妮笑了："好吧，莎莎怎么样啦，你离开之前还好吧？"

"她现在就是只放屁的小黄瓜。相信我，怀孕就是一件有味道的差事。不过说真的，她很棒。她一如既往的美丽、平静，但是黄瓜味的臭屁不是很妙。我很快会给你发短信约咖啡。"

马修挂掉电话后，梅兰妮还在笑。马修又看了看导航上的时间。

★ ★ ★

巴拉德的农舍位于半英里单车道的尽头。这就像在黄砖砌成的道路上行驶，路面是沙色的，用奇怪的混凝土做成。路两侧由于泥垢堆积，高于路中央。这让马修很不安，如果迎面驶来另一辆车，他到底该怎么办？整条路上，只有两处让车道。马修相当宝贝他的车，在想如果一个车轮子滑进混凝土道一侧，会怎么样？可能会很脏。

这就是人们所说人迹罕至的地方。

开到最后，马修终于到了目的地。眼前的双面门上有美轮美奂的攀缘植物，让人深刻印象。尽管他不是园丁，也认不来物种，但这些无疑都是当季茂盛的植物。狭窄的道路逐渐变宽，到房前已经是一个完整的车道了，还有一个大的转弯圈，侧面有广阔的草坪，第二条小道通往远处的谷仓。马修在前门对面的一棵树下停了车，拔下钥匙放进口袋。这里没有必要锁车。

是巴拉德太太开的门，马修可以舒一口气了。她穿着印有花卉的围裙。马修不得不看着这双眼睛，立刻便觉得很内疚。

"如果你是记者的话，在守夜活动之前我们没有更多信息可奉告。"

"我不是记者。巴拉德太太我们可以到屋里谈话吗？"

马修的语气自信又官方，这样的语气有时还是管用的。好像他有权利这么做。

"那你是……？"

也不总管用。

"巴拉德太太，我是一名私家侦探，我正在调查与你女儿失踪有关的事情。"

她的表情一变，从面露惊奇的小心谨慎，到怀有新希望。这希望是如此不合时宜，以至马修又内疚了。

"我不明白。私人侦探……那你为什么参与进来？"

"如果我们能在屋里谈会比较好？可以吗？"

在走廊上，他们尴尬地站着。马修瞥向装着花朵的花瓶，至少有四个花瓶簇拥着放在狭窄的桌子上，桌子上方是一面大镜子。

"我希望人们不再送这些了。我是指这些花。但他们本意是好的。为了周年活动，我们正在准备举办烛光守夜的活动……"巴拉德太太清了清嗓子，重新理了理思路，"所以，我不太明白，你是……"

"希尔，马修·希尔。"

"你在私下调查我女儿失踪的事？但怎么会呢？伦敦有整个团队在处理。是我丈夫打电话给你的吗？"

"不，巴拉德太太。是与本案相关的其他人联系我的，她收到了令人不快的信件。我只是试着帮忙，让这种事不再发生了，以便警察能集中精力找你女儿。"

"令人不快的信件？"

"我们坐下来谈好吗？"

巴拉德太太站得笔直，后来显然才想起来，终于把马修带到厨房。又是印花，这次在袜子上，袜子正在巨大的雅家炉上烘干。巴拉德太太现在显得有点儿紧张不安，手在膝盖上不断摩挲，也没有拿出点喝的来。

"我猜你没有收到这样的信件吧？"

"没有，完全没有。事实上，有收到很多来自陌生人的信，都是善意的。不过的确有一些信有点怪异，但绝不会造成麻烦或问题。我们把它们全部都给家庭联络员凯茜看了。她仍会定期联系我们。那么是谁收到那些信的呢？我希望不是莎拉。你知道她在医院吗？"

"是那次旅途中你女儿的朋友？"

"是的。我今天早上在那儿，在医院。他们正在等待测试。真是可怕，太可怕了。她妈妈难过极了。我们也是。好像世界还不够糟。所以是吗？是写给莎拉的？"

"没有，不是她。"马修直视着芭芭拉·巴拉德，看看眼神是否有透露不安。但没有。她没有移开视线。她的眼睛里只有伤痛。

"巴拉德夫人，我知道说起她你会不太舒服。但是，是火车上的目击者收到了那些信件——艾拉·朗菲尔德。"

"哦，"她的仪态连同语气立刻改变，"那个女人。"

"是的。我从朗菲尔德太太那里了解到你对她的看法，我向你保证，提起这个绝对不是让你更加痛苦。但是艾拉希望在警察没有干涉的情况下了结这事。她不想让警察们分心，从寻找安娜的重点上转移注意力。"

"现在说有点晚了。"

"对不起。"

芭芭拉耸了耸肩，现在盯着马修，更多的是挑衅的意味。

"是的，巴拉德太太，我知道这对你肯定很难。但是我自己以前也是警察，我敢肯定，良善之人都会尽力而为。你看这次周年报道也是，电视报道通常能帮助……"

芭芭拉没有上钩："这些信，不管是什么信，你最好去和我丈夫谈谈。"她站起来，"不过他总是听不到手机响，而且信号也不是很好，但是如果你需要，我可以试着打电话给他。"

"没必要打扰他。所以你还是没有想到会有谁可能向朗菲尔德太太寄这些吗？身边有没有其他人事事都特别沮丧。尤其是有对朗菲尔德太太恶语相加呢？"

"每个人都很沮丧，希尔先生。我女儿仍然失踪。明天就是守夜活动，现在，抱歉我很忙。"她终于直起身子，开始有点目中无人，显然是意识到自己根本没有必要继续谈话了。

凭着经验，马修知道这种态度通常会很快演变为愤怒。

马修拿出名片，芭芭拉接了过去，犹豫了片刻，然后才把名片放进围裙的口袋里。

"你告诉了警察吗？"巴拉德太太仍直直地看着他。

"为什么问这个呢？"

没有回复。

"好吧，如果听到任何可能相关的信息，会给我打电话吗？会的吧？"

她点点头。

"问题是，如果信件事件继续发酵，朗菲尔德太太将不得不把这事报告给警察。那不是她所希望的。她觉得你们要应付的事情够多了。"

"她这样想的吗？"

马修抿了抿嘴唇，点头告别。

屋外，马修知道巴拉德太太一直看着他，看着他启动车，摇摇晃晃转过小圈，到再次行驶在这不能再窄的路上。

马修看看屏幕，准备免提。莎莎没有发信息。马修告诉自己不要回头，控制好局面。

然后他继续小心翼翼地开车，努力忘掉芭芭拉·巴拉德的眼睛。

第九章　父亲

亨利看到了汽车驶向自家房屋，那时他在放羊，站在农场的最高处，也是最空旷之地。这里的风刮得很大，亨利拉上外套的拉链，一直拉到下巴。他一直注视着下面的农舍。

从逻辑上讲，这部分农场一直是个问题。除了四轮摩托之外，其他交通工具很难进入。在山上，亨利不太能驾驭四轮摩托。亨利骑四轮摩托翻跟头的次数，比他向芭芭拉承认的要多得多。一旦开到陡坡上，他都会认真思考，觉得世上最蠢的事，莫过于骑着摩托，高速翻倒了吧。只要两个轮子离开地面，亨利就会感到整个重心在转移。人们常说，在那一瞬间就会想象，如果他就这样撒手人寰，她们将如何面对这一切。

他再次听到了脑海中的回声，是安娜的声音。

"你真让我恶心……"

那天，骑四轮摩托的经历让他非常恐惧，他径直回家，走进靴室旁的办公室，在网上加筹了保险。后来，为此他和芭芭拉大吵了一架。

"亨利，我们负担不起更多保险了。你这么做到底是为什么？别那么神经质好不好。"

　　亨利答应会取消这笔额外的保费，一边暗暗在想是否应该再考虑附近农场的报价，来承揽这片尴尬的田地，这对他们的牲畜更好。但这关乎亨利内心的骄傲。亨利仍假装自己是一个不错的农夫，而不是一个旅游经理。

　　他现在站着，看着汽车离开，在进路口处司机显然觉得很紧张，开得很慢。亨利决定了，他不再出租或出售他父亲和祖父努力得来的土地。那么，如果旅游业，那些度假屋、露营地创收更多呢？在亨利内心，仍然觉得自己是一个农夫。亨利还在想着他那几头为数不多的绵羊、牛和还要增加的保费。

　　他不认识那个刚去自己家的人。那人瘦高身材，距离太远，无法辨认出他是谁。亨利一时想起了或许是警察，接着又打了个冷战。

　　一年过去了，亨利和妻子的想法不同，他不觉得女儿还会活着出现在眼前。

　　亨利看着芭芭拉出现在门口，确定来访者已经离开。

　　亨利刚想着他应该回家看看，结果发现身后咩咩直叫。这到底是怎么回事，他转身看到两头母羊在田地低处的泥地上跌跌撞撞，那儿离溪流很近，非常危险。该死的。亨利不得不下去，赶着它们往上走，去到更高、更安全的地面上。

　　因为地面湿透了，放羊的时间比他想的要长。

　　愚蠢的羊。没脑子。

　　亨利叫来萨米，它的尾巴夹在双腿间。甚至连狗也讨厌这块地。

萨米看着亨利，好像在生气："我们在这里做什么？你通常不是把羊群赶到上面去的吗？"

最后，在萨米的帮助下，他逗着两只迷途的母羊，和羊群又回到了更高的地方。然后亨利把羊群赶得更远，通过大门到达附近田野。尽管现在牧草贫瘠，但这是夜晚羊群休息的安全之地。他锁上大门，把萨米喊回身边，最后沿着毗邻的小巷走回农舍。

大家称这个小巷为月见草巷。安娜小时候很喜欢这个巷子，因为这里有高高的树篱，她总是热衷采集野花。

"爸爸，我们比赛跑步吧。"

亨利闭上眼睛，倾听这个回声，显然更爱这个声音。有那么片刻，他站得笔直。亨利能想象出安娜身穿粉红厚外套，头戴粉红球球帽，手戴粉红手套。"爸爸过来，我会追上你的。"安娜手里拿着一把月见草。

亨利发现萨米在嗅着自己的腿，才再睁开眼睛。

"好了，伙计，好了。"

亨利摸了摸萨米的头，深吸一口气，然后向家中走去。亨利回到农场时，芭芭拉已经进到屋内。

亨利在靴室里脱下靴子，让满身是泥的牧羊犬待在这里。

"之前谁来了？"

芭芭拉从厨房走出来，脸色阴沉，双手在围裙上擦拭。

"一个私家侦探。"

"私家侦探来这里干什么？"

"他说，艾拉，就是那个花店里的女人，一直收到仇恨信件。"

"那有什么新奇的？"

"不是。这次不只是社交媒体上收到的信息，而是真实信件或别的东西，是寄到了她家的恐怖信件。"

"这和我们有什么关系吗？"

"我觉得这位私家侦探可能认为是我寄的。"

"他说是你了吗？"

"他没有说出来，但也含沙射影了。就好像是他在帮我的忙，跑来提醒我。"

亨利沉默了一下，眯起眼睛。

"你开口问之前，我告诉你，没有，不是我寄的。虽然我也没办法假装很关心到底是谁。"

"好吧，希望你告诉他不要再来了。你觉得我们要打电话给凯茜吗？还是伦敦那边的警察呢？要告诉他们这件事吗？"

"不用，没有必要。我已经告诉他不要再来。他说会自己向警察报告的。"

"你没说别的吧，芭芭拉？关于我的傻事？"

芭芭拉很认真地看着亨利，目不转睛，冷眼相待。

亨利心跳加快。

"没有，亨利。我没说什么你的傻事……"

亨利坐在古老教堂的长椅上，现在是他们靴室的长凳。

"珍妮在家里吗？"

"没有，她去镇子里了。她想在守夜活动时穿一件新外套，说她想要件既暖和又精神的衣服。"

亨利从一开始就很了解自己对守夜活动是什么看法。他没有什么宗教信仰。守夜活动是当地牧师的想法。大家祈祷，点上蜡烛来参加一周年活动。活动原定于星期四举行……也就是一年前的这一天。但是，一旦确定电视上会有周年报道，他们就决定将活动推迟到星期六。因为在周末，人们来参加活动也更方便。

芭芭拉抬起头："莎拉妈妈说，她希望我们再推迟，等到莎拉康复后一起参加。但我没同意，莎拉需要专心康复。我认为应该按计划进行。"

"你现在还觉得这个守夜活动不错吗？"

"我不知道，亨利。但是人们一直都很友善，他们似乎想做点什么。媒体也会拍照片，这能帮助公众都看到这个活动。凯茜也说活动很好，能让公众关注。"

"那莎拉呢？她仍说吃下那些药丸是意外吗？"

亨利在想："没有人会误服超剂量的药。"亨利想更同情莎拉，但发现自己做不到。

第十章　目击者

"亲爱的，你为什么不让我来煮茶，给自己十分钟时间休息一下？"

我听到了老公的声音，但没转身。我站在楼梯上，紧紧盯着门垫上的那封信。在一沓账单和白色信封中，那封信在对着我尖叫。还是熟悉的黑色信封，不过这次是在乳白色标签上打印的地址。

"我很好，真的。你了解我的，更喜欢忙忙碌碌。"我急急忙忙下楼，从地板上抓起一把信件，将它们捆成一堆。我能感觉到信封里有张坚硬的明信片。这时托尼开始下楼，我把它赶紧塞到信件中间。

"艾拉，你确定没事吧？"

"培根三明治怎么样了？告诉卢克十五分钟后就可以吃了，好吗？"我的心怦怦直跳，故意不看大厅的镜子，因为不想看到自己绯红的脸。

过去我真的认为，联系马修可以阻止这一切。老实说，我本以为托尼不用担心了，因为他经历的事情已经够多了。

在厨房里，我快速翻阅信件，把葡萄酒俱乐部和银行寄来的单子给了托尼。我知道应该告诉他真相，而且我已经向自己保证，很快就会和他说，和马修谈好后就说。但是他肯定会因为我现在没有告诉他事实而沮丧，他现在努力争取职位晋升。我很抱歉，因为他明确警告过我不要去康沃尔。哦，老天，我真的很希望马修能够解决这个问题。

"有什么新鲜玩意儿吗？"托尼看着我手中的信件。

"是保险公司寄来的，联合车险。"

托尼做了个鬼脸，走开了。我打开烤箱，开始忙着做面包和培根。这时电话响了。

"我来接电话。"我说道，因为想着可能是马修打来的。我之前让他往花店里打电话的。

"发生什么事了，艾拉？我说的不是现在，而是你没告诉我的事。"

"现在不行，拜托，托尼。"该死的，要不是那位康沃尔的母亲，我们肯定就报警把这信交给他们了。对的，那我肯定就会告诉托尼了。

我一只手打开一包新培根，一只手拿起电话，打起精神准备让马修晚点儿打到店里，那时我会过去。

"是卢克妈妈吗？"

"是的。我是艾拉·朗菲尔德。你是哪位？"

"我是丽贝卡·希利尔，埃米莉的妈妈。我希望我们能确认下见面的安排。"

"见面？不好意思，我好像不知道是怎么一回事。"

话筒那头沉默了很长一段时间："卢克没有和你说吗？"

"没有。发生什么事儿了吗？"

"这样，我没办法在电话中处理这件事情。我对卢克说得已经很清楚了。所以你明天有空吗？"

托尼问："谁打来的？怎么了？"

"好吧，我丈夫在和朋友玩扑克，所以……"

"就约晚上 7 点半吧。在我们家。卢克知道地址。"

然后她挂断了电话。

"这太奇怪了，粗鲁得很。让卢克下来，好吗？"

"怎么回事？"

"我也希望我知道。"

我开始在托盘上放六片培根，每片稍重叠，这样刚好铺满一个盘子。托尼上了楼，我迅速打开那封可怕的信。

上面写着："小心，我会……"

"艾拉！我想你最好上来一下。"

"天啊……"

来到卢克房间，我立马知道不妙，恐惧的心思即刻从明信片转到了我儿子身上。最近几周，卢克无论是去商店值班还是去上学，都越来越晚。学校也发来一封关于卢克缺课的信，建议我们和他老师会面。我一直想解决，但最近发生了这么多事……

"到底怎么回事，卢克？"与其说托尼是担心，不如说是愤怒。

卢克缩在被子里，昨天的衣服还没脱，穿着牛仔裤和一件厚厚的蓝绿色连帽衫，满头大汗，浑身发臭。

"卢克你冷吗？下去吃点东西吧？"我试着听起来镇定一些。我有点内疚，没有注意到本要关注的事。

"卢克，说吧，怎么回事？"托尼拉开窗帘。

卢克双眼乌黑，半张着，没有回答。

"我刚刚接到埃米莉妈妈打的电话，说什么要见面。她对我态度很冷淡，似乎以为我知道要见面的事。卢克，见什么面？"我尽量让自己语气听起来不愤怒。

卢克还是什么也没说。

"发生什么事了，卢克？"现在我很恐慌。我在想他是吸毒了？是入店盗窃？还是和警察有冲突？不，这不是我的卢克，肯定的。我的卢克可是优等生，有机会上牛津大学的。当然最近发生些无稽之事就不知道能不能了。"这是一个阶段，"托尼承认，"卢克到了有点叛逆的时期，因为全科拿优没有想象的那么简单。也许卢克只是讨厌考试了。"是这样吗？

"拜托，卢克，告诉我们发生了什么事。也许我们能帮忙。"托尼语气柔和了些。

然后卢克开始哭泣，我们简直震惊了。他一阵又一阵地啜泣，就像是蹒跚学步的小孩在哭泣，身体不协调，哭得又厉害，同时还很害怕。而这哭声的确是来自一个穿着蓝色条纹玛莎羽绒衫，身长六尺二的男孩。

我立刻知道了两点。

第一，发生的事一定很严重。第二，安娜·巴拉德的案子让我分心太多，我对此竟然毫无觉察。

第十一章　父亲

芭芭拉来到门口，亨利正在倒拖拉机。

"亨利你到底在干什么鬼事？"

"我在准备你的守夜活动。"

"我的？"

"反正不是我的主意。"

芭芭拉看亨利开拖拉机开了好几分钟，动作愤怒，忽动忽停，来来回回。亨利希望她能进屋，让自己一个人操作，但是没有。

"我还是不明白你在做什么。"

"弄出几捆稻草，用来当座位。"

"人们不会想坐下来的。他们肯定不会在这里待很长时间。"

"人们总会想坐下来的。芭芭拉，会有一些老人家需要座位。我们不能把椅子放外面。我不希望他们在这里待得太舒服，否则就都不想走了。"

"哦天，你真荒谬。"

亨利觉得这时候芭芭拉这么说他很合适。他从不想要什么愚蠢的守夜活动。他们昨晚在床上，还压着嗓子吵了一架。

牧师来拜访时，芭芭拉说："我们可能在屋前举办活动。"亨利那时明确表示，他不支持举办任何教会式的活动，因为这种形式像是开追悼会。

但牧师说，恰恰相反，社区希望表示他们没有放弃安娜一家，会继续支持他们，为安娜的平安归来而祈祷。

芭芭拉听后很高兴，一口同意了下来。就在家里办一个小型活动，人们会从村里走过来，或在工业区停车然后沿着车道走来。

"这是你的主意，芭芭拉。"

"实际上这是'牧师'的想法，人们只是想表示支持。就是这样罢了。"

"太可怕了，芭芭拉，这就已经很可怕了。"

亨利再次开着拖拉机经过院子，又放下了两捆稻草，和之前的稻草摆在一起。

"你看，座位应该足够了。"

亨利望着妻子，一阵熟悉的矛盾感袭来，震惊不已。亨利在想他们到底是怎么发展到现在这般田地的。不仅是安娜失踪以来，而是在结婚后的二十二年以来。亨利在想是不是所有的婚姻最后都会这样，还是只有他才是坏人。

芭芭拉把头发别在耳后，抬起下巴时，亨利仍然可以看到她饱满的嘴唇、完美的牙齿和高高的颧骨，这些都曾让他感觉非同一般。这就是亨利仍困惑不已的地方，让他希望时间能够倒流，回到年轻农民的舞会上，那时芭芭拉闻起来令人沉醉，一切似乎都变得轻松且充满希望。

亨利正在期盼，是的，期盼可以回到过去，再经历一遭，把事情做得更好，所有的事。

然后亨利闭上了眼睛。车里安娜在身旁的声音再次回响。

"爸爸，你真让我恶心……"

亨利希望声音停止，安静下来，希望时间再次倒退，回到安娜小时候，那时安娜爱着他，在月见草巷采集着花束；回到亨利是安娜的英雄的时候，安娜想追逐着亨利回家喝茶。

芭芭拉现在正看着院子里的火盆。

"亨利你要点个火吗？"

"好的，天很冷的。"

"谢谢。我也做点汤，盛在杯子里。"芭芭拉停顿了一下，"亨利你真的认为守夜活动是个错误？我没有想到你会这么不高兴。对不起。"

"没关系，芭芭拉。现在我们就好好利用这次活动吧。"

亨利猛地倒拖拉机，开出院子，然后回到谷仓内本来在的位置。那里，半明半暗，亨利的心跳终于开始平稳下来，他静静地坐在拖拉机里，他需要这份安静和静止。

如果天气不好，这个谷仓就是活动的预备场所。但今天一直都是晴天。虽然寒冷，但天空晴朗明亮，所以大家都会在室外。是的，不管喝汤还是不喝，亨利宁愿寒冷能让每个人都早点回家。

实际上，现在亨利还想在这里多待一会儿。是的，独自一人在这里待着很好。他发现自己根本不想动。

★　★　★

一小时后，珍妮来厨房看她妈妈准备得怎么样了，这时亨利终于在靴室脱下靴子。

"妈妈，你没事吧？"

芭芭拉正在搅拌两个大汤锅。"我很好，就是很难估计有多少人来。"

亨利盯着芭芭拉的背："亲爱的，开始对不起。我只是有点紧张。"

"没关系。"芭芭拉没有转身看亨利，而是伸出胳膊碰了碰珍妮的肩膀，想安慰一下珍妮。

"莎拉的情况如何了？"

珍妮深吸了一口气："莎拉还是希望自己能来。她妈妈说莎拉因为错过守夜活动而很难过。她坚持说那些药丸是个意外，但我们所有人都觉得这太可怕了。"

珍妮的语气有些让亨利不安，亨利问："'你们所有人'是什么意思？莎拉的事是让人很伤心，但这不是你的错。"

珍妮转向她爸爸："嗯，也许是的，真的。"

"到底为什么？"

"电视报道前，我们和她吵了一架。"

"'我们'是指谁？"

"我们所有人，我、蒂姆和保罗。"珍妮崩溃了，"就在周年活动那天，我们在一块。你和妈那时一直在争吵……我不确定。我和其他人一起去看莎拉，谈论一起看电视报道的事。后来讨论得越来越激烈，情绪有点失控。"

"说下去……"

"我想，我们都是因为没赴伦敦之约，才很难过。如果我们一起去了，会有更多人能照看安娜了。"

亨利说："你不能那样想。"

"但问题就是这么造成的，不是吗？所以男孩们又责怪莎拉为什么在俱乐部时两人没在一起，究竟发生了什么事让她们分开了，为什么她一直闪烁其词。"

现在珍妮哭声有点缓和了。

"我们不是故意让莎拉难过的，只是情绪失控了。我放弃旅行是因为约翰和那场演出，后来我甚至都没有再和他约会了。我不敢相信之前竟然那么做，把一个愚蠢的男孩排在我妹妹前面。我们都很内疚……因为我们……没在那里……在伦敦。但我们不应该把这一切发泄在莎拉身上……"

"什么时候开始争吵的？"

"电视重播的前晚。"

亨利在想："天啊，这就是她吃药的原因。"

芭芭拉正抱着珍妮。

"对。所以，宝贝，这就是一个困难，"芭芭拉说，"但是我们所有人都在努力应对。不要怪自己。你现在要做的就是好好地和莎拉说清楚，解释你并没有怪她。”

“我们没有。不是真的责怪，我们只是……”

“心烦意乱，就像我们所有人一样。我会和莎拉妈妈说的，看看什么时候你可以去看望莎拉。把事情都解决好。好，那么现在擦干眼泪，然后换上新衣服。大家很快就会来了。我保证，我将帮你一起解决问题。你和莎拉会重修旧好的。好吗？一切都会好起来的。但是现在，今晚，我们需要为安娜变得坚强。好吗？”

亨利看着妻子，在想芭芭拉是怎么学会这个技巧的，总是知道要和女孩们说些什么。

“女孩们？”亨利想到复数，心里就不禁打着退堂鼓。

“记住，这是为了安娜。在安娜回家前这段时间，我们仍然要不灰心、不气馁。知道吗？”芭芭拉用纸巾擦干珍妮的泪珠，这时门铃响起。

亨利匆忙穿上袜子，打开门，看到牧师，他身穿油蜡布夹克，脚套靴子。

“我不进来了，满脚是泥。”牧师微笑说，“亨利，摆放座位这个主意不错。我来只是想说我计划了一个短小的朗读环节。我们之前说好了，没有什么特别宗教的内容，只是说些振奋人心和积极向上的话。然后我想芭芭拉你或许也想说几句话。你懂的，感谢所有人的支持，请当地媒体继续追踪有没有目击者，任何小线索都可能有所帮助。”

芭芭拉微笑着，亨利看着珍妮上楼了，去取她的新衣服。然后突然珍妮从窗口呼唤着他们。

"看，大家看窗外呀。你们必须要来看看……上来。"

他们因为珍妮突如其来的激动和惊喜，就没继续和牧师谈下去。牧师脱下了靴子，跟着亨利和芭芭拉上了楼。在楼上可以清楚地看到通往农舍的狭窄小路。天色逐渐变暗，这幅场景令人着迷。

小道上，各种各样的灯组成细长的灯线，摇晃着前进。有灯笼，有蜡烛，也有火把，灯火的队伍在暗处闪耀着光芒。

亨利看到这一幕，惊诧不已，嘴唇颤抖。

他看着灯光闪烁，想象着安娜在他面前奔跑，外套下面穿着的是粉红色的条纹棉布校裙，手里拿着花束。

家庭联络官凯茜很快就会来，亨利才意识到事情已经过去这么久了。

亨利必须要和警察谈谈。

亨利必须要告诉所有人真相是什么。

第十二章　私人侦探

梅兰妮·桑德斯警长走进了咖啡店，看了看手表，马修正在用糖袋搭小金字塔。马修面对梅兰妮，一直都会紧张不安，莎莎为此愤愤不平。现在，马修在挑战自己，一次搭三个金字塔，一旦有一个金字塔倒塌，他必须先做一个新的，然后再试着修旧的。桌子还有点摇摇晃晃，这增加了成功搭建的不确定性。马修现在非常享受这段时间，以至于发现梅兰妮进来就没法继续玩了，还有点失望。真是愚蠢又幼稚啊。

"不好意思，梅尔，周末还麻烦你。"马修站起来，亲吻她的脸颊，试图忽略因桌子移动而倒塌的金字塔。

"没关系。其实这个周末我也在工作。"梅兰妮盯着糖袋说道。

"警署的加班费预算突然很充足了吗？"马修收拾着"残骸"，把糖袋放回不锈钢支架上，支架放在桌面中间，桌面上上下下擦得锃亮。

"才没有。因为那位笨蛋督察从伦敦来了，为的是你神秘兮兮感兴趣的那个案子。我现在就是在当保姆。"梅兰妮抬起手臂，召唤女服务员，瞥了眼柜台后方，点了一杯卡布奇诺。

"那么，你对他算热情了。"

梅兰妮做着鬼脸，伸出舌头。

马修微笑着，见到梅兰妮真好。她也是培训学院中少数不喝速溶咖啡的警察之一。他们培训第一天她就拿出来了个法式按压咖啡壶，结果遭到大家无情的嘲笑。他们一块工作时，梅兰妮在手机上下了一个应用，来识别最近的咖啡馆，哪家有不错的浓缩咖啡机。他们的完美早餐就是薯条、三明治和美味的意大利咖啡。

马修凝视着梅兰妮，发现自己分外怀旧起来。不只是怀念与梅兰妮一起合作的时光，还有在警署工作的日子，那种组织归属感和团结合作的精神。

"好的，马修。所以，你现在要告诉我事实吗，因为我没多少空。"梅兰妮现在睁大眼睛，"督察又去和巴拉德一家谈话了。我想是电视诉请后有新的发现了。他们还没有告诉我太多信息，但是我们见完面后，我就直接带家庭联络官去那儿。修，这是怎么回事？我真的很想知道你为什么这么感兴趣。"

马修环顾了一下咖啡店，然后从口袋里拿出一个装有明信片和信封的证据袋。

梅兰妮翻过来阅读上面的内容，皱了皱眉，回头望向马修，等着他解释。

"有人把这寄给火车上的目击者艾拉·朗菲尔德，就是那个花店的女店主。她找我了。之前她就收到了两张非常类似的卡片，但不幸的是她都扔掉了。上面的邮戳很随机，写的是利斯卡德，在多塞特郡的某个地方，还有的上面写的是伦敦。"

"艾拉没有想过来找我们吗？"

"相信我，梅尔，一开始我也是这么说的。但她似乎确信这些都是安娜妈妈芭芭拉·巴拉德寄来的。艾拉不希望芭芭拉惹上麻烦，因为艾拉自己很内疚。"

女服务员拿来咖啡，梅兰妮长叹了一口气。

"你真没变。这应该直接上交的。"

"不带这么说的，梅尔，我现在不就拿来了嘛。如果我没有说服艾拉，这些你都拿不到了。无论如何，我们俩都知道，这可能是一个奇葩干的，而不是涉案嫌疑人。"

"修，这是你的直觉吗？奇葩？艾拉名字被泄露后，她在社交媒体上遇到了很多麻烦。"

"是的，挺糟糕的。"马修看着梅兰妮说道。梅兰妮把证据袋翻过去检查反面。

"我们真的不知道艾拉的名字是怎么被泄露的，修。老实说，大家因为这事一片哗然，媒体界也在骚动。无论如何，我们花了很长时间去调查，想让艾拉放心，试图弥补。但这可能只是有人恶作剧或孩子们干的。也许是安娜的校友，纯属为了恶心人，但没有发生什么重大的事，和案子也没有什么关系。也有可能是火车上那两个家伙干的。"

"所以你认为这次也一样？只是那些难缠的人为了吓吓她吗？"

"我不知道。之前我们付出了很多努力。"梅兰妮一边说一边在仔细检查卡片，"我在想我们能不能取到指纹，但会尽力的。如果能拿到就去系统里搜索。这可能只是随便一个疯子干的事。所以说，为什么艾拉认为这可能是安娜妈妈寄的呢？"

马修告诉了梅兰妮，艾拉去了康沃尔的事，最后以吵吵闹闹而落幕。

"而且艾拉也没有想告诉我们这一茬。做得真好啊。"

"我不觉得这是安娜妈妈做的。我和她谈过了，梅尔。"

"天哪，修，你这是现场调查啊……"

"我说了，要不是我，你连这个都根本拿不到。"

梅兰妮用手指蘸了蘸咖啡中的泡沫："我可不想向傻瓜督察去解释这些。你是对的，很可能是另一个恶作剧。但是督察可不希望我们对他有所保留。"

"这个督察有什么问题吗？听说他们好像没什么进展。"

"他真是一个自大狂，好像只有十二岁。不要介意我这么说，因为哪怕他半点能胜任就好了。但是现在他似乎又为了一起新案子分心了，是一桩伦敦苏活区的谋杀案。另外，每次从伦敦来，他都好像把我当作他的私人司机了。真是稀罕。"

"那么，你上交这个证据时，会模糊一点吧？就当帮我忙。"

"是指不要说出你名字吗？"

马修斜着头，扮出可怜兮兮的眼神。

"我知道我很唠叨，但是你应该留下来的，马修。你知我知，所以别傻天真了。"

马修没有回答。知道他离开警署真正原因的人不多，梅兰妮是其中之一。

"那马修你来分享下，说说你对那位母亲有什么看法。家庭联络官觉得她挺坦率的。"

"赞同，我也觉得不是她寄的。她没露出破绽。我暗示过那些仇恨邮件，她交谈时说的词汇是信件，而不是明信片。但是梅尔，她还是有不对劲的地方。"

"什么？"

"她假装想给丈夫打电话，但我可以从肢体语言看出她根本不想要他出现在那里。有点奇怪……"

梅兰妮又眯起了眼睛。

"梅尔，他们关系怎么样？真的没什么隔阂吗？电视报道后有什么有用的线索吗？"

"马修，这样，不如我们来谈谈你做爸爸的事儿吧，这要有趣多了。"

第十三章　目击者

卢克还是小婴孩时，我就觉得很幸运，尽管起初我也没有料到。因为没有标准，也没有经验。

坦率地说，我之前以为带着宝宝开店很难办到，几乎是不可能的事。孕晚期时，每个人都对我严重警告。他们都说："要打起精神，缺乏睡眠就是一种折磨。你没有时间做自己，甚至安静地洗个澡也没法做到。"叽里呱啦一堆。

真的，我当时非常担心花店还能不能继续经营下去。

"什么时候能能轻松一点呢？"记得在卢克出生前的大约两周时，我问过一个朋友，她有三个女儿。我永远不会忘记她的答复："哦，艾拉，从来都不会更轻松的，除非他们已经长成青少年了……"

那天我回到家就哭了，哭啊哭，想象着花店不得不卖掉的灾难场景。但你知道后来怎样吗？

事情根本不像他们所有人预想的那么难。

当然，在医院外我们竭尽全力，也无法给卢克系上安全带，让他待在座位里，我记得那时的恐慌。我们还不知道要做些什么，医院真的就允许我们把这个小家伙带回家了，我记得那时的震惊。卢克刚出生那几周，我在半夜喂卢克两顿奶间，总觉得忘了把他放进睡篮，他会从床上掉下来，我记得那时的惊醒。

"宝宝在哪里，托尼？我把宝宝放哪里啦？"

但后面就顺利得令人惊讶了，因为一切问题很快就迎刃而解了。

你看，卢克真的是个安静、爱笑、随和的宝宝。我妈妈来我家，留了下来。我不得不请妈妈来帮忙，这样花店才能运转正常。但是卢克出生了十周，就开始在夜里睡整觉了。

卢克一旦吃饱了，身上清清爽爽的，就会开心地自娱自乐。我可以把卢克放在一张垫子上，把手机放在他头顶上，他就会微笑，满足地轻哼着。

我妈妈说："你从来都不会这样。他肯定是从爸爸那里遗传来的。"

卢克天性如此安静，我回归花店的时间才比计划的要早得多。我们在天花板上安装了一个钩子，给卢克买了一个有弹力的设备。卢克就会在他的小弹力吊带上坐几个小时，上下晃荡，看着我把订单放一起，对着所有顾客都咯咯直笑。弹着，笑着；弹着，笑着……

我就这样一直坐在床上，天知道坐了多久，脑海中不断重现卢克小时候的所有这些场景。我弄平裤子，一直在担心要穿什么衣服比较合适，但还没换装。我对自己说："没关系，这不重要，艾拉，你穿什么衣服既不能改变现状，也不能解决问题。"

真正重要的是我儿子，我那美丽的卢克一直承受着痛苦，而我却一无所知。真的一点也没发现。我一直都太过于分心，时时刻刻都在想着安娜和她在康沃尔的家人，还有那满是诅咒的明信片，以至于对眼皮底下发生的事情竟然都没有察觉。我可怜的儿子，他的生活正在崩溃。

最终，卢克把真相和盘托出，我惊呆了。再次觉得自己很天真。我甚至都没有意识到他们发生了关系……

"亲爱的，你准备好了吗？"托尼站在门口说，"卢克在楼下了。"

"是的。当然准备好了。"

在客厅里，我向卢克重复着过去二十四小时中说了很多遍的话。不必再说后悔和"如果要是"，我们现在必须直面问题，全家一起面对。我提醒卢克，他再也无须自己一人面对困难了。如果埃米莉想继续生下这个孩子，我们应该支持她。作为一个家庭来支持。他们无须像夫妻一样生活，或安定下来，因为他们还太年轻了。但是卢克确实必须要主动参与这个孩子的生活，要予以支持，正视发生的一切。我们也会支持他、他们，还有宝宝。

卢克脸色惨白，托尼也是。我想我可能是唯一一人，还想着这事对埃米莉的父母来说会更可怕，埃米莉才十六岁……

我们默默地开着车，开了二十分钟。卢克在最后一英里指了指方向。其实我们甚至都不知道卢克女友住在哪里，更不要说现在这种情况了。我曾经载着卢克去电影院，他们会在城里见面，搭乘公交车。

我不知道他们到底能在哪里发生性关系。

这个思绪把我带回到了火车上，回想起莎拉和那个男人。我在想他们怎么能这么做，就在火车的厕所里。不，更讽刺的是，我还记得当时我多么惊诧，多么傲慢。

我打开广播，但卢克问我能否关掉。

"邮箱那儿左转，她家就是右手边第二个房子。那里，就是道路尽头的独栋别墅。就是那个。"

这是一栋很不错的房子。外墙由红色的砖砌成，门廊边的植物攀爬到墙上。窗户看起来是新粉刷过的，前花园也是完美无瑕。草坪修剪得整整齐齐，花园里还种有玫瑰花坛以及许多耐寒的天竺葵。我不知道为什么我注意到了这所有的一切，也许是因为我真的不想下车。

"所以，儿子，你准备好了吗？"托尼催促着我们前进，第一个打开车门。

卢克耸耸肩。我看着卢克，发现他还是一副很震惊的样子，一直说他们采取了保护措施。

"我们用了避孕套的。我不明白为什么。"

"亲爱的，就像我说的，木已成舟了。我们都在这儿，和你在一块。"我说，"现在，来吧。我们进去吧。"

埃米莉父母做了自我介绍，但是我们没有握手。我们谁也不会去假装热情。

埃米莉弓起身子，坐在宽扶手椅上，拿着一个垫子放在肚子上，脸色像卢克一样苍白。

"埃米莉不想我们这样见面，但考虑到他们还太小，我们觉得这样共同见一面很重要。"丽贝卡说出这一席话，就好像排练过一样。

我注意到她丈夫在盯着卢克看。我只能想象着他头脑里可能在想些什么，但我想抹去他的想法。

卢克是个好人。他已经有的受了，当然埃米莉也是。我希望我有勇气告诉埃米莉爸爸"不要再这样看我儿子了"。

"埃米莉和卢克一直在谈论着各种选择，但我们认为我们应该知道两边家长的立场，看看未来怎么办。"丽贝卡看着我说道。

"好的，我觉得你说得很对。沟通对我们很重要。首先我们非常抱歉，因为你们肯定感觉糟透了。因为他们在这么小的年纪却发生了这种事。"我能感觉托尼歪着头注视着我，在我开口前示意些许鼓励。

"据我所知，为了安全起见，他们确实努力做到理性了。"托尼对埃米莉父亲说，但得到的却是冷眼。

"她才十六岁。"

"爸爸，求你了。"埃米莉瞥了一眼脸色仍然苍白的卢克，卢克正盯着地面。

"我们想说明的是，"我又看了看托尼，然后又回头看了埃米莉的父母，"我们全家会尽一切力量来支持埃米莉。"

"埃米莉决定不堕胎。我们希望对此开诚布公。不过她可能会考虑让别人收养小孩。"

我的心头被猛地一击。这可是我们的孙辈……

丽贝卡直视着女儿说："我们家还在讨论这件事情。埃米莉有很多需要考虑的事情，高中考试、考大学等。"丽贝卡的声音破裂了，我的胃深处翻滚得厉害。

"也许我们可以再谈一谈?"托尼清清嗓子继续说道。

"我们认为这应该由埃米莉做决定。"丽贝卡现在看向她丈夫,"她当然会和卢克商量的。但是我们只想看看大家如何提供支持,并表明立场。"

"我已经告诉过埃米莉,我会支持她的。"卢克直勾勾地看着埃米莉说道,"我说过的。"

"是啊。也许造成恶果之前你就要想到这些……"

"爸爸,不要说了,求你了。"埃米莉的声音异常地小。

"所以,今天你们还有什么特别需要知道的吗?除了我们会全力支持埃米莉和卢克以外?"我的左手紧紧握成了拳头。

"没有了。"丽贝卡抬起头,"我……我们只是想确保每个人都知道大家的立场是什么。"丽贝卡站了起来,我意识到这是在暗示我们离开。这次让我们来的目的只是确认卢克对我们有没有说出全部事实吧。

我拿出一张纸给丽贝卡,纸上写了我的邮箱地址。

"谢谢。"

然后我们默默地离开,没有握手,也没多说什么。

我们也默默开车回了家。这一切都不虚幻,卢克在十七岁就即将要成为爸爸了。我想说我要抚养这个孩子。在任何情况下,他们都不能把孩子送走。这是卢克的孩子……

然后,我们回到家停车时,我又受到了另一波冲击。信箱上插着一张新明信片，一半在外面，一半在里面。这次没有信封，但绝对没寄错。因为字母又是黑色闪亮的。

现在是晚上八点。这意味着那人来过了我家。

我站在门廊外，完全不知所措，想象着另一个人也站在同一个地方。我一想到这不论是对我，还有对我的家人意味着什么，就不禁十分恐惧。我意识到我应该直接去警察局，直接告诉托尼。我很害怕一切都将离我远去。我也意识到，无论这些明信片可能意味着或不意味着什么，今晚都不应该与我，或与安娜有关。

今晚应该是属于卢克的。

监视……

晚9点

我喜欢看她不确定的样子。

这就是为什么我喜欢监视人的原因。一定要这样做。

我甚至不记得我是如何开始监视人的。我只记得监视人变得很重要。我需要监视他们，你懂的，因为这非常重要，可以弄清人们在知道有人监视他们时和不知道有人监视他们时，行为举止有什么区别。

你会发现有些人，不论是否知道有人监视，行为举止都没什么变化。但大多数人不是的。只有多加监视，才能得到确定的答案。

有时，你不需得做得太多，这也很重要。人们就是会知道的。消息会自行泄露。然后监视就变得更加有趣了，因为这些被监视的人会出现在一扇窗户前，或完全正对着我的方向，他们会拉下百叶窗或窗帘，打开一盏灯，或检查一扇门。

有时，我也会去帮点小忙，混淆下视听，直至看到我想要看到的表情。这可能是我最喜欢干的事了。

那是他们觉得好像有人在监视他们，却再无法确定的表情……

第十四章　朋友

　　莎拉坐在床上，盯着储物柜上的凉茶。为什么她妈妈要一直拿茶来给她喝？她一点也不喜欢医院的茶，闻起来很古怪。

　　她的手臂还因为打点滴而疼着。起初，她不明白为什么所有这些大惊小怪的事会持续这么长的时间。她以为自己洗个胃，吐点东西出来，说声"对不起"，就可以回家了。但实际不是的。

　　没有人告诉你什么是真相。但是，他们为什么要告诉你？服用过量药品的人都是一心求死的，那生存细节有什么重要的呢？莎拉仍然盯着冷茶，意识到问题是：她服药时没记得自己是真的想要去死。她不能准确回忆起服药时自己在想什么，只是那时觉得很惊慌，不知道电视上会出现些什么新报道。也许每个人都会知道火车上发生的事，俱乐部真正发生的事……

　　是的，只是惊慌，希望一切都能停止。

　　但莎拉不是有意识地选择离开，去死。不是那样，真的不是。她现在当然也不想死。这就是为什么必须面对那些细节会让莎拉如此恐惧——她那不堪重负的肝脏，经历的所有测试，听到的窃窃私语，会诊医生查看图表时看起来非常严肃的表情。

莎拉觉得自己的手在颤抖。她低头看时，手是真的在抖，她希望自己没有去网上看到这些信息。她在想，垂死之感到底是怎样的，是否真的会痛。

有那么一瞬间，莎拉想起了安娜，但她很快打消了这个念头。不，会找到安娜的，必须找到安娜。莎拉的整个身体都在痛苦地扭曲着，要撕裂了一般。好想要安娜回来，但又不想有人发现真相……

同时，莎拉母亲正在努力淡化这些测试。她一直抑扬顿挫地说着一切都会好起来的。但是一切都不好。

莎拉做的检查显示她的肝脏仍处于临界状态。今天是第四天。第四天显然很糟糕。

他们把莎拉的手机还给她了。所以，是的，她查了下，很多人都是在第四天死于肝衰竭。

事实证明，活过了扑热息痛过量用药，也不代表之后就安然无事。

"妈妈，我的肝脏会坏掉吗？"

"莎拉，别说了，一切都会好起来的。"

事实却不是这样的。她的测试结果显示其健康状况就在临界点上，肝脏可能需要移植，也可能不需要。显然，肝脏的事儿很难说。

她已经吃了点药，输液的点滴中也加了药，用来帮肝脏熬过难关。但是没有人能保证一定起作用。大家能做的只有等待……

莎拉现在最想看到的是她姐姐莉莉。但是她妈妈对莉莉闭口不谈，所以莎拉唯一能做的就是在脸书上发消息给她。但是莉莉还没回复。莉莉的脸书已经好几年都没有更新过了……她最后一张照片是在做奇怪的瑜伽修复。

现在，莎拉床周围的窗帘有动静了。是她妈妈从楼下的商店回来了。

"我给你买了这个。"莎拉妈妈手里拿着两本杂志，还有医院里那不怎么新鲜的葡萄。

莎拉看着母亲，内心五味杂陈，熟悉又困惑，有爱、有愤怒、有沮丧。

"我最好给你爸打个电话，告诉他你的状态。"

"不，不要。我不想他在这里。我要莉莉。"

"行了，莎拉。他有权知道最新消息，如果他想来……"

"不。我说了不希望他在这里，我是认真的。你为什么不说说莉莉的事？"

"莉莉做出了自己的选择，她现在有自己的生活。你爸爸……他一直很担心你。"

莎拉转过身，在想，他坚持要来伦敦的酒店就已经够糟了，还要去和警察谈，不停打电话跟进。

莎拉看着她妈妈，她摆弄着葡萄和杂志，移动着纸巾盒，从瓶子里倒出镇定药。

有多少次莎拉试着和妈妈谈这个话题，想要拉开手榴弹的引线。但每次结果都是这样。莎拉妈妈对这个话题避而不谈，引线又直接弹回去了。莎拉的妈妈总是说他们家庭不过是一个普通的破碎家庭，一切都很简单。虽然是悲伤的，但也没有什么节外生枝的事，非常普通。毕竟很多人都离婚了。

"你爸爸虽然离开了家庭，但不会有事的。我们之间没有大吵大闹，我们俩都很爱你……"

有时，这么多年来，莎拉想和安娜分享她的真实世界。但是安娜却过着完全不一样的生活。美丽的安娜，拥有着她美丽的生活。

莎拉向后靠在蓬蓬的枕头上，闭上眼睛。

"亲爱的，这就对了。好好打个盹儿。我来看看杂志。"

★　★　★

莎拉和安娜在小学三年级时就认识了。那时，莎拉爸爸是一名货车司机，经常不在家。但是她妈妈一直想在乡下生活，所以他们就在村郊的一个小庄园里买了有两个卧室的排屋。

安娜第一次邀请莎拉去她家喝茶，莎拉记得那时惊得下巴都要掉了。她们坐着车，沿着狭窄的小巷，就开到了巨大的农舍前。农舍内还有一个靴室，里面喧喧嚣嚣，到处都是狗，还放了一排长筒靴。光靴室就比莎拉妈妈的厨房还要大。"想象一下，"莎拉回家说，"整个房间就只是放着靴子，养着狗。简直疯了。"

莎拉从安娜家回来的第一个晚上，就躺在床上辗转难眠。每天莎拉放学后在家的茶点要么是烤面包，上面有罐头意大利面条，要么是薯片、三明治，用烤箱烤土豆片做的。只有在周末，茶点才会稍微丰富一些，不过也就是包好的和小罐头里的食物罢了。

在安娜家的体验简直超现实。安娜妈妈做的炖菜令人啧啧称奇，味道浓郁可口，炖菜上面还有香草饺子。安娜妈妈还做了苹果酥，配上自制的蛋奶沙司。那还只是个星期三而已。莎拉已经觉得这个茶点相当丰盛、特殊了，但安娜说这只不过是一个普通茶点罢了。莎拉说："这还普通？那你还想吃什么？"

安娜爸爸从田里回来与他们一起吃饭，幽默又风趣，讲着笑话，坐在桌前，穿着厚厚的羊毛袜子。安娜爸爸问莎拉是否愿意和安娜一起去看一些新羔羊。

莎拉环顾桌子四周，很仔细地观察着安娜。这就像是退后一步，从一个奇怪的泡泡里观察。莎拉发现这确实是他们的正常生活，根本不是因为访客来而作的秀，而是安娜的日常，和自己的生活截然不同。

莎拉的感觉并不完全是嫉妒，还有觉醒，一种内心在翻腾的不适感。因为这是她第一次觉得自己可以活得如此鲜活靓丽。

安娜在其他方面和莎拉也很不一样。安娜美丽、善良，有耐心。莎拉是学校新来的女孩，尴尬地站在操场上。安娜是第一个去和莎拉交朋友的人。安娜邀请莎拉参加跳绳比赛，然后又玩双球击墙游戏，每次轮换时就喊着口号，全力接住球而不让球掉落。

她们很高兴地发现这个游戏是彼此共同的热爱。在学校，她们被大家公认是最佳球手。安娜和莎拉的友谊就此拉开序幕，成为彼此永远最好的朋友。

　　过了很久之后，莎拉才有勇气反过来邀请安娜。那时莎拉可能已经在农舍里吃了几十次茶点了。有炖菜、馅饼、烤面包以及各式各样的美味佳肴，最后总是以布丁结尾。安娜最喜欢的是李子片，这就像是一种烙饼，中间嵌有煮好的水果。李子片闻起来很香，安娜说是肉桂的味道。她俩在院子里玩双球击墙游戏时，会把它们当作零食冷吃。而有时，安娜妈妈会为她们加热布丁，然后搭配凝脂奶油或蛋奶沙司。

　　安娜的姐姐珍妮也会经常请朋友来喝茶。人们围在餐桌周围，就像聚会一样拥挤而热闹。蒂姆和保罗是常客。莎拉很高兴，因为蒂姆住在城市，自己终于不是唯一那个不同的人。实际上，莎拉得知蒂姆妈妈根本不做饭后，她感觉就更好了。蒂姆妈妈几乎就是让蒂姆自己照顾自己。这就是为什么巴拉德夫人总是宠爱蒂姆。当然她也宠溺着所有人。巴拉德夫人总是敞开大门，准备好热菜，做好翻转蛋糕。

　　他们很快就建立了个小小帮派，把农舍作为私人游乐场。他们还在谷仓附近的灌木丛中建了一个营地。在温暖的日子里，巴拉德太太在屋前的草坪上放了一个洒水器，这样下午茶前，孩子们就可以穿上泳衣，在水里跑进跑出。巴拉德先生则开着四轮摩托，让他们所有人坐在后面的拖车上，男孩们大喊"快点，再快点"。

　　她们成为朋友的第一个夏天，农场就成为了莎拉的第二个家。她过得如此快活。

　　然后突然，临近圣诞节，安娜直接发问："莎拉，有时间我能不能去你家呀？"

"可以的。"

莎拉觉得自己的神经都拧巴在一块了，羞耻、内疚。莎拉很想以自己家人为傲，但又担心安娜看到自己家会怎么想。她不明白自己家如此美好的人为什么会想去别的地方。但如果安娜看到她们家的小房子，用烤箱做的薯条和烤豆，觉得很奇怪怎么办。当然莎拉不会展示这些。

"好温暖啊。"她们紧紧依偎在一块，坐在楼下看电视，这就是莎拉妈妈招待的活动，安娜说，"莎拉，你们家好温暖。到冬天，我们家总是冰冷的。"

进入中学她们还是最好的朋友。在中学，莎拉发现自己有些特别之处，实际上自己比想象中要聪明得多。在村里小学这小池塘里很难发现这些特别之处。虽然莎拉总是在拼写测试中名列前茅，作文也总是贴在墙上展示，数学也总是得优。但毕竟竞争是不激烈的。然后，在中学，莎拉的优势突然分外耀眼。哪一科都名列榜首，包括数学，而安娜一提到数学就头疼不已。

莎拉在她们的友谊中得以扮演新角色，她因此而自豪，有价值感，能向对她如此友善的家庭反馈重要的帮助。莎拉可以帮助安娜完成数学作业还有论文。

保罗也很聪明，大家都开玩笑说他和莎拉是"研究员"。保罗是巴拉德太太的一位朋友的儿子。突然保罗就长得又高又英俊，这时莎拉更期待去农舍了。即使孩子们长大了，安娜爸爸妈妈也仍敞开着大门欢迎他们。他们吃得更多，大声地互相追逐，爬着树，在谷仓里玩捉迷藏。

其他家长会抱怨玩耍太吵闹，做食物很累，音乐声太大，家里乱哄哄的，但巴拉德太太似乎根本不在意这些。

有段时间，就在一盘盘比萨、蛋糕和司康饼上，莎拉和保罗帮助其他人做功课。一切都平衡得很好，给予和接受，快乐又美好。

是的。莎拉记得中学一年级就是黄金时期，是她曾经最快乐的时光。

直到那一学年年末，又是一个暑假。莎拉那时是十二岁，快十三岁了。她妈妈不在家，去看望一位老同学了，突然莎拉的初潮来了。

莎拉姐姐莉莉去朋友家过夜了，所以莎拉开始在姐姐衣柜的抽屉里仔细搜索，迫切希望找到一些卫生巾。她希望能有一些粘贴式的卫生巾，在广告里看到"带翅膀"的那种，看着用起来比较简单。

但莎拉只能找到装在盒子里的小棉塞。她害怕极了，打开说明书想看看怎么用，这时她爸爸进来了。

莎拉很快就哭了起来。爸爸告诉她不要这么傻，没有什么可担心或尴尬的，"这是很正常的事"。当然感觉会有些尴尬，然后爸爸说他非常抱歉，因为妈妈那晚不在家，但是无须害怕或难过。这只是成长的一部分……

★　★　★

"你还没喝茶呢。"莎拉妈妈拿开储物柜上的杯子，腾出放葡萄的位置，剥掉外面包的玻璃纸。

莎拉看着她妈妈。她妈妈看着手中的凉茶。

现在最糟糕的事是什么？她脑海里回想着她爸爸总是在说安娜多么漂亮，在学校音乐会上说，在家长之夜上说。不过老实说，每个人都是这么评价的。但是待在医院这些时间，莎拉也没别的事情可做，就一直在思考，她爸爸称赞的次数要比大多数人称赞的多得多。当然，这已经引起不适感了。

"她非常可爱，你的朋友安娜，真是非常可爱的女孩。"

"安娜妈妈芭芭拉打电话来问你的情况。每个人都表达关心和爱。显然守夜活动进展得很好。当地新闻都报道了。你的那帮朋友在想什么时候可以来看你，让你高兴点儿。"

"那帮朋友？"

"是的，珍妮、蒂姆和保罗。他们很担心你，想过来看看。"

"不。我不想他们来，现在还不行。"

"行，好吧，如果你不愿意，就随你。但他们来看你或许可以帮到你。芭芭拉似乎很热心。你知道她多么喜欢你。"

"我说了现在还不行。好吗？我回家时看看，也许我回家后可以再让他们来。"

莎拉现在没法来考虑这点。她突然想到了许多其他事，更重要的、令人困惑的事。

她还没有告诉警察有关安娜在俱乐部的真相。

而且莎拉也没告诉任何人，那天晚上她爸爸发来的短信。

第十五章　目击者

有时人们会问我："艾拉，为什么选择做花店生意呢？"

其实从我记事起，我的生命里就到处都是花朵的影子。很小的时候，我和奶奶散着步，就会经常摘野花，沉浸在花朵的颜色和气味中。通过不同的方式组合花朵，就能改变整体的氛围和心情，简直让我着迷不已。一大把简单的月见草就能呈现愉悦的云开日出之感；如果再加上一些风铃草，则添加了柔和芳醇的韵味。两者营造的强烈对比令人惊叹。蓝色和黄色并存让花束富有地中海气息。

我妈妈让我从超市里选花朵，带回家放在花瓶里，我会高兴极了，因为可以试着摆弄它们。我就能知道，如果把郁金香放在高度合适的花瓶里，郁金香就能刚好垂在边缘上，不会太多，也不会太少。

曾经，我学着用新鲜的水浇灌玫瑰，把茎秆切出非常尖锐的角，玫瑰就恢复了活力。我从未忘记那时的快乐，它们奇迹般地再次昂扬起头来，好像在说着"谢谢你"。

所以我长大后，能在周六工作时，毫无疑问我就很清楚会在哪儿开始尝试第一份工作。我长大的那个小镇上有一家小花店，就是那里了。我每天步行去学校时都会经过那里。每到春天，我总是驻足看看店外的水仙花桶，或是瞥一眼橱窗陈列。讲实话，这家花店只是中规中矩，花束和橱窗陈列都普普通通，店里的康乃馨太多。

当得到每周六六小时的常规轮班机会时，我体会到了从未有过的骄傲。我会早早起床，帮助分类新进的植物，呼吸着神圣的香味，看着闪亮的丝带，听着薄纱和玻璃纸的沙沙声。很快我就学会了迎合大众的品味，大家选择的都是康乃馨和丑陋的蕨类植物，太恐怖了。起初我咬紧牙关，小心翼翼，不冒犯到顾客。但随着信心和知识渐长，我开始向常客们提些建议："向日葵怎么样？看一看百合？想做些改变吗？"

不久之后，经理苏就允许我订购新的花朵种类，我还能做些自己可以定价的小花束。

"艾拉，你的审美真好，很有天赋，你可以在这个领域干出一番事业。"

所以我这么做了。我开始参加了对初学者开设的基本课程，接着上了第二门课，是高阶婚礼花束课程，然后又上了关于当代设计的第三门课。之后，我参加了一个竞赛，赢得了地区级别奖项，当地报纸还报道了。

奖品是在伦敦一家顶级花店里工作一周，在大清早参观花市。我既疲惫担心，又非常兴奋，就像在天堂一般……

接下来发生的事就超乎了我的想象。我高中结束后，去大学学习了一年，主修花艺和商业研究。那年，我的奶奶去世了，留下了一笔意料之外的遗产，由她五个孙辈分享。我的朋友说："去旅行吧，或买辆车，要么来个环球旅行。"

不。我晚上躺在床上，喜不自禁，我确切地知道自己想做什么。

我设法在这个地方谈谈租约，弄一家自己的商店。我父母说我完全疯了："你知道第一年有多少家小企业会倒闭吗？"

是的，从某种角度而言，他们没错。我经营好花店用的时间比我预期的要长得多。实际上，除去成本开支，开花店赚的钱也就比最低工资稍微多一点，且还不考虑我投入了多长时间。但是花店并没有倒闭，相反，在第二、第三年时进入了正轨。

我学习了如何从婚礼和各种假期里赚钱，像母亲节、情人节等。但能肯定，细节才最磨人。

为了与超市竞争，我知道必须得拿出一些与众不同的东西。我的花道的"独特销售主张"走的是既复古又时尚的日常风格，加上自制的特色，这些让我的花店与众不同。在手工绑花流行前，我就已经这么做了。使用特别的麻线，手工制作标牌，再饰以鲜花盛开之后做的压花。

我学会怎么做到不浪费。花束如果订多了，就搞打折，也会多花点额外的时间做压花，确保不浪费。

很快，我开始卖一些卡片和标牌，也会在我包装花束上用到。这又是一个很有用的额外收入来源。

所以这里就是我感到最快乐的地方——我的店铺，我的创作。

在店里，我就不必担心别人对我或我说的话有看法。刚开店时，每个人都评价我要么守旧要么老练。

现在是早上六点，世界其他地方几乎都静悄悄的。在回家后，与警察见面前，我就待在自己的小世界里完成订单。接着就要回到现实世界，在那个世界安娜仍下落不明，而明信片也开始让托尼和我一样感到恐惧。

我仔细工作着。中午有顾客要来拿生日花束，有一家当地旅馆准备晚餐需要六个餐桌装饰。我喝下两杯咖啡，又喝下第三杯。

我仔细工作着，用着我最喜欢的修枝剪。这把修枝剪有鲜红色的手柄，在市面上它的刀片最为锋利，它是一把非常好的剪刀。

接着发生了件极其怪异的事。大约六点半，也许是六点四十五分，我把最后一个几乎快完成的桌面装饰放在了柜台上，然后去上洗手间。洗手间是花店后面扩建出的一个小空间。我回到工作台后，修枝剪不见了。

就在花店外，有汽车的嘈杂声。我承认，我害怕极了，吓了一大跳。你要知道，平时我用修枝剪都会小心翼翼，这不仅是因为修枝剪很危险，而且价格还很昂贵。我不希望修枝剪会掉在地上，手柄开裂。我喜欢这把修枝剪，就像厨师最喜欢的那把刀。这把修枝剪就是我的幸运符。在抽屉里，我还有两把备用的修枝剪，但用其他任何修枝剪我都觉得不自在，手感很不一样。

我走到前门，盯着外面的停车场。只有一辆车打开了远光灯，所以我看不到里面是谁。我去检查商店的门，没有锁，但通常我不会担心门没锁。不论何时我在店里，我都觉得自己是开门营业着的。如果有人看到店里亮着灯，比较早来店里也没关系，我是想做生意的，总会愿意接单子。但今天，仅此一次，我把门闩好。我站着没有动弹，心怦怦直跳，等了一会儿，也许更长时间。

"艾拉，别傻了，不要想太多。"

然后，汽车终于开走了。我的肩膀动了动，提醒自己附近商店上面都有公寓，这么早有人开车并不奇怪。可能只是有人去上班。

所以我回到商店后部的工作台区，非常困惑。我从穿过拱门一直到前面服务区这个新视角，就可以看到修枝剪放在了出纳机上面。老实说，我不记得把剪刀放在出纳机上了，也没有印象曾经会把剪刀放在那里。出纳机上有一个小的坡度，这似乎根本不像我会做的事，如果剪刀滑下来怎么办？

这就像你以为自己已经从冰箱中取出食材，然而环顾厨房却找不到一样。

我累了，肯定是这样的。"艾拉你很累了，紧张兮兮，过度思考，处在困境。托尼是对的……你应该待在家，晚点再来店里工作。"

太多想法涌入大脑。我很快完成最后一个餐桌装饰，把所有东西都存储在工作台附近的冷藏箱中。这是一种花冰箱，可以让所有花都保持在理想温度下，做好准备，等待我的归来。

★　★　★

回到家，我看到托尼穿着睡衣在厨房。

"你还好吗？我一直在担心你，你应该让我和你一起去的。"

"我很好。我希望你在家能和卢克谈谈，谈妥来。"

现在托尼的语气稍微平静了些，但从他的站立方式和黑眼圈，我就可以看出他也没有怎么睡觉。我猜到了他的反应，与其说是生气，不如说是担心。"艾拉，你应该告诉我的，不要再有秘密了……"

这话真让我不好受。我给托尼看了最近的明信片，但还没提到马修……

"现在听到你自己一个人在花店工作，我也不知道该如何去形容自己什么感受了。你怎么这么早独自去了花店？至少要等到事情水落石出，警察公布真相才行吧。我希望你能听我的话，待在家，或让我跟你一起去。"

"托尼，我必须完成订单。而且不管怎样，结果也许就是一个变态干的。要么就是一个无所事事、长满痘痘的少年干的。"我说话的语气一点也不自信，因为我不知道自己的想法是什么，相信的是什么，应该多么害怕。

"艾拉，他们来过我们家了。不管是谁写的卡片，都来过这儿了，来过我们家了。"

"是的，没错。这是一个转折点。现在我知道应该一开始就告诉你的，我很抱歉。但还好我现在就接受了你的建议。警察过半小时也会来家里了。托尼，他们说什么我都会好好听着。我以前不担心，其实是因为我以为明信片是安娜妈妈寄的。"

"但看看你，今天自己还一个人大早上去工作呢！"

"如果这么做你能开心些，我就努力不这样了。"我看着托尼说道，"那你和卢克谈谈了吗？"

昨晚躺在床上，托尼先开口说："如果我说我们应该主动去收养婴儿，你会觉得我疯了吗？"我哭着抱紧托尼，松了一口气，他和我想的完全一样。我们承认自身年龄太大，这么做完全丧失理智，但如果埃米莉家无法应付，我们也根本没办法让别人抚养卢克的孩子。

"卢克说他会晚点再和埃米莉提这件事。她才怀孕十周，所以现在做出决定还为时尚早。"托尼把手放在我脸颊上，"我觉得他松了一口气，但很难说，他还是很震惊的。"

托尼继续说，卢克想彻底停掉在花店里的工作。因为要忧心的事情太多了，承受不过来。我完全理解，尽管我知道找到人替代不容易。开店时间早这一点就让人望而却步了。但是我们必须先考虑卢克，所以我们不得不找到解决办法。

"好。那么，让我们看看警察怎么说，好吗？之后再商量卢克和花店的事。"托尼的手还放在我的脸颊上，我拿起他的手，亲了一下。

说真的，我很诧异晚会儿要见面的是来自伦敦的督察。显然，他是来跟进康沃尔巴拉德一家的情况，所以在回程时到我们这儿的。

马修联系我了解最新情况了。他的警察朋友上交了之前的明信片，取证没有获取任何线索，没有指纹。但他们也想看看这个新的明信片。我把它放在透明的冷冻袋中。马修说如果以后还有明信片出现，他们会提供合适的证据袋和特殊的手套供我使用。显然，这样获得指纹的机会更大。马修要求我不要提他的名字，暗示是我自己把明信片交给了警察。

托尼现在已经走开，正在水槽下面找东西。我猜他是要拿灭蝇剂，厨房的窗户上有个绿头苍蝇嗡嗡地飞着。托尼没在橱柜里找到灭蝇剂，最终放弃了，去打开窗户，用一块厨房巾将苍蝇赶出去，然后又转身向我走来，歪着头。

"艾拉，你看起来真的很累，没事吧，亲爱的？"

"我很好。自从你知道明信片的事后，我就松口气了。"

第十六章　父亲

亨利坐在石墙上最喜欢的地方，这里的视野比较高，可以看到片片贫瘠的田野。下方河流上仍然悬浮着一点薄雾，绵羊已经安全地穿过了另一条路。萨米很高兴，亨利抚摩着它的耳朵。

正是像这样的时刻，亨利内心最为平静，看着朝阳燃烧薄雾。他想在低处最广阔的田地里再放一些栅栏，以免绵羊从泥泞的斜坡上去到河里。但栅栏很昂贵，芭芭拉没有打算为农场做开支。

度假屋的新厨房和新按摩淋浴？可以有。让网页设计师升级优化搜索引擎？付钱吧。为什么？因为这些可以带来经济的回报。但是栅栏呢？饲料呢？拖拉机维修呢？

亨利低头看着萨米。萨米检查着这块还有隔壁田地的边界，兴奋地哈哈喘着气，舌头耷拉下来。

对亨利来说，这才是仍然有意义的事。在去到的每一片田地上，一条狗在快乐地奔跑着，摇摆着胜利的尾巴回到主人身边，直视主人眼睛，确认所有边界都已检查。

亨利看了看手表，过去一小时了。他应该回去了，洗个澡，再和芭芭拉吵一架。在回去面对喧嚣前，亨利尝试最后一次让自己平静下来。

"来吧，伙计。"

亨利故意选择了一条比较长的路回去。今天他没办法面对月见草巷。回到家，亨利还在靴室，正在挂油蜡布夹克，芭芭拉来了。

"你都去哪儿了？亨利，在警察来之前，我们要再谈一谈。我担心我会有麻烦。我们需要考虑珍妮。"

"我就过来。"

在厨房里，芭芭拉坐在宽大、洁净的松木餐桌旁，手指敲着桌面。亨利盯着雅家炉旁边的水壶，想要喝杯茶，但想想还是算了，又回头看看芭芭拉。

"我可能会陷入很大的麻烦中，亨利。我知道绝对不应该让你说服我向警察撒谎。"芭芭拉拉着套头衣的袖子，捋捋直，然后又弄到袖口。

"没关系的，芭芭拉。我们都把事情说清楚，他们会理解的。"

"他们会理解吗？真的会吗？"

亨利闭上眼睛。他为让妻子这么难过而抱歉。他很抱歉芭芭拉已经承受这么多事情了，还得应付这个；很抱歉自己是个坏丈夫。但他也非常讨厌不得不说一百万遍"对不起"，而且还无济于事，没法儿改变任何现状。

"对不起，芭芭拉。"

"好吧，道歉倒是很诚恳，只是有点晚了。欺骗警察是做伪证吗？"

"亲爱的，上法庭说谎了才是做伪证。"

亨利低头看着地板，看着他那厚实的灰色羊毛袜。

"你真让我恶心。"头脑里再次响起安娜的声音。那时安娜坐在亨利车上的乘客位上，拒绝看他的脸。

在这一刻，亨利意识到芭芭拉或警察说的话再让他难受，都比不上自己作的孽让自己难受。

"不论怎样，我还是不明白为什么我们必须得撒谎。我想说，亨利，你知道吗，那天晚上对我来说是怎样的夜晚？只有我自己。我们女儿失踪了。就我在这儿……全靠我自己。"

亨利闭上眼睛，什么也没说。

"另外，我希望你搬出去。"

"哦，芭芭拉得了。这能帮什么忙？想想珍妮。而且如果我搬出去了，还怎么保持农场运转？"

"没有农场了，亨利。多少年都没有农场了。"

亨利睁开眼睛，看着芭芭拉。

"你想知道为什么我们的婚姻走到这个地步吗，芭芭拉？你嫁给了一个农民，然后又决定不嫁给一个农民。"

"你这么说就不讲道理了。"

"不是吗？"

他们坐着沉默了几分钟。

"好吧。芭芭拉，所以我们一起去见警察吧。我来解释为什么我要你在安娜失踪那天撒谎。没事的，我们会解决的。对不起，我让你这么不高兴。但如果你真的希望我搬出去，那么我尊重你的意愿，今天之后我做的任何事都不会烦着你了。现在，我要在警察到来之前去洗个澡。"

亨利来到楼上，打开淋浴，故意把水温调得很热。亨利第一次觉得如释重负，终于释放了。多年来，他一直妄想自己可以继续这样下去。

但现在呢？

亨利把脸埋进水流中，在蒸汽灼烧皮肤时才调整温度。在热水中，亨利的肉变得通红，亨利·巴拉德很快就哭了。这是亨利自他妈妈去世以来的第一次痛哭。

他为安娜而哭泣，永远都找不到她了。而安娜知道他最糟糕的一面。

"爸爸，你真让我恶心……"

之后，亨利这天第二次刮了胡子，他选择了一件蓝色格纹衬衫，一条干净的牛仔裤和一件海军运动衫。他就像是开启了自动模式完成了这些。他早就不需要在脑子里打草稿了，一切都顺其自然。

警察是一行三人来到亨利家。一位是当地的梅兰妮·桑德斯警长，人看上去还不错，他们之前见过几次面；一位是他们的家庭联络官凯茜；还有一位从伦敦来的瘦高督察，亨利对他一直没有什么好感。

从一开始，这次见面的氛围就与以前明显不同。芭芭拉用托盘装了咖啡拿到桌上，凯茜接过了咖啡，但督察拒绝了。

"巴拉德先生，我知道你有话想和我们说。"

"是的。我很抱歉，也很难过，但我需要解释一下安娜失踪那晚发生的一些事，说清楚。"

督察瞥了一眼两名女警官，然后又看向巴拉德一家。

"呵呵，巴拉德先生，你和我之间还真有心灵感应啊。因为我一路来到这里，就是要和你谈同一件事。"督察甚至没有掩饰自己语气中的讽刺，或试着为亨利掩盖疮疤。

"你知道，电视上播放周年报道后，我们接到了一些非常有意思的电话。有的电话让我们觉得挺困惑的。"

亨利看着芭芭拉，她的表情都凝固了。

"那么，巴拉德先生何不你先说呢。"

"好的。说起来很尴尬。我对安娜失踪那晚发生的有些事撒谎了，还让芭芭拉配合我，因为太尴尬了。而且我不希望分散你们调查的注意力。"

亨利感到他妻子盯着他，眼神火辣辣的。

"这完全是我的错，不怪我妻子。那天我喝太多了，不在家。"

"不在家？"

"不在。"

"你现在的陈述和原来不同，这和我们得到的新信息有没有任何关系？"

"没有，当然没有。我都不知道你们得到什么新消息了。"

"好的，巴拉德先生。所以这是那晚你所在地点的新陈述。这能解释当晚有人在火车站附近看到你的车吗？"

"什么？"

"巴拉德先生，今天我在这里问你，安娜失踪当晚，有人在赫克斯顿火车站附近看到你的车，这是怎么回事？而不是在农场，之前你和你妻子告诉我们是在农场的，但是是在火车站附近。那儿有快车可以到伦敦。所以我的问题是这个。你女儿失踪那晚你去伦敦了吗，巴拉德先生？这是你想告诉我们的吗？"

"怎么可能？我当然没去。第二天早上我就在这儿。那时我们在和警察联系。这你是清楚的。去伦敦是不可能的。太远了。我怎么可能……"

"你知道吗，巴拉德先生？再三思考下，我认为接下来我们的谈话如果再正式一点可能会更好。我们可以在本地警察局里谈。我肯定梅兰妮·桑德斯警长会让我们使用一套不错的面谈套间的。"

亨利内心深处恐惧升腾而起，一股温度的变化席卷全身。他的内心动荡不安，片刻间无法分辨是太热还是太冷。穿的衣服怎么都不合适。布料太贴皮肤，紧紧贴着，仿佛他仍然在淋浴，湿漉漉的。

在这阵恐慌中，亨利看向妻子，但芭芭拉没有任何支持或安慰。她的眼中只有可怕而疯狂的困惑。

"那我们走吧，巴拉德先生。"

亨利想，也许他应该问问是否还能有选择。这是逮捕还是请求？他是否应该让芭芭拉给他们的律师打电话？要不要坚持己见，真的拒绝跟他们走呢？但随后他迅速重新整理了思路，觉得自己需要非常非常小心。现在说错话或不合作对他可能会非常不利，可能让人完全误解。

　　所以亨利·巴拉德站起身来，当他们走到屋外时，亨利试图让自己保持镇定，并决定至少现在什么也不说。

第十七章　目击者

我一直躺在床上想着卡玛。我知道这很傻，但是那张明信片真的已经让我非常恼火了。

我一直在做些混乱不堪的梦。梦里有安娜在火车上，有莎拉和那个家伙在火车狭小的厕所隔间里发出的噪声，有卢克和他女友带来的震惊。

我通常没有什么精神问题，但梦里的讽刺感已经这么明显了，是吧。我不清楚是否貌似生活中的一切都在试图教给我一些可怕的教训，而我的大脑就是无法应付。

某些夜晚，情况很糟，我的胸口紧紧闷闷的。然后我不得不起床泡杯茶，然后——当然托尼也会起床，担心得要命。这是我最不想看到的事，就会更加内疚。我独自一人时，在脑海中一遍又一遍地倒带，试着反复思考，不论那个可怜的女孩遭遇了什么，我到底对她负有怎样的责任。我是多么希望，能回到过去，重新再来。

然后呢？问题是，我扪心自问，内心深处仍然没法回到那时，因为一想到莎拉和那个男人见面才不久就在厕所里做爱，只觉得惊骇不已。

　　我希望我能好好咨询人们的意见，公开问问换作是他们，会怎么做。他们听到了我听到的内容，会震惊吗？会不安吗？问题在于，警察只透露了这些信息："目击者"听到刚出狱的家伙搭讪了两个女孩，"目击者"很震惊，因为他们很快就变得非常亲密，还一起制订了些不明智的计划，很危险。

　　我一直为此而遭人指指点点。因为两个有案底的男人这么明显地把两个乡村女孩作为了目标，我还没有干涉。这就是所有社交媒体和小报关注的内容。"你会怎么做呢？会事不关己吗？"想想那是两位十六岁的女孩，还有两个刚出狱的人。

　　警察从未公开过厕所里发生性行为的细节，还出于要留作证据的原因，让我三缄其口，所以我只能告诉托尼。他说，我震惊是没错的，如果人们了解了所有真相，他们也会选择不插手的。

　　在卢克和他女友的事之后，我和托尼又谈论起来。托尼说两者很不一样，一个是一位年轻女孩在公共厕所里与一位几乎陌生的人发生性关系，而卢克和埃米莉是在亲密关系中犯了个错。我知道托尼是对的，但现在我仍觉得自己有点虚伪，因为对莎拉的评价过于苛刻。

　　我的托尼，他今天一大早就去上班了。托尼现在去了零售业，这是一个非常不同的领域，他负责把谷类食品卖给超市。他是代理区域经理，如果他的销售业绩达到目标，就可以成为常任区域经理。我为托尼感到非常骄傲。托尼面临的压力很大，我也不希望他经常出差。

　　现在托尼经常不在家，我向他保证了要平衡好工作的时间，这样我就不会在非常规时间独自待在店里太久。至少会等到我们有了警方的消息，态势变得更稳定。

所以这种感觉对我来说很奇怪。我已经在床上喝第二杯咖啡了。现在是早上八点，对于一位花商来说真是一个懒觉了。我一直在好好思考。

思考卡玛的事。

另外，我也在思考我是否故作正经。我肯定有点一叶障目，脱离现实。我太天真了，以为十七岁的儿子还没有发生过性关系。我拷问自己的次数越来越多，经过火车上一事，我担心自己是不是个伪君子。我对性是不是有偏见？因为我首先想到莎拉显然不是我想象中那样的一个"好"女孩，这就是为什么我放弃介入整个事件。但是，如果换作是卢克呢？不，再想一下，我或许也没有那么虚伪，因为如果是我的儿子或任何年轻人与刚认识的人就发生性关系，我仍会很震惊，仍会被吓坏的。

其实我是喜欢一些边界感的。但不要误会我的意思，这本质上与性无关。谢谢关心，托尼和我关起门来在那个方面很和谐。我只是觉得性是私事，不可以随便，或成为在晚宴上与陌生人谈论的话题。当然，也不会是在火车厕所里和一个完全陌生的人去分享的事。

至于卡玛……

但现在我的手机响了，是马修·希尔来电。我看看手表，八点十分了。

"你好，马修。好巧，我刚要给你打电话，想告诉你伦敦督察已经推迟来访了，他会晚点再来。他得在康沃尔停留一段时间，因为调查取得了一些进展。我希望案情就可以柳暗花明。"

"好吧，我不想让你的希望破灭，但恐怕没有你想的那么好。我刚刚在康沃尔和朋友联系，显然调查突然铺得太广，乱七八糟的。在我听来，调查就像走到了死胡同。但别太介意。对了，我有个重大新闻，我刚接到消息，我妻子分娩了。我现在正在去接她的路上。我真的感觉有点超现实，真的，我打电话来是想告诉你，我可能有几天关注不了信息了。"

"几天？"我笑了，"马修你可能低估了。但这真的是个好消息。请一定要让我知道进展怎样哦。你知道是男孩还是女孩吗？"

"不知道。天哪，我们真的不在乎……"

"好的。祝好运。小心驾驶，平静一点。"

"保持联系。"

然后我放下电话，发现自己仍然保持原来的姿势没动。马修显然不知道接下来会发生什么，也许这不是件坏事。

因为一旦成为父母，你就会知道爱中会包含更多超乎你想象的恐惧，并且你再也不会以同样的方式看待这个世界了。这就是为什么我无法面对安娜失踪。

第十八章　朋友

"亲爱的，如果我把他们带来，可以吗？就见见五分钟或十分钟？可能你会开心点。护士说，只要时间不长，她可以为我们破例。"

莎拉看着她妈妈，知道这不是一个真正的问题。她妈妈把建议假作问题时，做出的表情会非常具体。她会微微前倾身体，不眨眼睛，然后抬起眉毛，暗示她只能听到正确的答案。答案那就是——好的。莎拉小时候会抱怨这一招，但她很久以前就知道抵抗是徒劳的。而且她没有精力去多说话。

"好吧。但我很累，所以不要太久。"

这是第六天了，大家让莎拉放心，她的肝功能在改善中。会诊医生出现在病床旁，看上去也似乎不怎么担心了，护士现在说"一切都在朝着正确的方向发展"。心理小组终于不再烦着她，甚至有传言说她很快就可以回家了。

莎拉不确定要回家是什么感觉，不确定自己的情绪怎么从恐惧死亡迅速就转为对医院和母亲的不耐烦。时时刻刻她的情绪都在快速变化，大脑仍一片混乱。

另一个大难题又回来了，莎拉担心电视报道过后会发生些什么。

一群朋友进入房间，看起来很拥挤。莎拉现在在普通儿童病房旁的一个侧间里。因为莎拉十七岁，没有资格住进成人病房，这个侧间可以让莎拉不那么尴尬，也不用和婴儿挤在一间病房。护士告诉莎拉，她很"幸运"，这间病房没有人住。

"幸运？"

"我们不知道要带什么来，所以我们决定带了糖来。你妈妈肯定不会同意，但是嘿……"蒂姆拿着一小盒饼干和一盒软糖。

莎拉决定要惩罚他们，时间越长越好，所以不直视他们中任何一个人。

就在昨晚，莎拉梦见了他们在农场里，巴拉德太太为蒂姆举行了生日聚会。他过的是十岁生日，也许是十一岁。安娜妈妈发现蒂姆妈妈不愿举办聚会，简直吓坏了，所以才为蒂姆大办特办了一场大型茶话会，还准备了星形巧克力蛋糕，上面覆盖了鲜奶油。蒂姆和保罗带来了做气球造型的装备，学习如何制作腊肠狗、剑和帽子形状的气球。派对结束后，莎拉沿着农场的狭窄道路走着，搭了个便车，手臂下夹着一个鲜黄色的腊肠狗气球。那天她很开心，但也因为聚会结束而很伤心。莎拉的表情发生了变化，两个男孩看着她的侧脸问："想到要回家总是很难过，对吗？"她不记得这话是谁说的，蒂姆还是保罗，但她确切地记得自己点着头，悲伤中带点内疚。她知道喜欢在安娜家超过在自己家是错误的，但她就是情不自禁会有这样的感受。

现在呢？莎拉终于抬起头，一个人一个人地看过去。她在想，他们到底怎么了？究竟什么时候不再是曾经的彼此了？

珍妮看起来脸色苍白。莎拉希望珍妮能记住她在吵架时说的那些可怕的话，因为不只是两个男孩对莎拉很残酷。但接着，一幅安娜在俱乐部里的图像在莎拉脑海里闪过，她闭上眼睛，靠在一堆枕头上。

"对不起。你还好吗？需要我们叫护士来吗？"珍妮问道。

"我很好，只是累了。"

"对，是的，当然会累。我们向你妈妈保证不会待很久，但我们只是想……"珍妮的声音越来越小，突然就消失在空气中。

"是这样，我们来是因为我们想说'对不起'，为我们说的话而抱歉。"蒂姆打前阵。

莎拉睁开眼睛，又都看了看每个人：蒂姆、保罗、珍妮。

"我们都很内疚。因为没有一起去伦敦，而是去干了别的事。真的。"保罗摆弄着皮带搭扣，紧张不安地说道，"我们不应该把气撒在你头上。"

"你们已经抱歉了……但你们仍然觉得那是我的错吗？"

莎拉继续注视着男孩们。在吵架时，他们数落得最厉害。

"当然是那些男人的错。如果警察能找到他们就可以定罪了。"珍妮又说了一嘴。

最后，莎拉深吸了一口气："那电视报道怎么样？有很多人打电话来吗？我的手机拿回来了，但没看到什么相关数据。"

气氛破冰了。他们一直说着报道帮了多大的忙，显然接到了很多电话。莎拉又撒了谎，说这些药片真的是个意外，让他们不用担心。

"所以你不会再这么做了吧？"珍妮语气紧张地问。

"不，不会了。我向妈妈保证我会更加小心的，我也不能让她再这么经历一次了。我简直愚蠢到家了。那告诉我，这次节目报道究竟播放了什么？"

珍妮说，她真的很高兴节目播放了安娜可爱的录像带，还有她发给节目制片人的一张照片。但珍妮妈妈有些沮丧，因为电视节目上对她的采访内容大大缩水。

"我妈妈谈论了其他失踪然后又出现的女孩，她说任何人都不应放弃希望，任何信息都可能是找到安娜并发现她活着的关键。但电视节目在编辑时，把这段都删了。"

每个人都沉默了会儿。

莎拉又闭上眼睛。

然后莎拉妈妈突然回到了房间，招呼大家出去，说医院员工让大家在这里已经违反了规则，他们不能得寸进尺。

大家都在互道"再见"，再次说"对不起"。

他们走后，莎拉妈妈坐在床边的椅子上，紧张不安，一遍又一遍地摩挲着裙子。

"怎么了，妈妈？"

"没事。"

"不，你有事。"

莎拉妈妈向莎拉的空杯子里倒了一些药，然后用塑料壶里的水加满。她看着软糖盒，就好像是在阅读背面的说明。

"好吧。莎拉，警方又联系我们了。当然，医生说你太虚弱了，还不能见警察。我不想让你再牵涉进来了。你已经受得够多了，但明显他们仍希望你回家后再小聊一下。所以我认为你应该知道，做好准备，不会被吓到。"

"什么内容？他们想和我谈什么？"

"在电视报道后，他们发现了俱乐部里还有更多目击者。这就是我知道的。"

"但我已经告诉他们一切了，我所知道的一切。"

"亲爱的，我明白。"

"不，我不想再和他们谈了。"

"好的，亲爱的。我理解，没必要不开心。我会试着向他们解释你需要休息。"

现在，莎拉靠在枕头上，闭上眼睛，再次试图挡住安娜的回声，忘掉那天晚上俱乐部里安娜脸上绝望的神情。

"求你了，莎拉。我觉得不安全。我求求你了，拜托……"

第十九章　目击者

我向托尼保证了，不会清早自己一个人去商店，除非安装好了新的警报器。但是，你一大早去喊一个沮丧的十几岁男孩起床试试。

我也很难责怪卢克。他保证会继续工作，直到我们找到替代者，但他现在就像僵尸一样徘徊着，总是看起来很累。虽然我们已经在心里接受了埃米莉的事，但我们还是让卢克再在家待几天，不去上学。但做到完全不受影响是很难的。

今天早上，我很早就敲了敲卢克的门，但他没有开门。晚点我进去看了看，卢克看上去很糟，他头很疼。所以我给了卢克一些药片，让他身体还可以时再来花店找我。托尼现在在布里斯托尔，所以我进退两难。一边是我对客户的责任，另一边是自身的安全和我对托尼的承诺。唯一的好处是警察一直对我都很好。可能是因为他们泄露了我的名字而很内疚，所以他们经常会派巡逻车经过我家和商店，从而增强"存在感"。他们似乎很确定这是一个变态混混干的，但无论如何我们都会在店里装一个新的警报器。我试着告诉自己一切都在保护网下。

我的底线是我决定一个人早去店里，不过仅此一次，然后也会一直联系卢克。卢克最近通过了考试，托尼给他买了一辆迷你，所以只要他能过来，就能快速赶到店里。

　　到店时，我已经给卢克发了两次短信，但他都还没回复。其实我还蛮遗憾他想放弃这份工作的。卢克十四岁起就一直在周末来店里帮忙。他以前非常渴望工作，面对客户也游刃有余。一切都很好，卢克可以赚到额外的零花钱，我也能给他树立纪律意识。卢克还能了解到时薪的真实感，其中既有工作中的艰辛，又有工作后的满足。

　　托尼去布里斯托尔出差对这次促销活动很重要，他们正决定是否应该要给谷物食品重塑品牌。我已经决定不告诉他，自己来店里了。他会生气的，担心天还没亮我就一个人过来了。

　　所以，"集中精神，艾拉"。我要处理好工作，完成市政厅一顿午餐的六个餐桌装饰。这是一次很好的工作机会，是餐饮联系人来做的定期预订，所以我不想让他们失望。这就是回头客的问题：一方面，你对此很感恩，而且受宠若惊；另一方面，你总是担心会依赖这种订单，担心走错一步，就流失了客户。

　　我通常会画画草图，做一个工作板，与餐饮经理凯特进行电子邮件沟通，达成一致意见。凯特的眼光很好，经常在社交媒体上发布我的作品照片，我最近的生意因此增加了不少。因为我的作品有点与众不同，所以在凯特那边赢得了相当不错的声誉。所以我不希望自己会疏忽大意或骄傲自满。

　　为了让我的作品保持新鲜感，制作的整个过程中有一部分就是需要运用一系列的花瓶和道具，这样作品才能展现出变化。我只是希望能有更多存储空间，尽管实话实说，我可能在展示上花费太多钱。对像我这样做小生意的人来说，精打细算比较好，但我认为投资装备有助于赢得回头客，因为不断给客户带来惊喜是很重要的。当然，这还能让客户们在社交媒体上分享更多照片。

在这项工作中，我用的是镀锌钢小桶，我们一致决定要打造超现代、充满活力的外观。我打算用红掌、白玫瑰和洋桔梗，再衬以有光泽的绿叶。因为桌布是白色的，房间是素色的，所以作品看起来会非常醒目。

我总是告诉托尼，每次完成一份订单，我都会希望客人问："这是谁做的花？"凯特是忠实顾客，总会把我的名片递给询问的人。对我来说唯一沮丧的是，有与会代表从很远的地方联系我，想下订单，但我只能在一定范围内服务。

天哪，时间在流逝，卢克却没发来任何消息。

天仍然很黑，我在想要不要再喝一杯咖啡，这时汽车发动机的声音传来。我在想是不是卢克来了，但我不确定，因为这车听起来不像他的那辆迷你。车停在了外面。车停了，我也不动了。

真是荒谬。"只是一辆车而已，艾拉，冷静一点。"

我站着不动，等着汽车开走，但没有。车前灯关掉了。我告诉自己，这可能是楼上公寓的人。

我等了一两分钟，然后又给卢克发了短信，没有回复。现在一切都安静了，所以我转身回到红掌中。我告诉自己专注在花上。然后……

哦，我的天哪。

有人正在动商店的门把手。当然，门已经锁了。"天哪。"

卢克有把钥匙。这不可能是卢克。

我拿起手机，随时准备打电话寻求帮助。我在想，如果有任何人强行进来，我会从后门跑出去，同时向警察报警。即使这个计划在我脑海中已成形，我仍感到既荒谬又害怕。

门把手那里又有咔嚓咔嚓声。我看不到谁在那儿，因为门上玻璃部分拉下了百叶窗。

我仍然站着没动。商店中仅有的灯在后工作台区域。我是不会去门那边的。不可能的。一方面，我想要相信那人是卢克，也许是他忘记了钥匙。但是他一定会叫我的对吧？

门口传来脚步声。是的，终于我能听到那人走了。好的，好的。感谢上帝。现在车灯重新亮起，车开走了。

我在想是否应该给托尼打电话，但想起来，我不应该一个人在店里。

你本来通常在一个地方，能感到幸福和安全，然后还是同一个地点，突然就变了。想到这儿，就觉得很奇怪。

我不想这样。

我讨厌新的感觉。

我真的眼泪都流出来了。然后我在想："你这个蠢人，愚蠢的女人。为什么一年前你没有做正确的事？为什么不在火车上给她们父母打个电话？否则就是他们的责任了，不是你的了。"

为什么，为什么，为什么？"艾拉，你为什么就没有做那件简单的事？"

我不知道在这里站了多长时间，但是瞥了一眼墙上的大钟，发现已经过去了很久。我在认真地思考。

然后手机响了，吓得我灵魂出窍。卢克的名字映入眼帘。

"刚刚是你在门口吗？"

"不是，怎么了？我只是想说要出发了。但妈妈你为什么这么害怕？"

"没事，没事。那么你会尽快到这儿吗？你答应过你爸爸的……"

我挂了电话，立马后悔自己的语气不好。该死的。我又发了条短信道歉。

"抱歉。我只是有点累。咖啡机已经打开了。"

然后我终于回到花中，试着让自己沉浸在鲜艳的色彩和香味中，来专心工作。

过了一会儿，我在想是否选错了装饰桶。我应该重新选镜像方形的容器吗？不，反正为时已晚，我没有时间重新开始。这样就很好。

现在外面天亮起来了，我可以长舒一口气，因为没有亮瞎眼的大灯，我就可以清楚地看到车辆经过、停下来。我不再觉得自己像在金鱼缸里，有种遭人窥视的荒谬感了。

现在是早上七点左右，门又嘎嘎响。这次卢克发了短信确认是他。

他真的忘记带钥匙了。

"妈妈，你为什么要锁门？我以为你喜欢随时做生意的。"

"你爸爸说锁起门来比较好，因为有人寄了些愚蠢的明信片。"

"我以为警察说过这可能是一些混混干的。"

"他们是这么说的，也许结果可能是这样。但我们还是想着要小心一点，为了安全起见。你头疼好点了吗？"

"已经不疼了。所以，你还得再见他们吗？那些警察？"卢克看上去很担心，我希望自己没透露那么多信息。

"不知道。可能不会了。我确定，一切都会解决的。"

"好吧，如果我发现了是谁寄了那些明信片，我会把他们揍一顿。"

"别这样说，卢克。这帮不了一点忙。现在需要的是让警察来处理，而不是我们。"

"爸爸可不是这样说的。"

"什么？"

"哦，没什么。"卢克看上去有点不安，"妈妈你还想再来杯咖啡吗？另外我饿了，有什么吃的吗？"

第二十章　父亲

亨利第一次手里拿着枪时还是九岁。

亨利爸爸向亨利保证不告诉他妈妈。那天他叔叔乔治也在那儿。他们把亨利带到河边的一块低处，去射兔子。

"这是害虫。"亨利爸爸解释道。七只兔子吃的竟然和一头绵羊一样多。所以兔子就是庄稼，也是菜园的噩梦。它们挖的洞也给牲畜造成了可怕的麻烦。亨利爸爸说，他还是个孩子时，有一次曾亲眼看到一头小牛的一只腿踩进了兔子洞，结果那只腿就折得厉害。兔子当然就应该射死，但人们从上锁的橱柜拿走枪，射中兔子后，兔子也很遭罪，在痛苦中哭泣。可怜的兔子……

亨利上的第一堂射击课，主要的内容是规则和安全、许可证和法律。亨利得知，他再长大很多，才能自己携带猎枪，但前提是他得证明自己可以承担起责任并严格遵守规则。控制好兔子既是法律允许的，也是很有必要的。但人们不能射杀獾，所以射猎时一定要小心谨慎。

亨利爸爸和叔叔解释了注意安全的顺序。首先确保射程内没有牲畜，没有公众，只能在白天射猎。其次始终要检查前方有没有其他射手。开枪前，请务必确保知道参与射猎活动中每个人的位置。

亨利爸爸躺在草丛中，为他架起枪，并教授如何射击。他警告亨利，开枪时枪会回弹到肩膀上，应为此做好准备，不过亨利很快就会习惯的。他们把亨利带到射击场，练习飞碟射击，帮助提高瞄准度。

亨利开第一枪后简直惊呆了。完全是侥幸，即时命中。亨利看到兔子突然跃起，又摔了下来，非常震撼。亨利爸爸看到这一幕异常惊奇，立即得意扬扬地庆祝起来。但亨利此时只觉得肚子里一阵翻腾，他不想说出来，其实自己突然觉得嘴里有点腻味，可能是恶心作呕。

"干得好，儿子。真不错，太有天赋了。天哪，乔治，你看到了吗？他天生就善于瞄准。"

这些天来，枪柜设在靴室旁的小办公室里。亨利的枪柜符合所有规定，尽管他希望枪柜是带密码锁型号的。亨利基本版钢制枪柜有一个钥匙，但是必须得单独存放。从技术层面上讲，他不应该告诉任何人钥匙放在什么地方，并且应该定期更换位置。但是实际上，亨利不止一次忘记了它的"新"秘密地点。因此亨利在家暴跳如雷，对着芭芭拉和女孩们骂骂咧咧。所以他最近总是将钥匙放在装袜子的抽屉里，放在他从来不穿的一双旧的红色橄榄球袜子中。亨利觉得这很容易记住，而且小偷也不太可能去翻袜子。

只是亨利偶尔听到有新闻报道说一个孩子拿到了枪，真是骇人听闻，亨利便陷入恐慌中，赶紧去检查红色袜子。

今天，亨利早早从备用卧室起来，感到些许悲伤。亨利一从警察局回来，芭芭拉就坚持让他搬离他们卧室。警察并没有正式逮捕，仍在调查亨利的新故事。但芭芭拉督促亨利彻底搬走，他才意识到自己已让事情更糟，而非更好。

"警察说了什么？为什么你的车会在火车站附近？你说过是喝醉了，睡在酒吧的停车场？亨利，你到底为什么不告诉我究竟怎么回事……"

亨利看了看手表，现在是早上五点半，他找到床头柜抽屉里的钥匙，这是昨晚他在芭芭拉做晚饭时从袜子里拿出来的。他匆匆穿上昨天丢在椅子上的衣服，把钥匙放在右边口袋。然后拉开窗帘，看着今天这过于美丽的天空，想到当下的心情和计划做的事，不禁皱起眉头。

亨利听了会儿自己的呼吸，凝视着云朵的图案，是卷层云。他爸爸也教过他有关云的知识。对于农民来说，识别云朵至关重要。卷层云就像晾衣绳上的床单，很薄，而且几乎透明，出现卷层云就意味着要下雨了。他感觉到内心的引力升腾而起，既熟悉又自然，还是需要继续干下去。开始吧。亨利下楼了，小心翼翼地，尽量保持安静，避免踩在从下往上数的第三个台阶上，这个台阶总是发出最大的声音。他走过厨房，来到靴室，在那儿，萨米满眼热情，摇着尾巴。

亨利看到萨米那熟悉的琥珀色眼睛正凝视着自己，胃里一阵不适。他抚摩着它的头说："待在这儿。"然后亨利从口袋里掏出钥匙，走向办公室。亨利选了把最老的枪支，从角落里的木制文件柜后拿出弹药。严格说来这个弹药存储点不是很安全，但他也没那么严格。亨利重新锁上枪柜，回到靴室。萨米仍然在那儿站着，歪着头，等待许可。

"不。伙计，今天不行。你待在这里。"

萨米看起来很困惑，耳朵往后竖，骄傲地站着，微微晃动。

"我说待在这儿，听到了吗？回你床上去，现在。"

亨利和萨米眼光再次相遇，萨米溜回床上。亨利离开房间时，它都坐在那儿，目光炯炯，注目凝视，气喘吁吁，舌头耷拉。

外面比亨利想的要凉爽一些。亨利望向车道对面的小草坪，又想起帐篷和蹦床，还有女孩们在灌木丛中的小窝里尖叫着大笑。

亨利记得安娜年纪非常小时，很喜欢在草坪中央让亨利抡着她的腿转圈。安娜长高后，这样玩就不安全了，亨利还曾为此很难过。

"你现在太高了。"

"哦，求你了，爸爸。"

"你会撞到头的。不行哦。"

他想起那次守夜活动，真的很惊讶。看到这么多人来，真的挺感动的。人们举着蜡烛，唱着歌。芭芭拉和珍妮与他们手挽着手，亨利太难过了，没法加入。他们嘴唇紧闭，才不至于哭出来。

亨利回头看了看屋子，楼上的窗帘仍然都拉开着，然后他尽可能在砾石上安静地，来到相邻的谷仓。他开的是小侧门，拖拉机的大双门的顶部和底部都拴着。他走到最远的角落，坐在守夜活动的备用草捆中。

亨利把枪放在地上，心跳加快。他害怕吗？

不知道。

相反，亨利面前出现了一本完整的相册，里面有着一张张图像。有一副洗好并发好的纸牌，这是芭芭拉和他度蜜月的画面，真是时过境迁。还有女孩们还是小婴儿的画面，一头金发的安娜，皮肤黝黑的珍妮。

亨利在想是不是他的潜意识拖出那些多愁善感的回忆，从而失去自杀的勇气。但不会的，他会继续行动。很快警察会发现他没有因为醉酒而睡在车上，很快他们和芭芭拉就会发现真相的。

然后又有一个新想法冒出。

"你这个白痴，亨利。"

他们在屋子里就会听见枪声的。该死的。他们会过来，找到他的尸体。他们会看到的。也许是珍妮第一个发现。究竟为什么他之前没想到这一点呢？

亨利从口袋里拿出手机，试图制定一个策略。他可以给警察打电话，告诉他们过来。是的，他能从内部把门锁上，警察就要花点时间处理。这样可行吗？还是应该走段距离，离屋子远点？也许走到山脊上去？

但之后其他人会发现他，会是其他可怜无辜的人。

直到现在，亨利才真正意识到自己根本没有前前后后仔细考虑过。

亨利很快就在口袋里摸到张小纸条。有笔吗？没找到，口袋只有些旧收据、一小撮电线和一个空的口香糖包。

亨利闭上眼睛，想到安娜的朋友莎拉和她的药丸，他皱了皱眉。

她考虑清楚了吗？是认真的吗？写纸条了吗？如果亨利不留下笔记，怎么解释呢？

亨利的心脏现在跳动得非常快，胸部真的很疼。他准备好了枪支，先用两只手把枪翘起来，然后再放回地板，指着自己的脖子。

由此他想到了一部电视剧，在这部剧中，化妆师说他们用肝脏来制造血液和一塌糊涂的大脑，从而打造逼真的效果。他想象着自己已经扣动了扳机，在想会是什么场景。是一片虚无？或是其他？亨利根本不信仰宗教，所以他不知道自己期望什么。但是亨利很惊讶地发现自己在担心开枪后的疼痛。

亨利稍微移动枪，让枪口对着谷仓的天花板，然后做了个决定。因为没有纸和笔记，所以他只能打电话了。是的，他右手又拿起电话，要打电话给警察。

亨利在手机里存储了梅兰妮·桑德斯警长的电话号码，决定先与她通电话。亨利觉得梅兰妮人还不错，看起来挺坦率的，又正派得体。比伦敦警察厅的那个家伙好太多了。他听到手机铃声响起。一声，两声，三声。亨利祈祷梅兰妮会接电话。五声，六声。亨利紧闭双眼，心脏继续怦怦直跳，祈祷电话那头不会是语音留言信息。

第二十一章　朋友

莎拉在回家的车上一句话也没有说，但她妈妈一直说个不停。说什么她可以不用去上学，想休多长时间假就休多长时间，用来恢复身体。

莎拉妈妈说她很高兴莎拉能和朋友们重修旧好，而且莎拉现在一定会去找朋友寻求支持。大家都不再互相责怪了，再也不说荒唐的话了，为什么不快点来个比萨之夜？或看场电影？

她们穿过前花园时，莎拉很惊讶，发现自己的脚都走不稳。也许是一直躺在床上的原因。莎拉看到客厅窗户下的三棵玫瑰花丛，注意到有很多花朵盛开。救护车把莎拉带走时，她想起自己躺在担架上，通过前门经过花坛。那时花朵还没有盛开。现在有五朵，不，有六朵了。莎拉因为这变化得太快，甚至觉得有些奇怪。

"来吧，亲爱的。我来泡杯好茶。"

莎拉不想喝茶，但也没说什么。

在屋里，莎拉站在客厅里，晕晕乎乎的。莎拉妈妈把她的小包放在长椅上。莎拉看着小包，这是格子呢做的手提包，里面装的是莎拉的化妆袋，她在伦敦用得小心翼翼。里面装着眼线笔、染眉膏和她最喜欢的唇彩。莎拉在长椅上方的镜子里看着自己，今天没有化妆，眼睛看起来很小，嘴唇很干燥。

在镜子里，莎拉可以看到各式相框里的照片，它们摆在对面墙边的松木书架子上。有一张照片拍的是莎拉坐在嬉水池里吹着泡泡，莎拉爸爸妈妈都坐在旁边，微笑着。

在另一张照片中，莎拉在倒立，她的裙子耷拉下来，露出白粉色的波点裤。莎拉现在皱着眉头，尝试回忆是谁拍的这张照片。

然后，莎拉又看了遍书架，看到了她姐姐莉莉在法国度假时坐在长凳上的照片。莉莉看起来很伤心。不，不能说是伤心，用这个词不正确。莉莉看起来有点恍惚，有点疏离。

通向厨房的拱形门廊那边传来水壶烧水的噪声。

"莉莉真正离开的原因是什么？"

"不好意思。水壶在响，听不见你在说什么。"莎拉妈妈回到客厅，站着盯着她。

莎拉注视着姐姐的照片："莉莉真正离开的原因是什么？"

"我觉得现在不是谈论所有这些事儿的时候。亲爱的，你需要休息。"

莎拉把头歪向一边，然后又转过来直视妈妈。泪水刺疼了眼睛，下嘴唇在颤抖。莎拉知道妈妈很轻易就能把手榴弹的引线放回去，她往常也都是这么做的，莎拉也就这样不了了之。

"这和爸爸有关系，不是吗？这就是他离开的原因。"

莎拉妈妈脸色煞白。

"你为什么这么说？你知道你爸爸为什么离开的。我们相处得不好……还有莉莉大发脾气，一切都变得有点……"

"是什么事让莉莉发脾气？"

莎拉已经三年没见姐姐了。有时莉莉会打电话来关心莎拉，但她已经有段时间没联系莎拉了。她们在脸书上互为好友，但莎拉去看莉莉的主页时，几乎认不出她了。莉莉目前像名嬉皮士，头发染的颜色奇奇怪怪，穿的衣服也不日常。莉莉住在德文郡，在一个古怪的组织中。她在脸书上发的照片总是些水晶，还有疗愈的东西，瑜伽、蜡烛、灵气和斯佩尔特小麦面粉。莎拉仍然想念莉莉。莎拉难以置信，最近发生了这么多事情，新闻都报道了，莉莉竟然没有联系自己。

"妈妈我想知道真相。"

"真相？亲爱的，你把事情说得听起来像情节剧。最近你经历了太多事，情绪不好。你爸爸和我之间只是没了爱情，就这样。你知道我们俩仍然是爱你的。"

莎拉迎着妈妈凝视的眼神，非常努力地想去读懂。她把自己目光深深印在妈妈目光之上，看看妈妈有什么反应。但水壶发出的声音宣告水已沸腾，她妈妈的视线移开了。

"我不想喝水，谢谢。我要躺下来。"

"那来个三明治怎么样？"

"我说了我很好。"莎拉从沙发上拿起之前的书包，走上楼，关上卧室的门，背靠在门上，手还放在冰冷的陶瓷门把手上。莎拉想起，在给整个房子挑选新门把手时，是莉莉为卧室选的这个陶瓷的门把手。莎拉想："真是神奇，原来小细节，就可以大不同。"那时，莉莉仍在谈论着要上艺术学院，并且每时每刻都在为某个项目而努力奋斗着。她们家小小的杂物间就腾出来用作她的工作间，各式各样的方案把它填满了。这个礼拜制作毛毡或丝绸印花，下个礼拜就制作手工染色棉床单，做拼接地毯。

然后一切戛然而止，取而代之的是争吵。楼上在大喊大叫，门砰砰直响。莉莉逃学，整天躺在床上，脸上一副悲伤的表情，和她在法国那张照片上的表情如出一辙。

莎拉看了看手表，来到桌边，打开灯，调节灯臂，这样灯光就能完美地照亮工作区域。莎拉打开笔记本电脑，因为还要花时间下载和设置，她有点不耐烦。

莎拉的脸书首页有很多新消息，都是支持她的，希望她早日康复。莎拉大多数好友似乎都知道她今天从医院回家，消息不胫而走。最初安娜刚失踪时，很多人发表了不好的言论，莎拉不得不对他们取消好友。有段时间，她甚至想删除整个个人资料。现在出现一则新闻报道，莎拉仍会偶尔收到不堪的评论，但她非常努力地去忽略它们，拉黑任何逾界之人。事实是，她无法忍受某些人说的话，但更担心他们可能会在她背后说些什么。所以莎拉还是把个人简介保留了下来。

莎拉点击进入姐姐的主页，莉莉更新了个人资料照片，照片里莉莉的发尾染成了粉红色。另外还有一组新的照片，不知是在哪里拍的，照片里有果园，有田野，有黎明时分户外的瑜伽活动，还是柔焦拍摄的。照片里有一大群人，手挽着手，不正脸对着相机。

莎拉打开发给姐姐的一条消息，内心一阵悲伤。她们最后一次聊天是在这一切发生之后不久时。她重新阅读了她们之间所有的消息。那时莉莉已经打了几次电话，但莎拉还是很震惊，守口如瓶。

现在莎拉的想法变了。她把嘴歪到一边，然后打字："莉莉，我需要和你谈谈……"她正要按发送键，又再次看了看信息，皱着眉头，意识到信息内容太模糊了，不足以让姐姐有回复的欲望。莎拉又加上了她的新手机号，然后又输入了些内容："是关于爸爸，我担心他和安娜的失踪有关系……"

莎拉手指悬在发送键上方，心跳加速。有那么一会儿，她不确定自己能否这么做，不知道是否有勇气最终引爆手榴弹。想到这儿，莎拉立刻双手捂在嘴上。

然后她吁出一口气，按下发送键。

第二十二章　私人侦探

"你真的不要再这么看着我了。"马修妻子对他咧嘴笑着说，这时他们新出生的女儿正在快乐地吮吸着她左边的乳房。宝宝虽然还很小，但却有着一头蓬松的黑发，令人印象深刻。莎莉轻轻地让宝宝躺在枕头上，枕头遮住了她剖腹产后的肚子。

马修情不自禁地张大嘴巴，睁圆眼睛，表情一直不变……

"对不起，我还很恍惚。"

"我知道。修，你一直说，这是一个奇迹。我真的很高兴你喜欢当爸爸，但是你不要再那副表情看着我了。"

"什么表情？"

"崇拜的表情。好像突然间，我就成为了一位女神。真是吓到我了。"

"我说过你很棒吗？"马修伸出手去抚摩妻子的胳膊，然后又摸摸女儿的黑发。

"女儿。"马修在脑海里反复想着这个词，深吸一口气。

"那么，爸爸，你今天打算做什么呢？"

这个问题可把他难住了。"什么意思？我要坐在这里，陪着两个漂亮的女孩。不然还能做什么？"

"就这样一整天？"

"为什么不呢？"

"因为如果你整天这副表情坐在那儿，我就没办法睡觉，你美丽的女儿也没办法睡觉，你也会无聊死的。

"这不无聊啊。这是……"

"一个奇迹。我知道，亲爱的。"

现在他们都笑了。

马修转而环视整个房间，站起来，走到备用椅子前。椅子上放着包，那里装着所有的婴儿用品。婴儿用品都很柔软，非常漂亮，都是白色和柠檬色的，因为他们不想提前知道孩子的性别。

由于是紧急剖腹产，他们拥有了这个明亮的单人病房，所以比较有私密性。马修又想起自己的表情会多么可怕，就把脸又转开了，不看着妻子。莎莉分娩了八小时，饱受折磨，然后医院又告知孩子姿势不对、状况不好，必须要剖腹产。这根本不是莎莉想要的。他们把莎莉推到手术室的路上，马修永远忘不了她的脸，一副既害怕又疼痛，同时很震惊的表情。当时马修抓住她的手，试图安慰她。

这可能就是马修为什么这样高兴，顶着一副崇拜的表情，他终于能长舒一口气了。

"马修，我的建议是你现在回家几个小时，洗个澡，睡会儿觉，按我列的清单，挑选好东西，然后今晚回来。我妈妈今天下午又要给我打电话，马修，我真的精疲力竭了，只想睡觉。"

马修转身走到她旁边，坐在床上。"你确定吗？让你一个人在这里总觉得不对。"

"亲爱的，你来这里已经很久了。"

"和你经历过的这些相比都不算什么。"

莎莉闭紧嘴唇，马修看到她眼中有亮晶晶的东西。

"很可怕，是吗？"

马修只是边点头边咳嗽表示认同，担心如果他再说话太快，声音就要哑掉。

"看，马修，我在这儿得住好几天，这是我们都没料想到的。那么，在我回家前，你不如去处理下你的案子？"

"我没考虑工作的事。"马修在说谎。

马修妻子歪着头。她太了解他了。

"好吧，也许只考虑了一会儿。但因为一旦有了小孩，你看一切的眼光都不一样了。"

"怎么不一样了？"

"哦，没事。"马修希望自己没有大声说出来。他不想将他美丽的小女孩与工作联系在一起，与脑海中的新困扰联系起来，也不想他的妻子和这些有任何关联。但实际上，他现在忍不住从不同角度去思考这么多的事情：有去年一年各大媒体报道所用安娜脸书主页的照片；有她的妈妈芭芭拉，还有艾拉。他正在以不同的方式思考所有这一切。马修的胃拧在了一起，右腿来回摆动着。

"好吧，你在看我的间隙要去做些工作，然后我能出院回家后，再尽情宠我吧。"

马修咬了咬下嘴唇。莎莉本来计划争取尽早回家，马修之前希望在头几周内就结束工作，但是剖腹产和强制性住院打乱了一切。

"好的。你是对的。如果你确定没问题的话，我就回家，洗个澡，可以的话再处理些工作，今天晚上过来？"

"我绝对没问题。"

马修非常温柔地亲吻了莎莉，嘴唇也在女儿头上蹭了蹭。

"太棒了，不是吗？"

"一个奇迹。"她调侃地回复道，眼里再次亮晶晶的。

★　★　★

一小时后，马修回到家，来回踱着步。想到她们很快就会回家，感觉真是太奇怪了。他们是一个家庭了，家里不再只是他和莎莉，而是三个人。马修环顾四周，突然在想家里空间够不够大。角落里放着一个大柳条篮，里面装了一些新东西，其中许多马修都完全不了解，有还需要组装的婴儿健身架，还有尿布垫之类的物品。

马修一下子感觉很棒，是的，奇迹一般，但又觉得挺恐慌的。马修在想自己是否准备好了，是否真的有为新手爸妈准备好了。

马修按下开关，启动浓缩咖啡机，然后快速浏览邮件。没有什么重要邮件。马修把咖啡机放在厨房台面上，取出手机，正好绿灯闪烁，咖啡已经好了。

马修把一个陶瓷的咖啡杯放在喷嘴下面，精疲力竭之后感觉一阵飘忽。这种感觉不太符合他周围的环境。马修按下按钮再要了杯咖啡，另一只手拨打梅兰妮的电话。很诧异，梅兰妮立刻就接了电话。

"我正想知道过多久你才会知道这事。所以你是怎么听说的？是邦戈鼓间互传的消息吗，还是如我一直所料，你会通灵？"梅兰妮的声音很低。

马修眉头紧蹙，沉默了会儿。他完全不知道梅兰妮在说什么。

"新闻传播得很快。"

"艾拉知道吗，这个消息？"

马修没有回答。

"好吧，你不要和任何人说起这个消息，因为我们都知道，对那些支持安娜一家的人来说，这个消息会伤害他们的情感。媒体还不知道这事，就是因为我们想秘而不宣。至少现在是这样。"

马修盯着浓咖啡顶部的泡沫，泡沫颇像那么回事，很诧异这个唬人的东西竟真的有用。他啜了一口，在想到底发生了什么事情。直到昨晚，伦敦和康沃尔的警察都希望媒体尽可能多地进行报道。到底是什么事情让警察突然不希望新闻界知道了呢？

"梅兰妮，要不这样，你告诉我你能告诉我的，我向你分享我知道的全部消息。另外，我保证会彻头彻尾密切关注，媒体得到任何风声，我都会转告你。"马修与当地记者保持着良好的联系，梅兰妮也是知道的。

"完全不能说出去。"

"哦，拜托了，梅尔。你了解我的呀。我可能把自己职业生涯的前途坑了，也不会弄糟你的。"

"好的，但不能在电话里讲。你多快可以在萨尔塔什见面？还在常去的那家咖啡馆。"

"我会给你发短信的。"

"好的。对任何人一个字都不能泄露。做得到吗？"

"没问题。"

"哦，顺便问一下，莎莉怎么样了？她现在已经过了预产期了，对吗？"

一阵罪恶感涌上马修心头。有几分钟，他真的已经忘记了莎莉。不，不是真的忘记……而是关闭了记忆通道。马修很惊讶，竟然会有这样的事发生，并想知道是什么原因。工作、家，完全分开来思考了。突然，在医院的画面又回到了他面前，生动而可爱。

"梅尔，我当爸爸了。是女儿。我有一个漂亮的小女孩了。"

第二十三章　父亲

亨利在警察局拘留室里四下张望，发现自己思念萨米了。他希望珍妮能带它出去遛遛风，伸伸腿脚。然后亨利身子前倾，把头埋在手里。可怜的珍妮，已经经历了这么多痛苦，还得再添上一笔。

亨利闭上双眼，回想起自己制造的混乱，全然一塌糊涂。为什么，哦，为什么，自己没有胆量直接扣动扳机？

亨利试着躺在坚硬、凸起的平台上，这是某种形式的床了，但他躺上去背很疼。薄薄的蓝色塑料床垫效果甚微，几乎无法缓冲混凝土板的硬度。亨利想知道他要在这里待多久。亨利看着门，一想到那扇门关闭时发出的声音就不寒而栗。你根本无法想象这里面是什么样子的，直到犯了事被抓了进来才知道。虽然通常亨利没有幽闭恐惧症，但以前也从来没有经历过这样的考验。亨利习惯了待在户外，又自由，又能呼吸到新鲜空气。他试图记住法律的规定：警方不控告而拘留一个人可以拘留多长时间？

警察拿走了亨利的鞋子和皮带。他突然意识到，他现在可能更习惯穿袜子了。长筒靴放在靴室里，但是亨利不想穿拖鞋。亨利觉得自己过去几天体重肯定减轻了，因为他站起来走到门前，觉得裤子有点松。

那扇门有小观察格栅，真是可怕。

亨利想起芭芭拉和她的李子片，想起安娜在草坪上翻着跟头，想起安娜那帮小伙伴在洒水器里跑进跑出。亨利需要的是一架时间机器回到过去。是的，回到与现在截然不同的生活里去。

突然，亨利很不耐烦，充满愤怒。他已经受够了，受够了所有的这一切，这个地方，这个该死的地方。

"有人在吗？"

没有人回复。

亨利踢着门，大声喊着："我需要谈一谈。"

几分钟后，门那边有动静，格栅盖从一边滑到另一边，穿着制服的警官透过小窗看着他："请你声音小一点。"

"我想和我的律师联系。"

"我认为你没有做错任何事，不需要律师。"语气里满是讽刺。

"好吧，我现在要联系我的律师。我知道自己有这个权利，在律师来之前，我不会向任何人做口供。"

"好吧，我们会充分关注的。但在这里是我们负责，你必须得等等。"

亨利的目光穿过格栅窗："我没做错任何事。"

"当然没有。"

两个小时过去了，亨利只能直面耻辱，一边使用肮脏的开放式卫生间，一边祈祷着格栅窗那边不要有动静。

亨利一直坚持请自己的律师而不是公职律师，因为请后者显然会拖慢解决问题的速度。

终于，亨利可以和亚当·本森独处了。亚当·本森到目前为止只处理过财产和遗嘱事务。亨利这才意识到自己处境有多么艰难，实在是失策。亚当很坦率，说自己在处理刑事诉讼方面经验有限。亨利说他不想牵涉到其他人。亚当的建议很简单："相信我，告诉我真相。"

"亨利，有什么需要告诉我的吗？因为如果有的话，我强烈建议现在就说，这样我就可以去联系其他人，他们可以更好地处理你这种情况。"

真相？

亨利想起安娜在车里坐在他旁边的场景。安娜脸色煞白："你真让我恶心。"

★ ★ ★

亨利被带到采访室，下嘴唇在颤抖。而亚当已经坐在里面，对面就是那位伦敦的讨厌督察。亨利对他相当嗤之以鼻。

"你不能把我关在这里。我没做错任何事，没干任何违法的事。"

"你把枪对准了我的一名警察，我们称之为威胁性行为。"

"是你们闯进了我的谷仓，我受到了惊吓。我当时正在保护自己的财产。"

"巴拉德先生，我们进入谷仓是因为你很激动地打电话给我们，要求与梅兰妮·桑德斯警长通话。我们这么做是为了防止你对自己或他人造成伤害。你知道这点，我也知道这点，所以我们不如不要再说些非法侵入的无稽之谈了吧，可以节省很多时间。"

亚当转过头，睁大眼睛，向亨利点头示意。

"我很沮丧，安娜失踪已经超过了我的承受能力。"亨利都能听到自己的心脏在怦怦直跳，他试图表现得平静些。

他突然非常想回家，对芭芭拉说对不起，尤其是对珍妮。她目睹了在谷仓现场发生的一切，那些大喊大叫，还有僵持的场景。可怜的萨米在外面狂吠。真是一团乱麻，简直糟糕透顶。他还想与梅兰妮·桑德斯对话，而不是与伦敦的这个家伙。

"我为什么不能和梅兰妮·桑德斯警长说话？"亨利从谷仓打电话时，就说了要和她说话，只和她说。

"她目前没在工作。你打电话过来时，我们就和你说过了……现在也说了。在这件事发生之前，我们上一次正式谈话……"检查员正盯着一些文件念道。亨利听着是他电视节目播出后，接受面谈中作的声明。"你向我们提供了第二个版本，说明于安娜失踪之夜你所在的地点。所以，现在故事的版本是，你的车大部分时间都停在火车站附近，因为你喝得有点多，故决定在车后座睡觉。"

"是的。"

"这就是你告诉你妻子的内容？也是你让她为你撒谎的原因？"

"是的。因为喝得这么醉醺醺的，实在是很尴尬，说起来很难听。"

"下面是我的问题，巴拉德先生。我们再次和目击者进行了交谈，他们是在电视节目播出后打电话给我们的，他们没看到有人睡在汽车后座。"

"也许他们只是因为我躺着才没看见。或者，也许是他们在我从酒吧回去之前看到了这辆车。"

"啊，是的，这家酒吧叫'狮子头'。现在，我来提出另一个问题。我想知道，你为什么不把车停在酒吧的停车场呢？另外，在这家酒吧，似乎没有人记得那天晚上你在那里。"

"那天停车场和酒吧都很繁忙，很拥挤。他们怎么会注意到我？"

桌子下面，亨利的手掌突然都出汗了，然后在裤子上擦着手。他转向正在写东西的律师，想知道做这些笔记有什么用。他看了看采访记录的黑匣子，想知道是否会有文字记录。他现在知道了，如果你说谎了，你就必须得记住谎话的所有细节。每一次都得对上号。每个新版本都会让谎话更容易遭人揭穿。

"你对你女儿的朋友莎拉有多了解？"督察突然探身向前问道，并密切观察着亨利的反应。

"我不知道你问这个问题是什么意思。她是安娜最好的朋友，是好几年的好朋友了。她经常会来我们家，就像安娜其他所有的朋友一样。我们一直欢迎他们。"

"那么，巴拉德先生你最后一次见到莎拉是什么时候？"

"什么？"

第二十四章 朋友

莎拉回忆，那时她很快发现一件重要的事，自己与安娜除了共同痴迷双球击墙游戏外，也都很喜欢唱歌。她们一起加入了小学的合唱团，热爱极了。然后在中学时期，又一块加入了音乐剧团。

几年来，两个女孩在戏剧领域野心勃勃，这个温床孕育了过山车般的情感，既有泪水，又有愤怒；既有胜利，又有悲伤。在七年级和八年级时，她们友情尤盛。年轻的女孩们在合唱团里一起唱歌。但是，一旦有更大的活动需要进行试演，空气中都弥漫着竞争的气息。在合唱团这一池水中，荷尔蒙、渴望和不安全感的泡泡汩汩地往外冒，随后会有跌宕起伏和龃龉争吵，这时安娜和莎拉观察着一切，从此有了新的认识。

尽管莎拉学习成绩出色，周围许多人都非常诧异，但是安娜在唱歌方面更有天赋。到了十年级，这两个女孩都想成为音乐剧明星，为此痴迷不已。她们都认为梦想是完全有可能成真的，还制订了一项计划，一起申请去学习音乐和戏剧。她们想象着住在一个公寓里，在伦敦西区舞台上日日歌唱。这样就不用管蒂姆和保罗翻的白眼，还有家里所有大人有什么想法了。其中安娜爸爸特别不屑一顾。

"安娜，你想成为歌唱明星，这都要怪《英国偶像》选秀节目。"安娜爸爸坐在农舍餐桌旁的袜子堆里说道。他的口头禅就是，在学校享受演出是一回事，而欺骗自己这可以当作事业又是另外一回事。"你们两个女孩知道吗？大多数音乐剧院的学生最后结局如何？都是去当服务员，开着啤酒。你们俩最好不要再白日做梦，最好还是要拿下可靠的学位，这样才能找到一份工作……"

莎拉和安娜才不管这些。她们蜷在安娜卧室里，裹着她的羽绒被，看着她们所有喜欢的戏剧光盘，一张接着一张。有《猫》，有《歌剧魅影》，有《星光快车》。

然后，十一年级初始，戏剧系就宣布，那年的新制作是女孩们最喜欢的音乐剧：《悲惨世界》。

莎拉叹了口气，看着手表，边回忆往事边眯起眼睛。那是她和安娜第一次讨论想尝试演哪一个角色。莎拉还记得她们坐在安娜的卧室里，陷入沉默，既兴奋又害怕，不知道未来的友谊走向何方。

突然友情里就没有忠诚或妥协可讲。她们每个人都愿意准备出卖自己的灵魂去演芳汀。

从一开始，莎拉就知道安娜更可能得到这个角色，但她并没有因此而停下尝试的步伐。莎拉自己在卧室里，一遍又一遍地偷偷看着电影版芳汀的扮演者——安妮·海瑟薇的表演，直到她可以完美演绎安妮·海瑟薇的每一个精妙之处、每一次呼吸、每一次掉泪。但莎拉惭愧的是，她开始希望安娜会感冒，或者因为十一年级是初中毕业年，安娜爸爸由于担心安娜分心而不让她参加。

但结果没有。在试镜那天，她俩既是最好的朋友，又是主要的对手，在公共场合互相祝愿彼此顺遂，但暗中各自揣着新冒出的困惑的小心思。莎拉羞愧自己完全由野心和嫉妒所占据。

10月3日，选拔结束。戏剧布告栏上发布：安娜将扮演芳汀。而莎拉在合唱团中，则是做德纳第埃夫人这个反派角色的候补演员，担负起"额外的责任"。

安娜的表情说明了她的一切本性。

"莎拉，你想让我退出吗？坦率来讲，如果这对你而言意义重大，我会退出的。反正我爸爸也不希望我参加。我不希望这成为我们友谊的绊脚石。"

"没有，别傻了。我为你高兴。"

然后数周、数月，莎拉不得不看着这一切。聚光灯打在安娜身上，每个人都惊诧于她的才华。起初男孩们都对着演音乐剧的人嗤之以鼻，认为他们是些歇斯底里的人。但彩排录制好，又在脸书上分享后，他们看安娜的眼光突然就变了。甚至连讨厌音乐剧的蒂姆和保罗似乎都变得宽容多了，对音乐剧编排的进展还产生了兴趣。保罗在脸书上给安娜留言，赞赏她穿上戏剧中的服装，看起来真是太棒了。莎拉仍悄悄暗恋着保罗，看到这些可笑的评论，气得牙直痒痒。

莎拉从那时开始转变了。这不是一个有意识的决定，更像是做实验来提高自尊心……接着莎拉踏上了陡峭湿滑的斜坡，她发现还有其他方式可以受男孩们的欢迎。起初，她觉得自己很强大，有自己的聚光灯。然后很快，另一方面莎拉又变得可鄙轻浮。社交媒体上有人开始讲莎拉的八卦，骂些难听的话。因为一张分享出来的图片，莎拉失去了一切光环。

不久，就有人公开指着莎拉喊荡妇。

安娜则一如既往的忠诚，告诉莎拉不要在意这样的仇恨者。莎拉在想，安娜的内心深处是否也会怀疑她离经叛道，但她们从未真正讨论过这事。在众人面前，安娜仅仅是站在莎拉这边。她说有人编造事实是因为他们嫉妒莎拉有多么聪明。莎拉从未告诉过安娜这一切都是真的。

所有的都是真的。

就是在那时，他们的小团队真正开始分崩离析了。是因为蒂姆和保罗从其他男孩那里听到太多消息了吗？莎拉一直不确定。

现在，莎拉在手机上查询着火车时刻表。她意识到自己是多么急切地想去廷特利，和一位可能理解自己的人讨论所有这些事情。

那就是莉莉。

整整一年，莎拉都在说服自己，安东尼和卡尔才是应该饱受责备的人，他们是安娜事件的始作俑者。但是，莎拉的脑海里冒出了新的、混乱的想法，日益强烈。

因为莎拉想起她爸爸突然去学校，看了学校制作的《悲惨世界》。他还反反复复地赞赏，安娜在节目中的表现是多么让人惊叹。

　　莎拉无法忘怀伦敦发生的真相，俱乐部里发生的真相，还有那条短信。

　　那条莎拉一直害怕告诉任何人的短信。

监视……

晚8点

我会仔细挑选监视的人。

他们需要有特别之处。有时我选择的人是我爱的人，我知道他们有多需要我；有时我选择的人是我恨的人。我从不选择既不爱又不恨之人。如果你对这样的人都没有什么感觉，干吗还要麻烦呢？

但是现在有点讨厌，我不得不暂停监视一阵子。真令人沮丧啊。我的计划被打乱了，想来一根香烟。

但是无论如何，都必须要保持冷静，必须比被监视者要聪明得多。必须要让表情看起来、语气听起来都没问题。

这也是我非常擅长的点。

正确的表情。

正确的语气。

这样就不知道我在监视着谁，为什么要监视。

第二十五章　目击者

卢克昨天半夜收到了短信，埃米莉的孩子没了。我们几乎整夜都没有睡，在交流着，一直转来转去。

卢克知道后非常震惊，但又掺杂着悲伤、宽慰，还有可怕的罪恶感。埃米莉不接卢克的电话。卢克好容易打通一次，但埃米莉只是泣不成声，给他发短信，让不要打扰她，她需要静一静。埃米莉不知道自己是什么感觉，没人明了。

我从未见过卢克这般低落，这般伤心。我还是让他待在家里，没去上学。他担心不知自己落下了多少功课，但我认为他可以赶得上，有必要的话，今年就只参加考试。我今天非常想留在家里，陪伴、支持卢克，但又左右为难。因为我要准备婚礼上的花束，在收货车早上八点到达前准备好，花束最迟在早上十点半就要送到新娘家，其他的花随后很快也要送到宾客接待处。我曾尝试给业内的几个朋友打电话，看看他们是否可以接下订单，紧急帮个忙，但没有人有空。

所以我该怎么办？让新娘失望吗？

托尼出差了两个晚上，与其他的区域经理会面，这是团队建设特殊活动中的一项。托尼不可能不去的，因为总经理可能在那里。所以我必须作出决定，让卢克一个人待在家是否明智？现在，店里有了新的安全装置，我一个人早早去花店安全吗？

我们已经安装了新锁，还有一个警报器，但这个该死的系统一直出故障，住在这排商铺上面的住户在不停抱怨。有时突然意外发生，到目前为止，这个系统出了三次虚假警报。坦白地说，我都厌烦了。这个系统花了这么多钱，效果还这么差。我打电话给安装人员，安装员竟然还一直找借口，暗示是我设置方法有误。但我又不傻，我是完全严格按照说明书来操作的。

安装员在最新一封电子邮件里，一直巴拉巴拉说着搞定系统还需要一些时间，就好像这个系统是烫了一头的卷发，需要好几天才能捋直。我们在谈论电子设备，说的是科学。我让他看着办，扬言要打电话给贸易标准局。结果安装员回复邮件说老鼠会触发警报。老鼠？你会相信吗？

这个早上我不得不凌晨两点就去花店，只能让可怜的卢克自己待一会儿。坦白地说，我就没有去重新设置警报系统，而是关闭了这个愚蠢的东西。我知道，这个系统只会让事情更糟，纯粹就是占地方。

现在是凌晨五点，如果我要准备好花朵，及时让收货车收走，就马上需要离开了。我泡了两杯茶，然后把一杯拿到楼上卢克的房间。

他坐在床上，仍穿着昨天的运动服。

"我泡了茶。"

他看着我，好像我说的是另一种语言，好像他根本不认识我。

"你觉得学校人人都会发现吗？"

"我不知道，亲爱的。希望不会。"

"我也这么希望。我是说如果大家都知道了，想想埃米莉要面对那么多痛苦，我就没法忍受。"卢克把头埋进手中。

"看，亲爱的。我没打算让你和我一起去商店。但是你爸爸，如果他发现我又一个人去了花店，会很生气的，所以我们最好不要告诉他。"

卢克转过身看着着我，神情呆滞。

"你一个人去安全吗？"

"是的，当然安全。亲爱的，不用担心。我们装好了警报，非常好的。警察确定只是有人想引起别人注意，才寄来明信片。非常可恶但不会造成什么伤害。"

"你确定吗？想我过去吗？"

"不用，亲爱的。你状态不是很好。我希望你好好休息下，保证好自己的安全，记住最后一切都会好起来的。我们都是你的后盾。而且我知道你现在真的会很难过、很困惑，但未来会更好的。"

"你还在担心……那个女孩吗？担心安娜？"

"没有，亲爱的。我试着不再想这事了。我现在担心的是你。"

然后我告诉卢克，我会一直开着手机，如果有任何事，就立刻给我打电话或发短信。我今天不开店。一旦准备好把婚礼花束送上车，我就在门上挂关闭的牌子，直接回家。

"好吗，卢克？你自己待在家里几个小时没问题吧？"

卢克点点头。

"亲爱的，电话保持畅通好吗？"

卢克又点了点头。

★★★

早上这个点路上从来没什么车，很快我就开到花店外面了。可笑的是，我关着车门没有熄火。我还没有告诉托尼，我不知道接下来会发生什么。

事实是，在店里，我一直觉得有人在监视我。你要知道，这是身体产生的一种奇怪之感。这就像有人轻轻拍了你的肩膀，然后你转过身，发现没有人。希望这只是我的偏执。警察的说辞并没有说服我，尽管我没对卢克和托尼说实话。我一直在想着那把修枝剪。

我曾想过再给马修打电话，但自从他妻子分娩以来，他一直没关注消息了，我也不想麻烦他。无论如何，他只是私家侦探，又不是保安。

我环顾汽车四周，似乎没有动静。商铺楼上的公寓没有灯是开着的。汽车与花店之间可能就不过十几二十步的距离，我都走了百万遍了。我不能让自己这样。

"艾拉，冷静，别慌。"

我深吸一口气，打开车锁，然后尽快下车。商店里的钥匙已经拿在手里，我走到门口，才转身用钥匙锁了车。心脏仍在怦怦直跳，我很快就进入店里，确保门都关紧了，以便关上耶尔锁。这是一种特殊的新型锁，一旦关闭就需要一把钥匙，有点像酒店的卧室门。白天的时候，我会把门打开，门口放着一个花桶，桶里装满每日特色花朵。现在，我再三确认门是否已完全关闭好，是否安全。好的。我把门内侧的百叶窗拉下来。但是人们还是可以通过橱窗陈设看到店里，所以拉下百叶窗无济于事。不管怎样，我大部分时间都在店的后方工作。

我快速走到准备区，脱下外套，丢在椅子上，同时轻按咖啡机开关。我就是个工作狂。昨晚，我一边为今早设置好咖啡机，一边做着匹配六张桌子的陈列花品，花品放在冷藏箱的中间架子上。三个婚礼花束要用到的花朵则全部精心摆在底部架子上，浸在水中，按照要加工的顺序排列好。首先是两个伴娘的花束，然后是新娘的。

创业初期，我通常会提前一天完成所有的婚礼鲜花。我担心当天时间会不够，着急忙慌犯错误。现在我都确切知道每一个环节需要多长时间，而且信心渐长。我现在更喜欢所有的花朵都能超级新鲜，所以，只有在交货或选花方面遇到特殊问题了，我才提前一天做好婚礼花束。

我以前自己也送货，但是现在有一个很棒的家伙来帮我。汤姆出价实惠，人又可靠，处理鲜花物流小心翼翼，从未让我失望过。不到三个小时，他就要到店里了，所以我要快点开始工作。

今天的订单是做三束非正式的、比较随性的花束，由玫瑰和大雏菊搭配而成，这些都是比较容易采购到的鲜花。浪漫的手工绑扎是我的专长，但这位新娘希望的是传统式缎带绑扎。准备花束不需要花很长时间，但我总是会留点空余，这样才能游刃有余。

知道新娘喜欢简约风后，我实在太高兴了。她的裙子上已经有很多的蕾丝元素，所以她坚持用非常简单的花朵做衬托，真是非常明智的选择。

两位伴娘用的花束是艳粉色的非洲菊和一些还未绽放的玫瑰花蕾。我在工作台上准备好所有东西，把花卉胶带剪成条状，然后将它们粘贴到柜台边缘。接下来，我开始准备第一束花，首先选择最佳单朵花作为中心装饰，然后向外螺旋式展开来塑造形状。进行得很顺利，花朵质量很好，我节奏控制得也不错。这么幸运的事情不是回回都有。很快，花束就按需成型了，我走到专门安装的镜子前，看看花束拿在身前是怎样的。很好，是的，我高兴极了，形状太棒了。我回到工作台，用胶带固定好茎秆，不能太紧，要小心翼翼不能损伤茎秆。然后，我将第一个花型放回工作台上已经准备好的一个花瓶中。同时瞥了一眼，发现咖啡已经准备好了。我倒了一大杯咖啡，从迷你冰箱里拿出牛奶加上，然后坐下。

只是现在，我没有想着花朵，思绪在飘荡。天花板上的钩子吸引了我的注意力。卢克小时候我们用这个钩子做他的弹床，我想象着他弹跳着，微笑着，很是高兴。

昨晚我竭尽全力去安抚卢克，但找不到合适的言语。现在想想，我差点就成了祖母，要承受的实在太多了。眼泪就这么滴了下来，毫无声响，只觉得脸颊上湿答答的。我一边喝着咖啡，一边让我自己哭出来，咸咸的泪水流进嘴里，和咖啡的味道混在一起。然后我晃了晃头，从柜台上的包里拿出纸巾，擦了擦脸，吸了吸鼻子，转身看会儿花朵。

我又开启了"自动导航"模式。我小心地用水槽旁的毛巾擦干手，然后从抽屉中挑出一小包珍珠别针和一卷双面象牙色的缎带。这一卷是专门为婚礼预留的，使用这些材料需要很认真。

我从花瓶里取出鲜花，然后用最爱的红柄修枝剪将茎秆修剪成均匀的长度。然后，我非常仔细地用缎带螺旋式覆盖了茎秆，再将锻带末端折回以打造整洁的外观，最后用别针固定。我拿起花束，放在腰部高度，以确保它给人舒适之感，然后又在镜子中看了看，手指在缎带表面上下滑动，从而确保别针边缘没有凸起。很好，花束看起来很漂亮。

下一束花则更具挑战，因为我需要确保伴娘的第二个花束要和前面一束完全匹配，这样婚礼照片上的花束就不会出现任何不同或不平衡之处。这些都是经验所得，注意细节是重中之重。

我听到声音时，瞥了一眼水槽上的时钟。我身体一动不动，皱着眉头，听着这毫无来由的声音。这声音听起来就像门上有钥匙在转动。

从我站着的位置，看不到店门口。

"卢克，是你吗？"

没有其他人有钥匙。

我再次僵住了，好像这样我的存在感才能消除，坏事情才不会发生。

"卢克，你吓到我了。亲爱的，你没事吧？"

还是没有回答，于是我静悄悄地伸手去拿包，掏出手机，打给警察。

"无论你是谁，我现在在给警察打电话。你听到我说话了吗？"

传来另一种声响，先是门把手嘎嘎作响，然后是脚步声。我走到门口，这样我就能看到店外。店外亮起了刺眼的前灯，显然是一辆汽车在倒车，然后迅速驶离。

心脏在剧烈跳动，手机仍在手中，终于打通了紧急呼叫的电话。这时我刚透过玻璃看到那个东西……它就在地板上，就在门外。

"警察、火警或救护车。您需要哪种紧急服务？"

我盯着地面上的那个物件，离门不过两英尺远，头脑中突然出现了一团混乱困惑的场景，没有一个有意义。

"很抱歉，我不小心拨错了电话。"我挂断电话，走到门前，打开门，踏出店外，捡起物件，然后迅速回来，从里面再次锁了门。

我另一只手紧紧贴在胸口，希望心跳减速，随之而来的是，脑海里疑雾重重。

我拿着这个东西，盯着它看，好像这样凝视就可能改变它的样子。翻过来看后，难以置信，我对它竟然非常熟悉。所有的记忆都栩栩如生地浮现在眼前。

然后我打了卢克的电话。

卢克接电话前，铃声响了五六次。他的声音有气无力。"妈妈，什么事？我刚才睡着了。"

"你还在家吗？"

"是的。当然。"

没有道理。卢克怎么可能骗我？要来这里吓我一跳？

我盯着手里这块坚硬的塑料，用大拇指摸着它的轮廓。我知道这是卢克的东西，我想试着弄清现在究竟要做些什么。

第二十六章　父亲

亨利盯着墙上的苍蝇。他不知道警察为什么要问有关莎拉的问题。他们也不会解释。

亨利关在这儿感觉有几个小时了，苍蝇简直要把他逼疯了。它一会儿静止不动，一会儿蹦跶跳跃。先是斜对角跳个大约两英尺，然后是垂直来个第二跳。亨利眯起眼睛，觉得眼前这个场景有种奇怪的熟悉感，大脑便开始搜索，直到迷雾最终散去。

亨利大声笑起来。想起是《诺曼·贝茨》这部惊悚片里的场景。接着又笑了，对自己这超现实的荒谬想法摇了摇头。警察牢房中的音响效果非常响亮，亨利听着自己的大笑回声逐渐减弱，先是外在回声减弱，然后是头脑里的声音。亨利在等待着绝对的安静，身体前倾，把头放在手中片刻，然后做出决定，站起身来。

"好吧，诺曼，这次我们杀死苍蝇怎么样？"

亨利一想到这个新决定，便兴奋开来，终于有事可做了。亨利环视房间，想解决下一个挑战：那就是要打死苍蝇，有什么东西可能来当作武器呢？有那么会儿，亨利考虑脱下衬衫来掸苍蝇，但是他又想象着看守员会透过观察窗向里看，就能看见他那有点松弛的裸体，所以否定了这个选择。警察们出于安全考虑，拿走了亨利的腰带。"嗯。"然后亨利想到了一个主意，低头看着自己的脚。

亨利脱下左脚的袜子，测试着它的延伸性。袜子的这个面料还是很有弹性的。很好，幸运的是，这袜子是用棉花和羊毛混合物做成的，不是那种令人生厌的人造垃圾。用袜子来打苍蝇再好不过了。接下来，亨利坐在蓝色的塑料床垫上，一动不动，静静等待。苍蝇又动了几下，然后飞了半路，在正对着亨利的墙壁上停了下来。

亨利慢慢瞄准，不需要动的身体部位则尽可能不动。"耐心，亨利。要有耐心，等一下……再等一下……开击。该死的。"虽然袜子拍打速度很快，但还是差一点点打到，然后苍蝇就在小房间里嗡嗡地飞着。

亨利站起来，取回袜子，然后坐在床上，又是个讽刺。他一生都在和苍蝇做斗争。

亨利还是个小男孩时，他就很讨厌看到苍蝇去烦着他们的牛。苍蝇在大牛或小牛犊的眼睛那儿爬来爬去。亨利看到这些可怜的动物甩着尾巴掸着耳朵，直觉得苍蝇厌烦。

亨利非常清楚其中的风险，不仅是牲畜会面临风险。亨利妈妈也在厨房里大声抱怨着苍蝇会带来可怕的疾病。她有一个小型的厨用灭蝇器，把它高高挂在墙上。亨利盯着这个灭蝇器，消灭苍蝇时，它会发出一道闪烁的蓝光，接着是吱吱作响的声音。他不禁觉得分外迷人，又有点令人恶心。

同时，在农场上，亨利爸爸教授着他各种为牲畜而控制苍蝇的方法。这是牲畜管理的重要组成部分，因为苍蝇不仅仅只是令人烦恼，而且会导致眼疾，降低效益，引起各种各样的问题。亨利后来自己一接管农场，就已经接受了这个可怕的现实，就是每年会为杀虫喷剂和耳标划出一大笔预算。

"我是真的很讨厌苍蝇。"亨利边想着，边扫视着这个牢房，搜索着他新的敌人。亨利很惊恐，在猜想苍蝇不会停在不锈钢马桶上吧？果不其然，几分钟后苍蝇落在了马桶的边上。有那么一会儿，亨利想知道警察还要多久才把他放出去，他祈祷着能在要大便前就解放。亨利一想到自己在做最私人的事时，看守员可能还会当众打开门，就觉得无法忍受。或许他们能有个协议，先通过窗口瞥一眼，如果有人在方便，就先让完事儿再进来？

苍蝇静止不动。亨利第二次伸出袜子，非常努力地保持身体其余部分不动。现在，苍蝇在走着，首先是在桶内走着，然后又回到边上，并没停下来，然后又逆时针行动。终于，它再次安定下来，亨利瞄准了。

这次亨利不仅仅只是得意扬扬大获全胜，而是出奇地欢呼雀跃。

"打到你了！"

结果亨利的呼声比预期大，很快门上的观察板那儿就出现了一张新面孔。是另一位年轻的看守员，他正在轮班中，来看看发生了什么事情。

"发生什么事啦？"

亨利意识到为了实现目标，自己付出了怎样的代价，不禁做起鬼脸。他的袜子现在和死苍蝇一块掉在了水里。

"我的袜子掉在了马桶里。"

"那你究竟为什么要把袜子放到马桶里呢？你是要试图堵住马桶吗？"

"不是，我在打苍蝇。"

"好吧，你可以自己把它捞出来。"然后新面孔消失了。

亨利思考了片刻，在脑海中反复想着新看守员说的话，在想如何凭此捍卫自己的权利。他们肯定不能让他把手放进马桶里？不能的。如果他们这样要求，他就提出正式申诉，告知律师，写信给当局，报道给当地纸媒。

正当荒谬申诉的想法在亨利脑海里愈演愈烈时，一阵打开门的声音传来，是那个新当班的看守员，他显然已经重新考虑过了，手上戴着防护手套，拿着一个塑料袋和一套塑料马桶刷。

"站在墙边。"看守员声音急促，亨利立即服从。接下来，亨利看着这个年轻人用马桶刷将袜子捞了出来，又放进袋子中，然后按下按钮，冲了马桶。

"你看到那只死苍蝇了吗？"亨利希望他能相信自己。

"别管那只该死的苍蝇了，你把另一只袜子给我吧，这样就不会重演悲剧了。"

"我脚会冷的。"

"那把抽水马桶弄得一塌糊涂之前，你就应该考虑这一点了。"

亨利叹了口气，脱下脚上的袜子，递给看守员。

"我的律师什么时候会来？"亨利今天早上问的第一件事就是这个，"还有，你查看了我昨晚告诉督察的内容了吗？就是有关安娜失踪时我在哪儿的信息。现在能让我走了吗？不能就这样把我关在这儿。我知道自己的权利。"

看守员离开牢房时，长叹了一口气，重新锁上了门，然后从外面说。

"这不是我能决定的，对吧？"看守员举起塑料袋，说道，"我只是负责这样的脏活罢了。"

第二十七章　朋友

　　莉莉在一个古老的雅家炉上烧着水，莎拉专心致志地注视着。这个雅家炉比安娜家厨房里的那个要小一些，也旧一些。巴拉德家的雅家炉是深蓝色的，更宽，烤箱更多。安娜妈妈永远都在上上下下擦拭着铬金板和罩子，把雅家炉擦得闪闪发光。而这个雅家炉的颜色是肮脏的奶油色，上面有掉落的碎屑，一看就没有什么人关注它。

　　"喝茶还是咖啡？"莉莉没有转身便问道，并且打开了旁边的一个橱柜，拿出两个惹人注目的陶瓷锅。陶瓷锅是深绿色的，上面有大朵白雏菊的图案。

　　"嗯，喝咖啡吧。"

　　莉莉与莎拉记忆中的她完全不同，更瘦了，也更加时髦，齐腰长发在后背剪成了 V 字形，发尾染了过分艳丽还不好看的粉红色。自从莉莉来廷特利火车站接莎拉，姐妹俩就一直主要谈论着莉莉头发的颜色和新装扮，显然她们俩都对莎拉出现在这儿的原因避而不谈。

　　莉莉转过身，靠在雅家炉的杠子上，再次解释说，她真的很喜欢自己的头发。她指了指头发，说把发尾最后四英寸漂白了，这样就可以用上色粉和植物染料，做出点改变。目前为止，她试过紫红色，但并不是很成功，还试过绿色，现在是粉色，粉色是最爱，但是莉莉担心颜色会很快褪掉。

但是莎拉的真实想法是什么？

莎拉嘴上说的是，头发看起来真的很酷，但心底可不是这么想的。因为姐姐全新的形象让莎拉感到仓皇失措。上次莉莉到康沃尔来看莎拉和妈妈还是大约三年前的事，那时她们爸爸刚离开，莉莉决定离开家还不久。莉莉看上去也不精神，但至少还认得出来，那时留着棕色的波波头，穿着普通的牛仔裤和运动衫，至少比现在要重多了。

那次莉莉回来只是为了让她们放心，说自己在德文郡过得非常开心，她小心翼翼地不透露出自己所在的确切位置，还说了她在那儿交到了很好的朋友，开始了新的生活，也可以画画，能追随对她而言真正重要的事情。

莎拉记得当时一直想问："我在你眼里不重要了吗？"但她没有勇气问出口。她们到楼上后，莉莉小声问道："你还好吗？"声音中透露出恐慌，好像是在要求莎拉回答"很好"。所以莎拉并没有说出自己是多么想念姐姐；面对爸妈离婚，整个家突然分崩离析是多么困惑和沮丧。

新版莉莉穿的衣服是仿嬉皮士风格的。莉莉穿着件垂到小腿肚子的棉裙子，还有一件土土的衬衫，袖口和胸口都饰有缎带，缎带可以扎成蝴蝶结，但莉莉没有扎。尽管莉莉没有露胳膊露腿，但是莎拉从莉莉露出的丁点儿部位，还是可以看出她姐姐实在太瘦了，简直枯瘦如柴，尤其是她的手腕，她手腕上还戴着夸张的串珠。

"对不起，我没有多打打电话，问问安娜的事情。"莉莉又转身，把热水倒进一个大的黄色咖啡壶里，突然说道，"这对你来说真是太可怕了。"

安娜失踪后不久时，莉莉打了几通电话，寄来一张卡片，在脸书上发来一些简短的消息。莎拉希望姐姐能更关心自己，有了姐姐的支持就能渡过难关。尽管口头上莎拉说自己不想谈论这件事，但她其实真的想和姐姐谈，深入地谈。如果莉莉更努力，再逼逼莎拉，莎拉会告诉她那时候的真相吗？莎拉不知道，所以什么也没说，就等着咖啡。在来这儿的火车上，莎拉想象中的场景与现在的很不一样。想象中揭示真相的场景就如同一场海啸，有泪水，有拥抱，有舒缓。

"我担心爸爸和安娜的失踪有关系……"

为什么莉莉没有问？

现在莎拉已经到了莉莉这儿，她还是完全不确定结果会怎样。她们站在这个大大的、凌乱的厨房里，她和莉莉感觉就像是陌生人一般，引线牢牢地待在了不幸的手榴弹里。

"告诉妈妈你在这里了吗？"

"没有说地址，只是说我来看你，让她不用担心。"

"好的。我不希望她有我的地址。"莉莉不安地搓着裙子，捏起一些想象中的绒毛或污渍。莎拉发现姐姐正眼睛一眨不眨地盯着自己看。

"莉莉要么你打电话给妈妈，确认下我和你在一起。"

"你认为我需要这样做？"

"是的。她心烦意乱的。"莎拉停顿了下，觉得很内疚，"她告诉警察我失踪了，离家出走。"

"哦，莎拉，你应该一开始就告诉我的。我们不希望警察到这儿来。"

"对不起。"

"好的。"莉莉抬头看看天花板，又看看莎拉，双手叉着腰，"我现在没有手机。我们都尝试不用手机，有紧急情况时，会共用一部。"

莎拉觉得这太奇怪了。不用手机？莎拉还很好奇"我们"到底指的是谁。她从口袋里掏出自己的手机，选出号码，拨了号，等着妈妈接通，然后把手机直接给到莉莉，睁大着眼睛。

"嗨，妈妈，我是莉莉。我就简短说下，就想告诉你莎拉没有撒谎，不必担心。她没有失踪，只是和我在一起待几天，所以绝对安全。"

手机虽然贴在莉莉耳朵上，但是莎拉仍能听到妈妈的声音漏出来，有几个字的声音说得很大，足够听见了。"家"，然后又是一阵巴拉巴拉……接着是"警察"。莎拉试着读懂莉莉的表情。莉莉紧锁眉头，眯起眼睛，脑袋快速晃动，然后明显打断谈话……

"妈妈，我知道你很紧张，但莎拉现在不想回家，也没有必要让警察介入。她不是逃跑，也没有失踪，只是和我在一起……如果警察需要与她谈话，可以等她回来再谈。"

妈妈声音更大，打断了莉莉，莉莉闭着眼，蹙着眉。

"好吧，我们希望这次你能区别对待。我会告诉莎拉把手机开机，这样就不会错过任何短信了。好的，再见，就这样。"莉莉把电话放在腰间，显然是在找按钮，挂掉电话，然后又把手机还给莎拉。

"所以，她还真是一点没变。"

莎拉摇了摇头，电话铃声再次响起。这还是莎拉在医院下载的电话铃声，是老式电话丁零零的响声。那时她真的非常喜欢这个铃声，因为这会让她想起老的情景喜剧。但是在这儿响起铃声，突然听起来就很唐突了。莎拉看看手机屏幕，再次确认是她妈妈。莎拉拒听来电，还把手机调到了静音模式。莉莉转身弄好咖啡，把咖啡倒入两个鲜红色的杯子中，再拿出一盒牛奶问莎拉是否需要，莎拉点点头。

她们站在那儿喝咖啡，莎拉瞥了一眼椅子，又想着自己是否敢开启这么恐惧的话题。莉莉好像能感觉到莎拉的想法，突然就说要带莎拉去参观。然后莉莉快速走出厨房给莎拉带路，她的裙裾随之摆动。

"来吧。我带你四下看看。你一定要见见这儿的人。"

莎拉很尴尬，因为一边走路一边还要稳住杯子，她现在对参观没半点儿兴趣，更别说莉莉身边的人了。

这所房子很大，让人印象深刻，整个屋子都很破旧、简陋。客厅里摆放着巨大的沙发，已经褪色了，餐厅里有一面书墙，还有一个满是植物的巨大阳光房。地板都是原始木材做成，上面盖着艳丽的地毯。莉莉一边走路，一边说个不停。莉莉说，她和三对夫妇，还有屋主卡罗琳一起住在这儿。这不是一个公社，更像是志同道合之人的聚集地。他们大部分人都是艺术家。

"那你们有工作吗？我的意思是，谁来支付费用呢？"莎拉啜着咖啡，站在阳光房中。莎拉在想，其他人都在哪儿，今天到底谁在家，她会见到谁。

"我们都有工作，而且都以不同的方式来做贡献。卡罗琳的父母拥有这所房子。所以就象征性地收我们租金。"

"很幸运。"

"我们相信自己会创造好运。不论我们是否发挥出潜力，我们都要对现在的自己负责。"

莎拉听来觉得这话似曾相识，想起这是莉莉第一次回家和她们说的话，一模一样。她觉得这话出自神秘的卡罗琳。

"所以卡罗琳是什么样的人呢？"

"卡罗琳很特别，"莉莉双手捧着咖啡，"真的很特别。待会儿你就能见到她了。"

"我来这儿，大家都没什么意见吧？"

莉莉笑了，但什么也没说。莎拉专心看着姐姐，觉得是时候了。

"好的，如果我们有机会独自相处。莉莉，我真的要和你谈谈爸爸的事。这就是我来的原因。"

莉莉脸色瞬间变了，不仅仅是煞白，而且还流露出介于恐惧和疲惫之间的某种表情。莉莉身体突然变得僵直。正当莉莉歇口气准备回复，一个男人出现在花园口。莎拉没有注意到他已经穿过了草坪，所以被门突然发出的吱吱声吓了一大跳，差点洒了咖啡。

"抱歉，抱歉。是我没看到你。"

"都是我的错。"这个男人穿过房间，伸出手来。莎拉大吃一惊，接着他们像煞有其事地握了握手。这个男人的穿衣风格很像莉莉，就像是来自一个过去的时代。他穿着特别宽松的亮绿色裤子，裤子在脚踝处收口，上身则穿的是深蓝色 T 恤。

"你一定就是藏红花的妹妹吧？"

"藏红花？"莎拉转向莉莉，歪着头，抬起眉毛。

"我们在这里都有新名字。"莉莉对闯入者微笑着，"这是月亮。"

"这难道是邪教吗？"莎拉想着，注意到月亮的手腕上戴着和莉莉一样的亮色手环。

"嗯，很高兴认识你，月亮。你人很好，能让我留下，但我真的需要私下跟姐姐谈谈。"

莎拉曾想过的是，姐姐这种称谓，是和家庭相关的，足够让月亮回避了，但结果不是。这个男人靠得莉莉更近了，把手放莉莉左手腕的珠子上。他盯着莉莉的脸，仿佛想读出什么秘密。

"藏红花，我们谈论过的。现在你自己决定，你想我留下来，是吗？"

"你们谈论过是什么意思？"莎拉很困惑，把咖啡杯放在一张小桌子上，这样她就可以挺直腰杆，"这是我们的事，我们家的事。她是我姐姐，我需要和她谈一些重要的事情，私下里谈。"

月亮没有动。"他是莉莉的伴侣吗？是这样的吗？"

莉莉什么帮忙的话也没说，表情仍然很痛苦。最后还是月亮开的口。

"藏红花记住，这是你的选择。你想和莎拉谈吗？"接下来停顿很久，"还是不想呢？"

第二十八章　私人侦探

"来两杯浓缩咖啡。"马修在钱包里找出五镑的钞票，这时梅兰妮出现在他旁边。

"两杯吗？修，你确定吗？"

马修转身看向梅兰妮，发自内心地开怀一笑，还热情地亲吻了她的脸颊。梅兰妮脸都红了，马修也脸红了。

"梅尔，给你点什么呢？蛋糕？烤茶饼？我请客哦。"

"我得关注健康。最近摄入太多咖啡因了。"梅兰妮扫了一眼陈列架，选了加了柠檬的伯爵茶，不要蛋糕。梅兰妮的举动可没有打消马修的念头，马修仍然要了一块胡萝卜蛋糕，然后选择坐在安静的凹角里。

梅兰妮从小帆布背包里拿出一件礼物，马修很惊讶，发现礼物用印有白色鹳的粉红纸包装，搭配着粉红色的缎带。

"哦，梅尔，你不应该准备礼物的。你哪有时间做这些？"马修有些动容，很是感动。

梅兰妮坚持让马修打开礼物，这回换作她笑容满面了。里面装着超级甜美的婴儿连身服，还搭配了顶帽子，上面全是白色和浅粉红色的爱心图案。

"太漂亮了。我真的很感动。"

"那么当爸爸是什么感觉？"

马修深吸一口气。梅兰妮是他在离开医院后，除直系亲属外见过的第一个人。

"这个过程简直了。莎莎很棒，但生宝宝真是艰苦卓绝。"马修跳过了血淋淋的细节，非常简短地概括了顺产转剖腹产的戏剧性情节。马修还讲了在走廊里等待消息时的恐惧和害怕，接着是喜悦。然后因为莎莉得困在医院好几天，所以还有不知道该怎么做或做什么的奇怪迷茫之感。

"这就是你为什么现在在工作？真是奇怪。"

"梅尔，就是这个案子，真让我恼火，现在……"女服务员把酒水端了过来，马修停了下来，等待她回到柜台，以免她听到谈话内容。就在马修看着服务员回到柜台时，他注意到了她长着一头略带红色的金发，便想起了几年前工作时碰到的一桩婴儿抢劫案。那位年轻母亲的头发颜色和卷曲度与这位服务员一样。马修记得当时在询问她发生的事情，那位母亲不得不突然离席去呕吐。马修是同情那位母亲的，看着她坐在那儿，手在颤抖，脸色苍白，面露恐惧。但直到现在，他才羞愧地意识到自己那时有些不耐烦，因为得需要继续开展工作。而现在他才开始理解那位年轻的母亲……

马修四下张望，发现梅兰妮正看着自己。

"修，你还好吗？"

"不好意思。去云游了。因为一直没有睡觉。我好几个日夜都在医院里待着，然后还得找空去家里收拾零碎。

"还要工作。"

"是的，还要工作。在她们回家前，试着厘清一些事。"

"好吧，你最好不要被安娜·巴拉德这个混沌不清的案子牵扯进去，因为现在谣言四起，伤了很多支持者的心。"

梅兰妮身体前倾。

"好的。因为我信任你，所以我只和你说，那就是现在我想做你曾经做过的事，即认输走人。"

马修试着正确解读梅兰妮的表情。马修祈祷她只是开开玩笑，吐吐槽……他应该告诉她其实自己经常后悔吗？总是希望自己能按下倒回键吗？

"梅兰妮，你不能放弃的，听到我说话了吗？你比那个叫什么名字的督察可好多了。"

"是的……但是你我都知道这并没什么用。"

马修只是叹了口气，希望自己说出"不会的"。

"好了，修。下面和你说正事了，你要保证不说出去？"

"死也不会。"他们俩都知道自己早已违纪。但因为他们非常信任彼此，所以才不会出事。

"我们当地办公室接到了安娜爸爸的电话，知道吗？他想让我接电话，他说的是只和我说。结果他在谷仓里，拿着一把枪。"

"天啊。"

"是真的。你知道那个笨蛋督察做了什么决定吗？他决定不告诉我。更糟的是，他还偷偷安排我放假一天，不让我参与进去。他笨拙至极，欺骗了巴拉德，还不让他见我。他把事情弄得一团糟。亨利·巴拉德瞎挥着枪，现场一片混乱，他差点就开枪打死自己。"

"太惨了。现在是什么情况？"

"他们拘留了安娜爸爸，不让我靠近。里面有个人向我透露了消息，我刚刚也和家庭联络官交谈了，她和安娜妈妈芭芭拉在一块，都在家里。"

"那么，为什么他们不让你插手呢？"

"谁知道啊，可能是因为我发现那位督察本质上不过是个狂妄自大的无能之辈罢了。"

"告诉我你没当面和他说过这话哦。"

梅兰妮脸红了。

"哦，梅尔。"

"好吧，我得到的消息是这个督察还在处理一起连环杀手案。据我看来，他没有真正关心要找到安娜·巴拉德。他很懒，不过是在等着尸体出现，然后法医的取证就能解决所有疑问了。他来这儿不过是因为他要拜访当地的一些朋友。"

"对的。他们真的认为这位爸爸是应该关注的焦点吗？我是指，你觉得是他干的吗？那刚从埃克塞特出来的两个家伙呢？我认为他们仍是主要嫌疑犯。”

梅兰妮向后靠在座位上说：“你和我想的一样。”

就在这时，梅兰妮的手机响了，是一种新爵士铃声，马修并不怎么惊讶。梅兰妮一直热爱爵士乐。当初梅兰妮为了庆祝通过最初的训练，在当地一家酷炫的爵士酒吧举办了一个晚场活动。那真的是一个非常棒的夜晚。

梅兰妮从口袋里拿出手机，马修点点头，示意理解。她起身走开，私下接听电话。

马修喝完咖啡，从桌子中央的陶瓷碗里拿出一个糖袋。他在考虑搭个金字塔，但又在反省：“别瞎摆弄了，今天不行。”他把糖袋放回原处，等待梅兰妮回到位子上。

“事态又有发展了。你真的想不到现在发生了什么。”

马修什么也没说，只是抬抬眉毛。

“好的。我来说吧，有个小人举报了我。是正式投诉。”

“天哪，对不起，梅尔。是因为我吗？”

“嘿，不是的。他们不知道我一直和你有交流。不论怎样，别管我，我可以自己应付。”梅兰妮深吸了一口气，“修，他们让媒体封锁消息，但不骗你，他们肯定没办法掩盖住现在的事实。”

第二十九章　父亲

"为什么这个人没穿袜子？"督察盯着看守员把亨利带进房间时问道。

"我已经告诉我的律师，我不想花时间等袜子。我只想继续走流程。"亨利在律师旁坐下。

督察提到"为了录音有更好效果"，亨利·巴拉德在赤脚的状态下进行采访时不得抱怨。不过亨利的语气和表情清楚表明了，他自己对这事仍不以为然。

"那么你核查我告诉你的内容了吗？"

"我的确有些疑问，巴拉德先生。"

亨利咬住下嘴唇，督察在他面前快速翻阅了两张纸。亨利尝试反着阅读纸上的内容，只能看清楚姓名，发现他们确实在跟进他最新版本的不在场证明。

"上面写着艾谱莉。"

"所以，你妻子知道你外遇的事吗？"

"不，她不知道。"亨利才不会补充说其实芭芭拉已经对他下最后通牒了呢。在女儿们很小的时候，亨利曾经有次愚蠢地出轨了，那时芭芭拉似乎对安娜、珍妮以及她们的小伙伴们更感兴趣，对他则无暇顾及。那会儿情况不是很严重，亨利对此也深表忏悔。芭芭拉发现后，给了亨利第二次机会，但明确表示如果他再次让她失望的话，就没有机会了。

"巴拉德先生，你真的觉得她会相信你在车上睡觉这种胡说八道的话？"

"我不知道，但我真的希望她不知道艾谱莉的事……"

"我敢打赌，她会知道的。但目前为止，我们已经有了你三个版本的故事。你简直在浪费时间。你真的需要我提醒你，这是一项严肃的调查吗？"

"怎么能这么说？"亨利站起来，他的椅子在瓷砖地板上发出很大的刮擦声。

"坐下！"

亨利对指令熟视无睹。"我的女儿仍然失踪，都过去整整一年了，你们对此毫无线索，还让两个主要犯罪嫌疑人从一开始就逃之夭夭了。你觉得还需要你来提醒我，这是件严肃的事情？"

亨利的律师轻轻地把一只手放在亨利手臂上，另一只手示意他坐下。但亨利正在火头上，他和所有这些无能的警察打交道的时间够长了。

"巴拉德先生，如果你一开始就能告诉我们真相，那就不会浪费这么多时间了。现在，请你坐下。"

最后，亨利服从了。"所以，艾谱莉跟你们交谈了吗？做了陈述？"亨利发现当众大声说出她的名字很奇怪。亨利想到警察把事情搞得一团糟就心生厌恶。这时只传来一阵拉动窗帘的声音。

"是的。她已经证实了你最近提供版本中陈述的活动。虽然你似乎习惯了让你身边的女人为你撒谎。当然，是你让你妻子撒谎在先的。"

"这都不关芭芭拉的事。是我告诉她不想让警察知道我喝得有多醉，是我告诉她我本来打算开车的，但后来不得不睡在车里。"

"她真的相信吗？"

亨利低头看看打着的赤脚，在想是否应该改变想法，等来袜子然后把袜子穿上。亨利以为他们现在就会让他走。为什么他们还要问更多问题？根据规定，他们只有一个多小时的时间了，要么指控他罪名，要么就放他走。

"巴拉德先生，应该不需要我提醒你吧，我可以控告你破坏和平或威胁他人。"

"我在谷仓那会儿真的是心烦意乱，因为我想和梅兰妮·桑德斯通话的。我告诉过你的。"

"为什么是梅兰妮·桑德斯？"他话中有话。

亨利试着读懂督察的表情。在督察脸上，亨利得到的信号透露出自己需要谨慎行事。

"因为梅兰妮可以直接应对，仅此而已。她，还有家庭联络官凯茜与我们的家关系一直都很好。"

"行，好吧，我告诉过你，她正在休假。现在是我负责这个案子。"

还有一堆文书工作在做。最后，是亨利的律师开口讲话了。

"好吧，如果这就是全部内容，如果你现在对巴拉德先生之前的活动没有其他疑问，我必须要求你们释放他。这段时间他真的非常痛苦，需要和家人在一起。"

就在督察考虑之际，会见室的门突然打开。

"现在又是什么事？我希望和袜子没有关系吧？"

看守员走了过去，悄悄在督察的耳边嘀咕。督察听完表情一变，要离开会见室，看了看录音带，说需要暂停面谈一会儿，此时亨利皱着眉头。

"发生什么事了？"亨利转身问律师，律师只是耸了耸肩。

督察离开了几分钟，然后回来从椅子靠背上拿起外套，并且宣布可以当场释放亨利，没有起诉的罪名，但警察保留进一步询问的权利，有可能需要再次和他交谈。

然后督察深吸一口气，非常专心地看着亨利。接下来，他说道，警方在调查中，有个"出乎意料的进展"。他的语气非常不一样，有些警戒。督察说，他们会送亨利回家，在路上再向他解释。

亨利现在完全摸不着头脑了。他本期待着打电话给芭芭拉，希望她不知道艾谱莉的事，然后准备来接他。亨利在想为什么警察给他订了一辆出租车，送他回家。在面试间里，亨利扫过一张张面孔，气氛肯定发生了明确的变化。

"这是怎么回事？发生了什么？"

"巴拉德先生，我们会在路上告诉你更多信息。"

第三十章　朋友

莎拉坐在沙发上，俯着身子，手撑着头。她需要思考，思考，再思考。

莎拉需要构思出正确的措辞，把真正的莉莉从这个遥不可及、无法辨认的陌生人躯壳中摇出来。但莎拉就是还不知道应该怎么说，她还在思考，平时深夜里也常常思考，不断想着她对安娜说的最后一些话，想着她们那段交流既可怕又愤怒。莎拉从未和警方说起过，但是她本计划来这里说与莉莉听，那个以前的莉莉。

现在有三个人坐在莎拉对面，触摸着串珠，滑稽又无聊。而莎拉则希望他们都能滚开，这样就能和姐姐说话了。对面坐的人除了月亮之外，还有一对自称为彩虹和瀑布的夫妇。

"所以，这是个邪教吗？"莎拉终于说出心里话了，盯着他们，不介意自己有没有冒犯，"你们看，这些串珠，还有这些奇怪的名字，到底是怎么回事？"

"莎拉，没什么可烦恼的。我们做的是好事，能平静心情并愈合伤口。"莉莉直直地看着莎拉说道。她是如此脆弱，莎拉快要哭了，满心沮丧。

"好的。莉莉，如果你不让这些人离开，我就在他们面前把一切都摊开来说，关于爸爸的事。除非我完全弄错了，否则我想你会非常清楚的，这不是你想要他们听到的谈话。"

终于，莉莉转过身，让她这些奇怪的新朋友离开，这样她和莎拉就能独自相处。

"你真的确定吗？"月亮非常温柔地问道，还凝视着莉莉的眼睛。莎拉现在可以证实了，他们是恋人。

"确定，我很好。如果有需要，我会过来找你的。"

大家一离开，莉莉就关上了门，回来还坐在莎拉的对面。

"莉莉，这是什么地方？我不喜欢，也不理解你现在的穿衣风格，还有处事方式。我们可是姐妹，但是看似你不想再和我有任何关系了。"

"没有的事。"

"好吧，那是怎么回事？我最好的朋友一年前失踪了，我们都知道她可能死了。但我几乎联系不上你。"

"对不起，我本应该做更多的。你是对的，我很抱歉，莎拉。我来这里时状态很糟糕，我需要空间，需要变得坚强，并找到保持坚强的办法。"

她们坐着，沉默了会儿，莎拉回想起莉莉离家，爸妈分开前的情景。所有的门都是砰砰一关，他们大喊大叫着，更糟的是，在紧闭房门之后，传来的不是窃窃的耳语，而是大声的口角。没有人告诉她发生了什么事。

莎拉正试着想起更精确的时间点。那是什么时候？是一切分崩离析前的几个月吗？是的，大概就是那个时间。这或许是莎拉困惑家庭分离的原因。莎拉一方面想念着她小时候一直爱的爸爸，但也很高兴他走了。这种复杂的情感让莎拉内疚、困惑、痛苦。

"爸爸真正离开的原因是什么，莉莉？"

"你为什么觉得安娜失踪可能和他有关系？为什么突然这么想？怎么会那么说？"

"因为我已经担心了整整一年。而且我认为我们都知道为什么两者可能会有联系。"

莉莉的手现在在发抖，莎拉无法移开视线。她姐姐用另一只手拉下袖子，莎拉想起自己在家时的情形。那时莉莉开始逃课，并且自残，用数学工具中的指南针划着自己的手臂。

"爸爸曾对我做过一件古怪的事，莉莉。我从来没有告诉过别人，哪怕是妈妈和安娜。没有人知道。而且我甚至不知道这个举动到底是有什么含义，或者仅仅是我想得太多。但他的所作所为是不对的。自从安娜出事以来，我的脑海里就一直在想着这事。我老是怀疑爸爸离开的原因，自己是不是疯了。而妈妈总是直截了当地拒绝和我谈论这件事，我在想爸爸是不是有了外遇，伤害了妈妈。但我需要你来告诉我……"

"天哪，莎拉。他真的也伤害你了吗？"现在，莉莉一副完全震惊的模样，眼中泪水在打转。

"也不是真的伤害。"莎拉顿了一下，移开视线，"他碰了我。这是不对的……"

"噢，天哪。这是什么时候的事？还不止一次吗？"

"不。就一次，是在他离开的前几周。"

莉莉站起来，走到窗前，转身往外看，然后突然回头看着莎拉，脸色一沉。

"我应该报警的。哦，天哪，我非常抱歉，莎拉。"

"什么意思？为什么你应该要去报警？"

"爸爸不是个好人，莎拉。他……"莉莉右手挪开，抓住左手手腕的串珠，然后把较大的珠子转来转去，"是这样。他对我做了一些事情。很经常。我太害怕了，谁也没有告诉。"莉莉开始烦躁不安，再次坐下，身体前倾，"但后来越来越糟，我担心他也会伤害你。我以为我是在保护你，所以我告诉了妈妈，搬进新房后，他会进入我的卧室。但是妈妈就是不相信我。"

"你告诉妈妈了？她知道了？"

"是的。我以为她会直接报警的，但她只是告诉了爸爸，他说……"莉莉沉默了很久，拼命地弹拨着手腕上的珠子，"他说我在撒谎，说我就是想要寻求关注。我脑袋就像打了结一样扭在一起，一切都是乱七八糟的，我没法专注，只得逃课。也许我需要帮助，来逃避现实。"

莎拉举起双手，捂着嘴巴。

莉莉擦去脸颊上的眼泪。"所以最后我说，如果爸爸不离开，我会自己去报警举报他。"

莎拉看着地板。

"我现在明白了，那时我就应该这样做的——去报警。莎拉，我真的很对不起你。我只想让一切结束，还真的认为如果他离开了，你就不会受到伤害。我不知道他已经……无论如何，他确实走了，但是妈妈仍然不相信我，也不会原谅我，所以我来到了这里。那时我的状态真的非常糟糕。"

莎拉现在环顾四周，眯起眼睛，想起这里所有的人，月亮、彩虹，还有瀑布……

"莉莉，那这是什么地方？还有这些是什么人？"

"我是通过热线电话找到这儿的。卡罗琳为经历过这些事情的人提供了这个地方。"

"所以所有这些人，月亮和其他人都……"

莉莉只是点了点头。莎拉大吃一惊，在脑海里重组并又过了一遍之前发生的画面——月亮从花园走了进来、握手，睁着一双担忧的眼睛。

"人们确实认为我们很奇怪，这里就像某种怪异的公社。但我们不在乎，因为这可以让我们变得更加坚强。"

"莉莉，但为什么那以后就没去报警呢？"

"我确实想去，但我还不够坚强。在这里他们不会向我施加压力，这取决于我们，由我们自己来决定是否报警。"

"这就是为什么他们之前表现出那么强的保护欲？他们知道你的事吗？"

"是的，他们什么都知道。他们还知道，我一想起你，想起家还有妈妈，就会状态很差。所以他们很担心。"

莎拉又看到姐姐的手在颤抖，紧张不安。

"好的，很抱歉。我真的不想让你又难过，莉莉，但我需要告诉你，我和安娜在一起那晚发生的一些事。这就是我来这儿而且非常担心的原因。"

"继续说。"

"我之前没告诉过警察，因为……好吧，我也不知道为什么没有告诉他们。我很害怕，因为自己那时很愚蠢。安娜失踪，我以为是卡尔和安东尼干的，但是我越来越害怕安娜出事会是我的错。"

"你为什么会这样想？"

"爸爸在安娜失踪的那晚给我发了短信。他从妈妈那里得知我们在城里，他想让我们在伦敦的一家旅馆见他。他的新工作地点就是在那块时髦的地方。你知道他现在是一家大型运输公司的经理了吗？无论怎样，我都没有答应。但是我给安娜看了短信。"

"你不会真的认为安娜去见他了吧，是吗？"

"这就是问题所在。我不知道。但是，我和安娜大吵了一架，她说了一些话，浮现在我的脑海里。"

"我不明白。"

"莉莉，安娜说她觉得没有安全感，因为我们都喝了太多酒。她建议我让爸爸来俱乐部，把我们送回旅馆……"

第三十一章　目击者

我和卢克一起在厨房里，口干舌燥，心跳加速。

我把在商店外面地板上发现的扁平塑料塞在口袋里。就是这么一块简单的塑料让我困惑不已。卢克为什么要对我撒谎？他的内心深处还在因为生活中遇到的事而生气吗？还在因为我成天只想着安娜的失踪而生气吗？

"你知道在十岩活动用到的地图放大镜在哪儿吗？就是他们把它和勋章一起给你的。"我试图让声音听起来轻松些。

"什么？"

"就是那个塑料放大镜。我能借下吗？因为有些新订单清单上面印刷的字很小，我读起来很费劲。"

我看着卢克的脸，但他并没有什么特别的反应。我在想是不是卢克改变主意了，所以来店里确认我的安全。但是他为什么这样做呢？为什么要说谎？没有道理。

"我早就不知道丢哪里去了。你为什么不买一个放大镜或者老花镜？"他听起来有点生气，"是觉得戴眼镜太尴尬了吗？"

"什么时候丢的？"

"噢，天哪，妈妈，这重要吗？"

我的手机在工作台上，放在水壶旁，来了一条短信，所以手机在振动。我没有注意到。

然后手机开始响起来。我走过去，看到是马修来电，把手机放在耳边。马修说话很快，他所说的内容真是令人震惊，一时我还难以消化。

"我们要打开电视。"我向蔬菜架的上方比画着，指着遥控器。

"发生什么事了？谁打电话来了？"

"打开电视，卢克，调到新闻台，任何一个新闻台都行。"

卢克摆弄着遥控器，想打开那个小屏幕。屏幕是放在书架上面的，书架上摆满了食谱书还有文件。终于出现了电视画面，卢克调到了新闻频道。安娜熟悉的脸书照片充满整个屏幕，屏幕下方字幕滚动播放，电视没有一点声音。上帝啊，这个情形就像那个时候在旅馆里的一模一样……

"把声音调大，卢克，快。"

马修告诉我他所知不多的消息，我同时也在看着《大事件》上的新闻条。

滚动字幕上写着，卡尔·普雷斯顿是失踪女学生安娜·巴拉德案子的主要嫌疑人。第二个头条新闻则证实，西班牙一幢公寓楼一个小时前有几声枪响，周围的街道已被警察封锁。

然后电视机的音量突然就提高了，开始的声音太大了，画面又回到了演播室，金发主持人在演播室里整理着小纸片，把右手放在听筒上。

"艾拉，眼下我们也不知道更多信息了。我得走了。"马修在我耳边的声音正在努力与电视的声音争高低，"但是，如果我有了更多消息，会打电话给你。警察一直希望媒体不要报道，但是之后那边有邻居直接打电话给了当地的电视台。"

我谢了马修，放低声音，简短地询问了他的宝宝。马修说他会在几个小时内回到医院，但是如果我需要他的话，可以给他发短信。

在厨房里，卢克和我只是震惊地站着，电话中的低语"宝宝"在我们间飘荡。这时主持人在总结他们已经知道的情况。

"目前情况还是很让人困惑的，但是据我们所知，警察已经来到一栋公寓楼里，此楼在马贝拉外两英里处的一个住宅区内。有一个人一直向他们透露消息，这人认出其中某人是最近英国警察指控的两名嫌疑犯之一，和一年前在伦敦失踪的少女安娜·巴拉德案子调查有关……"

主持人正在电话连线记者，该记者确认她在现场的警戒线外。

"为什么不能连接到这位记者的实时画面？"我瞥了一眼卢克。

"那里可能没有一台相机。"卢克坐在早餐吧的凳子上，手里还拿着遥控器。

可恶的是，记者又重复了一遍主持人刚说的话，但最后还是从一位目击者即邻居那里得到了更多信息……

"大约一个小时前，我们听到了枪声，一开始还以为是恐怖袭击。

我们就只能躺在地板上，非常害怕。"

"枪声从哪里来，接下来究竟发生了什么？"电视屏幕现在一分为二，一边显示的是伦敦的主持人，在问着问题，另一边则是地图，显示了马贝拉外几英里处这栋公寓楼的位置。我仍然深感沮丧，非常想看到现场的画面。

"听起来枪声好像在我们上方。也许是在二楼，我不知道。我和朋友在地板上躺了很长时间，感觉过了有几个小时，但实际上大概才十分钟，也许是十五分钟。后来，警察出现在我们身后的窗外。他们把我们喊到窗前，说正在把一些人带出公寓。他们算是掩护我们，让我们从公寓后遮蔽的走道下面移动到安全区。我现在就在安全区了。"

"那么公寓楼内还有其他人吗？"

"是的，还有很多，我认为警察只是撤出了一些人。真的太危险了。我确实还看到有几个人从公寓前面跑出来，简直是疯了。你想啊，开枪的人从楼上的窗户就能看到他们。只要开枪的人想开枪，就可以朝他们开枪了。"

"警察对你说了现在事情有什么发展吗？"

"没有，什么也没说。只是让我们待在警戒线后面，他们会告诉我们什么时候可以安全返回公寓。"

"那你现在从所在的位置能看到什么吗？"

"现在还是有很多警察，手里拿着的有手枪和步枪。到处都是警车，电视台的人也来了，有的人是坐卡车来的。我觉得所有人一开始都以为是恐怖分子干的。这也是你的想法吧，不是吗？毕竟恐怖分子在这些日子总是出现在头条新闻上。"

"我们听到一些报道，但尚未得到警方证实，报道说是一个名叫卡尔·普雷斯顿的人开的枪，他和一位康沃尔少女安娜·巴拉德的失踪调查相关。你有听说过吗？"

"是的，其实现在街上人人都在谈论这件事。显然，公寓里有人看了媒体报道，认出了他。但是，我在想，我们都认为这个人的名字是叫马克。而且他的头发真的很不一样，现在体重也轻了很多。"

"那你看过警察官方发布的卡尔·普雷斯顿的照片吗？"

"我现在手机里还存着，是从社交媒体上下载的，看照片是很像的，尤其是脸。我之前说过，他在这里是叫马克。我觉得他是一个建筑工人，在一个新小区建筑工地工作。"

"你私下有接触他吗？能和我们说说他的事吗？"

"了解得不多。他总是独来独往的。他和一个女人住一起，挺年轻的一个金发女人……嗯，我在楼梯上见过她几次，但从未说过话。"

我听完最后一句话，胃都在痉挛。卢克立刻看向我，眼睛睁大，一眨不眨："妈妈你觉得那会不会有可能是安娜？"

"我不知道。"

"但是她为什么不逃走呢？如果那人是安娜，一年前卡尔劫持了她，她会逃跑的，不是吗？可以在他工作的时候逃跑。"

我的心在怦怦直跳，在胸腔跳动，传到指尖，传到脖子，好像血液突然流过全身。这时，我才意识到我一直是做着最坏的推断，那就是安娜已经死了。所以我才会一时难以消化安娜仍然活着这种出乎意料的新可能性。

"我需要坐下来。"

"我觉得我们应该给爸爸打电话，让他回家。"

"但是他太忙了……"

卢克已经从口袋里掏出手机了，正在翻阅联系人。"你需要爸爸在这儿。他得回家。"

然后，卢克拿起手机放在耳边，显然在等待接听，他的面部表情发生了变化。"天哪，也许安娜只是和这个叫卡尔的男人逃跑了？"

"什么？"我从没料想过会有这种情况。我皱着眉头，无法理解。情节转换得太快，这些拼图凑不出完整的图。

"好吧，也许她根本没有失踪。妈妈，也许你去年一年都白内疚了。也许事实是安娜厌恶了自己在康沃尔的生活，所以不过是离家出走罢了。"

第三十二章　父亲

亨利坐在警车后座，凝视着那一闪而过的、熟悉的标志型建筑。有公共汽车站，有战争纪念碑，今天碑前还有一束白花。亨利在想为什么今天有白花。是纪念什么吗？他不记得了。

接着，亨利看到一个穿着黑色雨衣的女人推着一个可笑的购物手推车。手推车是格子纹的，蓝绿相间，车子有一个摇摇晃晃的轮子，所以它总是往右歪着。她必须得时不时地把车往左摆，才能平衡好方向。亨利觉得她还不如提着袋子装东西呢。

前排座位上，警长正在打电话，只能听到电话这边警长说的话真是非常沮丧。显然，有重要的事发生了，但目前为止，亨利还不知道发生了什么事。为什么警察突然就让他走了？

"你能告诉我到底发生了什么吗？"

最后，警长挂断了电话，转过身，亨利能看见他的侧脸。

"巴拉德先生，我们目前还不能透露太多，西班牙有一个警察行动，和你女儿的失踪调查有关。"

"西班牙？为什么是西班牙？我不明白。"

"好的。所以我们希望媒体不报道，但又有新情况……"

"发生什么事了？""天啊。"

"有人认出了卡尔·普雷斯顿，他用虚假身份在西班牙生活和工作。这位目击者显然是看了周年电视节目报道的重播。当地警察替我们实行逮捕行动。原本计划是让我们团队中的某个人去西班牙。但是和外国警察联络可能会有些复杂，中间有各种协议和规定，我们必须得谨慎行事。"

"那发生什么事了？他有没有说安娜的情况？"

"就像之前我说的，事情一直在发展。卡尔显然在抵抗逮捕。我们有一个现场直播。"

"现场直播？到底怎么回事？"

"是新闻报道，巴拉德先生。凯茜和你妻子在一起。我们送你回到家后，就能得到最新信息了。其实如果没有更多消息传出，她们可能和我知道的差不多。"

"那安娜呢？有人谈起安娜吗？"

"对不起，巴拉德先生。我不知道。"

★ ★ ★

终于到了农舍，亨利看到外面停有一辆黑色、略有破损的掀背车，亨利记不清它是蒂姆还是保罗的车了。他一阵恼怒，家庭联络官在家已经够糟了。虽然凯茜已经很友善，但是亨利永远不会忘记她是一名女警察。芭芭拉对她太友好了。

车忽地开过谷仓时，亨利肌肉紧绷。亨利回想起自己手持枪支，警察带走他的那一幕。那时珍妮在哭。天知道芭芭拉现在会怎么对他。"真相到底是什么，亨利？那天晚上你在哪儿？"

但大多数情况下，所有这些令人困惑的新可能性都在亨利的脑子里高速旋转。"西班牙？"

他们站在门口一两分钟之后，亨利才意识到警长希望他用钥匙开门。他们离开车站时，警长就把亨利零零碎碎的东西还给了他。亨利在口袋里摸索着钥匙，终于找到了。钥匙现在让他感觉既拘谨又有点奇怪。因为前门很少关，亨利通常是走侧门，再穿过靴室。

到大厅后，警长解释说，他会和家庭联络官简短地交谈，然后再离开，但是亨利必须待在家里，要去任何其他地方都需要向警方报告。有任何新信息，凯茜都会传递的。

"理解了吗？我们可能会尽快与你再次谈话的。"

亨利耸了耸肩，然后他们来到了客厅，接着传来电视声。所有面孔都转过去了。

珍妮坐在右手边的沙发上，蒂姆则坐在她旁边。珍妮手捂在嘴上，脸色苍白。

芭芭拉坐在离电视最近的高背椅子上，双手也捂着嘴巴，几乎像在祷告，手用力压在嘴唇上。凯茜坐在芭芭拉旁边的脚凳上，手放在芭芭拉的背上。

在电视上，一名记者站在一条狭窄街道尽头的警戒线前。那里的蓝天很明亮……

"我们现在已经得到了警方的确认，与警方对峙的那个人正是卡尔·普雷斯顿，是嫌疑犯，他和少女安娜·巴拉德的失踪有关。"

"现在什么情况了？"亨利看着芭芭拉，但她没有移开视线。

"闭嘴，爸爸。我们需要听电视里怎么报道的。"珍妮身体前倾着说道。

记者继续报道："据了解，该男子住在二楼。今天早晨警察进入公寓逮捕时，他开了枪。一些居民已经设法离开了公寓楼，但是仍有许多人在楼内，警察已经警告他们不要暴露在外。警察现在封锁了整个区域，也已明确建议了禁区内的所有人员待在室内，远离窗户，直到问题解决……"

"真是一派胡言，"亨利最后说道，"你们先是让他逃跑了，现在甚至还不能顺顺利利地逮捕他。天啊。"

"闭嘴，爸爸。蒂姆，换个台。另一个台还有更多信息。有个女人觉得自己看到了安娜……"

"看到安娜了？有人看到安娜了？"亨利觉得自己心脏一沉，突然有液体涌到嗓子口，几乎呛到。

"噢，看在基督的分儿上，能不能别说话，这样我们才听得清。把遥控器给我。"珍妮从蒂姆手中接过遥控器，换了频道。电视里展示的还是同一个场景，就是换了个记者。这时凯茜站了起来，和警长一起去了大厅。亨利看着他们关上了门，又要听电视，又要试着听清他们的窃窃私语，真是难啊。

亨利听着另一位记者在报道最新消息，心怦怦直跳……

"现在在我身旁的是早先警察协助撤离的一位邻居——阿曼达·詹宁斯。阿曼达，感谢你接受我们采访。我知道你见过这个大家称之为马克的男人，还有一个年轻的金发女人？"

"是的，对的。他们来这里大约有六个月了。他是一名建筑工人。我很少见到那个女人。她总是把脸遮起来，独来独往的。"

"你看过安娜·巴拉德的照片吗？你觉得这个女人可能是她吗？"

记者正向目击者展示她的手机，也许是展示安娜的照片。

亨利屏住呼吸。现在房间里绝对安静。一、二、三，目击者正在非常仔细地查着手机，歪着头……

"是安娜，他劫持了安娜……"芭芭拉的声音很尖，流露出绝望，现在她的两只手分别紧紧抓住椅子的两边扶手。"天哪，他抓着安娜。"

没有人回应，但是两名警官又回到门口，也在看着，听着。

"没法说，不确定。"那位邻居摇着头说道，仍然盯着手机上的照片。

凯茜在门口说："他们不应该这样报道的，太不负责任了。卡尔有可能会看到播出的所有内容的，这只会让他更加紧张。"

亨利责怪说："好吧，他们讲的信息可比你们讲的多得多。"想到女儿，他突然觉得胃里一阵严重反酸。

"爸爸，你真让我恶心……"

镜头由电视记者那边切回到了演播室，主持人承诺很快会更新最新情况。这时亨利一个人一个人地看过去。"但现在，今天其余的新闻是……"

亨利首先看向芭芭拉，盯着她，但是芭芭拉没有回头看他。她知道外遇的事儿吗？凯茜告诉她了吗？然后，亨利又看向珍妮，她在无声地哭泣，蒂姆搂着她肩膀。

亨利突然觉得很虚幻，听不清周遭的声音。他在想，直到此刻之前，他是多么确定女儿已经去世了。起初想象她离开人世是特别可怕而且非常痛苦的，但矛盾的是，这些情感中间还夹杂着些许的宽慰。不论发生了什么可怕的事情，但都已经过去了。不论有人对她做了什么，都已经结束了。最终，"已经过去"反而以最奇怪的方式宽慰了亨利，因为对亨利而言，想到事态还在发展，就觉得无法忍受。

现在，他回头看着自己另一个女儿，正和蒂姆坐在一起。他再次想起他们还是孩子时一起玩耍的场景，在花园里的嬉水池里打闹着。真是快乐的时光啊。然而，现在他们都长大了，这两个男孩没有去伦敦照看两个女孩，放了她们鸽子。不要怪莎拉，如果蒂姆和保罗这两个家伙……

"蒂姆。我认为你是时候该回家了。"

蒂姆看起来有些困惑，但只是站了起来，右手摸了摸头发。

"不。蒂姆，坐下。我希望他留在这儿，是我邀请他来的。"珍妮瞪着亨利，亨利不喜欢她这几近鄙视的表情。

"这不是在播阿波罗十三号登月！"亨利咆哮了一声，自己也很惊诧。

"别开玩笑，"芭芭拉厉声指责道，"你怎么能在这个时候开玩笑呢？"

"我没有开玩笑。我是认真的。这太恶心了，就像在上演一场窥视秀。每一个人都在看着我们的女儿……"

蒂姆仍然站着，看着亨利，亨利转身看向凯茜。"警方怎么能让这样的事情发生呢？就像真人秀一样，真恶心。"然后亨利的声音崩溃了，亨利突然哭了起来。

亨利在想，如果安娜还活着，那么天知道过去一年发生了什么。他脑海里浮现出可怕的场景，如此黑暗，如此糟糕，以至他突然用手掌根猛捶头部，好像这么做能让脑海里这些画面停止下来。他的小女孩……

"来厨房吧，我来煮些甜茶。这个消息确实令人震惊。"凯茜的声音出奇平静。

"我不要茶。我想大家都离开。这不关你蒂姆的事，我也不想要你在这儿。"亨利看着凯茜。

"凯茜必须在这里，亨利。"芭芭拉说道，声音在颤抖着，"我同意蒂姆过来的。这是珍妮的想法。亨利，这不是你一个人的事情。"

"好吧，如果蒂姆没有和他的伙伴欢快地玩耍，放女孩们鸽子的话，我们就不会沦落到今天这个地步了。"

蒂姆和珍妮都深吸了一口气，但亨利毫不在乎。这是真的。亨利起初支持伦敦之行时，他以为蒂姆和保罗会陪在这两个女孩身边。他们刚刚结束了中学课程。这两个男孩长得高大健壮，已经做好了上大学的准备。芭芭拉对这次旅行从来就没有很赞成，她希望女孩们在本地旅行，并且保持低调，但亨利却信任小伙子们。等到男孩子们退出时，亨利说"不"为时已晚。安娜恳求他和妈妈谈一谈。但事实会是怎样的呢？如果安娜和莎拉不是独自在火车上的话，卡尔和安东尼也不可能以她们为目标。亨利真是打错了算盘……

"对不起，巴拉德先生。"蒂姆站着说道。

"这不是你的错，蒂姆。别听他的。"珍妮又换了个台，看看爸爸又看看妈妈，"你们给我闭嘴，不要再吵了。我讨厌你俩吵来吵去。安娜可能现在就在那儿，在西班牙的那个公寓里，绝对吓坏了，而你们就只会挥舞着枪，彼此叫来叫去。"

芭芭拉现在站起身，走过去坐在珍妮旁边安慰她。芭芭拉抚摩着珍妮的头发，转向亨利，面露恳求的神情。

"或许我最好还是离开，珍妮。"蒂姆正掏着口袋里的钥匙。

"不，蒂姆。"芭芭拉伸出手臂拦着他，"珍妮希望你能留下来。"

"不。我很抱歉，巴拉德先生是对的。"蒂姆的声音在颤抖，他在看着亨利，"我应该去伦敦的。这就是为什么我那时生莎拉的气，因为是在试图推卸责任。"

"噢，我的天哪，是莎拉。"珍妮突然一只手从口袋里拿出手机，另一只手在切换频道，急切地想获取新信息，"有人联系莎拉了吗？这可能又会让她快要崩溃。"

第三十三章　朋友

　　莎拉小时候非常怕黑。她有一次在看电影，电影里有一个入侵者藏在床底下。在那之后，莎拉就恳求她妈妈把床换成一张破旧、铁架的长沙发，因为下面没有空间藏人。但是她妈妈就从来没给莎拉换过，所以每个晚上小莎拉都会抬起悬垂的羽绒被，检查床下面有没有其他人。

　　那时莎拉和莉莉住在一个房间，她常常半夜醒来，在一个噩梦后吓得魂不守舍。莎拉似乎总能够把恐怖电影中的场景还原在梦里，成为栩栩如生的画面，自己则变为受害者主角了。尽管莎拉知道这不可能是真的，但在梦里感觉就很真实。但是莉莉开着灯就无法入睡，事情陷入僵局。莎拉会在黑暗中低语，恳求把灯打开。这时莉莉会咕咕哝哝地拒绝，莎拉接下来会请求和莉莉睡一张床。"莉莉，求你了。"即使睡眼惺忪的姐姐终于同意，但莎拉也会发现自己在黑暗中连脚踩在地板上都会害怕，担心突然有只手从床底下伸出来。

　　"你还记得你在我们两张床之间会放一把椅子吗？这样我晚上做完噩梦后，脚就不会碰到地板，就能从椅子上走过去，到你床上了。"莎拉看着姐姐。虽然姐姐现在年纪增长，但却更瘦弱了。好像风水轮流转，现在反而是莎拉更加强壮……

"是的。你那会儿可真讨厌。"莉莉抚平裙子，面露微笑。

"那会儿真正糟心的事还没发生吧？"

"是的。我自己一个人住一间房后发生的。"莉莉向窗外看了会儿，她们安静地坐着。

莎拉想起了个可怕的矛盾：她们搬家时莎拉拥有了自己的房间，那时她是多么高兴啊，因为就可以在晚上开一盏小夜灯了。但是现在她知道了分房后莉莉的遭遇，自己又是多么恐惧。

她看着姐姐，想起了她们的爸爸……

莎拉的手机在桌上振动着。她担心可能是警方发的一条短信。

"肯定又是妈妈。莎拉，别管了。"

但是手机再次嗡嗡作响，然后一次……又一次。

莎拉拿起电话，正打算干脆关机，但发现不是妈妈发来的消息，全都是不同朋友发来的。

"打开电视……"

"你看到新闻了吗？"

"你还好吗……"

"我的天哪！打电话给我……"

"我们需要打开电视看新闻。"

"为什么？"

"我不知道。"莎拉等着莉莉去咖啡桌下层架子取遥控器。这时她在想，也许妈妈加大了砝码，让事情更糟了？也许她已经说服警方，让他们相信莎拉确实失踪了，然后警察正发起某种申诉？但是莉莉调台到一个频道，这个频道正在滚动播放新闻，而屏幕上显示的照片不是她。

是安娜，她又在那儿。这是安娜脸书上的照片，安娜站在圣迈克尔山前，美丽的金发随风飘扬。

一名记者说道："警方现已确认，公寓内的那位持枪男人与一年前的少女安娜·巴拉德失踪案有关，警方需要实施逮捕。"

"我的天啊，这是怎么一回事？"莉莉把遥控器握在手中，身体前倾。

"我觉得有点恶心。"莎拉的嘴里又出现了咖啡的味道。但是现在这个味道早不复当初了，还有胆汁在里面。

"你需要什么吗？一个碗？"

来不及了。莎拉环顾四周，看到沙发旁有一个废纸篓，她及时抓了过来，开始呕吐。一次、两次，莎拉没有真的呕出些什么出来，只吐了些液体，但却一遍又一遍地呕吐着。

"我拿水过来。"莉莉走开了，大概去了厨房。

莎拉把篓子放在膝盖上，屏住呼吸，想知道电视上是否会报道说已经找到了安娜的尸体，她真的死了……

但并非如此，有一位目击者说她见过一个年轻的金发女子。简直乱七八糟，又不能确认那人就是安娜。

莎拉转了台，每个台报道的版本都似乎略有不同。一位目击者确定他听到了五声枪响，另一个又说是两声。头条新闻滚动字幕上又说确认无人员伤亡，但大片区域仍处于完全封锁中。

莎拉又看了看手机，读了读消息，说不定哪位朋友得到的信息会更多。结果发现脸书上都炸开了锅，推特也是。

莎拉在手机里找着珍妮的号码，因为巴拉德一家知道的信息肯定最多，但莎拉手指悬在了拨打键的按钮上，改变了主意，只是又浏览了脸书上的内容。

莉莉现在回来了，拿着冰水："喝这个。"

她喝了口水，但嘴里还是有味道，而且好像她和周围房间之间有种距离感。这很难解释，是种分离感。莎拉也觉得有点头晕目眩，也许是呕吐的原因。她的胃很不舒服。

"需要找医生吗，莎拉？你看上去很不好。医院怎么说的？我想应该要给妈妈打个电话……"

"不，莉莉。他们说我很好，肝脏也还好。只是我躺在床上太久了，有点虚弱。"

"你什么时候吃的上一顿饭？"

"我不饿。"

"好吧。现在没有食物，我再去弄点热饮……这次加糖。"莉莉又站起来。

"不用，请不要再让我自己一个人待在这儿了。"莎拉很惊讶，自己的语气里满是恳求，自己竟然这么害怕。

莉莉也看出来了这一点，因为她歪着头坐在莎拉旁边，握着她的手。本来这么做是为了让莎拉安心，但莎拉发现姐姐的手在发抖。"哦，莎拉。你是故意吃药伤害自己的吗？妈妈说这是意外，说你是为了治偏头痛，吞了太多药。"

"我不知道。你也自我伤害过，不是吗？你那时是真的故意的吗？"

莉莉的嘴唇也在发抖，转过头看电视时，她紧握着莎拉的手。

"那么，他们说了些什么？找到安娜了吗？那这事跟爸爸没关系，真的是火车上其中一人干的吧？"

莎拉看着电视屏幕，不知如何回答。电视上放了一幅卡尔的照片，主持人说他就是公寓里的那个持枪男子。她不知道要想些什么。镜头又切回到西班牙，那位记者站在警戒线前。她又重复了一遍相同的内容。滚动新闻节目为什么要这样播放，一遍又一遍地说着相同的东西。一遍遍循环播放。

事实是，这样重复没什么好处。她想相信安娜还活着，她当然这么想。但过去一年都发生了些什么？如果卡尔和安东尼真的把安娜带走了，那么这件事和她爸爸就毫无关系了，那还是莎拉的错。她不得不把在伦敦的情况和盘托出了。

她回想起在火车车厢上他们四个人，想起怎么调情，想起自己如何吸引安东尼的注意，想起安东尼脖子后面的小文身，想起自己多么想用指甲去触碰。

莎拉记得当时自己有多么快活。卡尔和安东尼去自助餐车拿饮料时，她对安娜说自己简直太高兴了，还好蒂姆和保罗放弃了这次旅行。因为莎拉知道，如果蒂姆和保罗在身边，他们会放不开，卡尔和安东尼也不可能加入。但在所有往事中，莎拉记忆最深刻的是她拼命想要安东尼喜欢的是她，而不是安娜。莎拉又想起来，她看着学校聚光灯下的安娜，是多么的嫉妒啊。所有人都目睹了安娜有多美。莎拉有段时间很喜欢保罗，而他的目光却只追随着安娜，而不是她。那时，似乎人人都迷恋安娜。

莎拉又想起那天在火车上的所作所为，一滴泪珠不禁淌了下来。她做的一切只是为了让安东尼最喜欢她。

"我麻烦大了，莉莉。"她懒得擦掉眼泪，看着裤子的颜色随着泪水变深。"我不是一个好人。"

"别这样，莎拉。这不是你的错。"

"哦，莉莉，是我的错。相信我，是的。"

第三十四章　私人侦探

马修盯着女儿："她在对我笑呢。"

"没有，她不是在笑，是在便便。"

"看。"马修扭着身体，让莎莎看得更清楚，"这是在笑呢。"

"是在便便，相信我。头几周婴儿是不会笑的。所以，你想试试第一次换尿布吗？"

"天哪。我不知道怎么换。"马修发现自己竟然很恐惧换尿布，觉得不可思议。马修一直承诺自己会亲力亲为，做一个摩登的父亲，但是他没想到宝宝才这么点大。

"好吧，你总要学会的。等她哭了就行动，我在一旁监督。"

"你怎么知道她会哭？"

马修妻子看着他，好像他没有认真关注过。

随之而来的是一阵大哭。宝宝大哭的劲让他们很是吃惊。马修无法理解宝宝这么小的肺如何能发出这么大的声音。

马修看到妻子脸上写满了压力，正挣扎着从床上爬起来帮忙。

"还是很痛吗？"

"是的。他们减少了止痛药的用量。真惨啊。"

"我去多要点药来。"

"不用，我可以的，会适应的。好了，宝宝爸爸，首先你需要准备好一切东西。"她指了指换尿布垫旁边的装备，尿布垫在手推车上，手推车旁是婴儿床，"拿好干净的尿不湿、湿巾、屁屁霜还有装脏尿不湿的袋子。"她说出这些，仿佛这是一场军事行动。

"整个过程结束前，宝宝都会一直哭的，所以不用担心你弄疼她了。实际没有。"

马修刚把女儿放在塑料换尿布垫上，就发现已经忘记了顺序，解开宝宝睡衣纽扣时惊慌失措。

"把睡衣拉高来，否则睡衣也得换了。"

"对的。先把臭尿不湿卷好。"

"哦，我的天。这颜色正常吗？"简直臭得难以置信。

"现在这颜色是正常的，昨天情况更糟。宝宝适应了，便便的颜色显然会改变。"

马修大吃一惊，因为宝宝拉的竟然是绿色的便便。"那这颜色肯定不对吧？"

"快点，湿巾拿来。把她双腿抬高，注意避开宝宝私处的褶，否则会感染的。"

"褶。"天哪，有太多事要担心了，马修希望之前上课时能多认真听讲。

"我忙不过来了。"

莎莉翻了个白眼，向他示范了如何一只手就抬起女儿的双腿，同时另一只手很快把干净的尿不湿放到位，并扔掉垃圾。不知什么原因，马修想到了一只鸡。他的思绪飘远了。

"和她说说话。"

"似乎没有多大意义。"在哭声中，马修几乎听不到自己的声音。

马修妻子笑了："好了。弄一点爽身粉和霜在这儿，这样她就不会不舒服了。"

然后奇迹出现了。最后，他们女儿停止了哭泣，还握住了莎莉的无名指，把眼睛转向一边，好像在寻找妈妈。马修看着、等着，这一刻的时光突然变得如此温柔。马修望着女儿的脸庞柔软而安定。马修觉得简直难以置信，对她们的爱满得快要溢出来。在这间隙，他先是看看妻子，又看看女儿，不禁又想起了他的工作，他的过去，那个自己婴孩遭人抢夺的母亲，想起艾拉，想起失踪的安娜，想起她在康沃尔的爸妈。马修现在看待一切，似乎都添加了新的滤镜、新的感觉。

"你还好吗，马修？"

"是的，还好，当然没问题。"

马修帮助莎莎抱起女儿，把她放在婴儿床上。

"会越来越轻松的，马修。"

"会吗？"

"是的，孩子们离开家时，肯定就轻松了。"

他笑了，她也笑了。

"她现在要睡会儿了。"接着莎莎小心翼翼挪回到床上，"你继续吧，打开电视吧。查查你的案子。"

"我可以的，在用手机查新消息呢。"

马修给莎莉讲了西班牙的闹剧，但一直在拼命努力不让这件事干扰了这个空间。

"大家都在谈论，那些护士。"

"是吗？"

"嗯，当然了。我还没告诉他们。你懂的，没有透露你是做什么的，你有参与其中。去吧，打开电视吧。我没关系，真的。"

马修从莎莉床脚拿起遥控器，接着试着调到英国广播台，然后是天空电视台。梅兰妮发来一条短信，确认谈判小组现在已在现场。凯茜和巴拉德一家在一块，梅兰妮从凯茜那里听说，警方已经确认了卡尔的身份，虽然这个消息还没有向媒体发布。卡尔声称手上有人质，据说是安娜。当然，这也没有公开发布。但是媒体已经对目击者进行了全方位的采访，警察通信小组已经崩溃了，根本无法控制局势。

"听起来好像已经变得一发不可收拾。"

"是的。这次真的不想参加这个案子相关的验尸会了。"

"还记得你曾经考虑攻读个心理学学位吗？想成为谈判者而进行的再培训？"

马修只是笑了笑。那还是在很早时，他非常后悔离开警署，在想是不是还有别的方法能够回归，就试试另一个角色。他甚至参加了短期的初级课程——谈判入门。这个课真的很有吸引力。但是经济现状摆在了面前，马修一边创业，一边怎么可能负担得起学费？

"如果是自杀式袭击，那变数就大了。"

"什么意思？"莎莎瞥了一眼婴儿床问道。一切都很安静。

"好吧，有人质时，曾经的黄金法则是要不惜一切代价避免干预劫持人质者。但这个法则总是会出问题，是造成死亡的最大风险。"

"现在呢？"

"出现自杀式袭击，就没有什么可谈判的。他们知道你很快就会进来的，所以需要采取完全不同的方法。"

"但谈判小组现在在西班牙。他们是保守派吗？这个卡尔不过是个罪犯，而不是恐怖分子。"

"是的，当然。谈判小组会循规蹈矩的。"

"谈判起作用了吗？现在发生了什么？"莎莉看着电视屏幕。

马修分享着他学到的知识：他们可能会尝试用座机；最开始会指派一名主要的谈判者，努力营造融洽的氛围。

"谈判的目的是让卡尔平静下来，尤其是让他在很想扣动扳机时能平静下来，他们也不会过多提及安娜。"

"为什么不呢？"

"因为建议是把所有注意力集中在劫持人质者身上，而不是人质身上。这样有助于建立信任。过多提及人质（们）只会让压力升级。尽管在这种情况下，他们可能会探求人质安全的证据。因为毕竟之前卡尔已经开枪了。"

"我还是不明白，那个劫持者是怎么扣押了她一年呢？她怎么没有逃跑？似乎很奇怪。他们不是说那人在建筑工地上干活吗？她没有找到突破口吗？"

对马修而言，现在不是合适的时机，医院也不是合适的地点去分享他真正的想法。也许是这个家伙卡尔绑住她，威胁她。天知道发生了什么。如果受害者受到了极端虐待，很快他们的心理也会受到伤害。

"这也可能是斯德哥尔摩综合征，受害人在创伤中发展出了错位的关系。"马修看着妻子说道。

"我听说过这个，马修，但我还是不明白。因为我肯定会尽力逃跑的，我很肯定我绝对会的。"

"行了。"马修关掉了电视，虽然想看最新消息，但又不想让他的妻子和女儿牵涉进来。

"想从机器里弄点咖啡或其他东西喝吗？"

"卡布奇诺，哦，还有巧克力，要很甜很甜的牛奶巧克力哦。要一大杯。"她说话时微笑着。马修很内疚，因为他实际是想找个借口给艾拉和梅兰妮打几个电话。

"走开后，不要打太久电话哦。我希望拿回的咖啡还是热的。"

"会烫到爆。"

她"叭"地亲了一下马修。他想知道自己怎么这么幸运。莎莎总是能理解马修的工作对他的意义，特别是在他离开警署之后。他顿了一下，直到现在才意识到为什么有这么多警察难以平衡工作和家庭的关系，两者都很重要，都需要全身心地投入。而且他也意识到，自己是对的，现在他永远不会去追求心理学学位。他想到了粉红连体衣服下眼皮耷拉、昏昏欲睡的那一小小只，这么困了还不忘寻找着她的妈妈。

现在一切都变得非常不同，生活突然有了不同的重点。是的，一切都加上了不一样的滤镜。

第三十五章　目击者

我很高兴托尼回家了。卢克说得对，我需要他。

问题是我觉得太激动了，脑子里满是想法。我想知道现在什么是事实，什么是偏执。好像过去整整一年我都是超负荷运转，我再也无法直截了当地思考了。

是不是我压力太大了，自己想象出来了这些事情？想象商店有声音，想象确定有人监视我，想象有人进来动了修枝剪，想象有人把地图放大镜放在外面？都是我想象出来的吗？是我编出来的吗？

不论卢克怎样沮丧，还是觉得我们忽略了他的感受，我都不想相信卢克会想吓唬我。不会这样的，所以事实是什么呢？

我舒服地坐在客厅里，在电视的大屏幕上看着发生的一切。不，舒服不是个恰当的词，现在没有任何事情能让我觉得舒服。即使晚上躺在床上，我也无法安然地躺着不动，要花上数个小时才能辗转入眠。

我今天已经服用了最大剂量的扑热息痛了，但似乎不管用，脑袋还在砰砰直响。

卢克在楼上，偶尔会下来喝点东西，有可能是托尼发短信提醒他的，卢克才会下来。就像之前托尼也会发信息提醒卢克给我祝贺母亲节和生日一样。每次卢克一出现在门口，我都会仔细观察他的表情，在想我是否应该直白发问。挑战一下他，把头绪弄清楚，告诉他我不会生气，但我需要知道事实。"你对我的不满是不是没有怎么太表露出来？是因为埃米莉的悲伤不开心吗？是因为我全神贯注安娜的案子不开心吗？是因为某种我不知道的原因来过店里吗？"

媒体设备架上放着电视机，还有 DVD 播放器。我看向媒体设备架旁的书架。书架上是我最喜欢的照片，有卢克还是婴儿的照片；卢克第一天上学的照片；卢克收到第一个十岩活动奖牌的照片，天知道那天我多么的骄傲。十岩活动是在达特姆尔高原进行的徒步挑战，学校把这作为德文郡和康沃尔的标准活动之一，就好像这个活动没什么大不了的。在如此美丽的地方生活，徒步活动就是一个习俗。但老实说，这个活动让我大吃一惊。我很长时间都不会想再来一次，我很诧异卢克竟然如此热衷。

卢克喜欢篮球，但不是那种一眼看上去特别喜欢运动的人。卢克从来没有参加过童子军或类似的活动。实际上，他更喜欢音乐。

在十岩活动的挑战中，他们必须在没有成人监督的情况下，六人一组进行徒步，还得带上自己所有的装备，在达特姆尔高原露营过夜。全程路线至少有三十五英里，需要于两天内完成。如果天气不好，那么地势会很危险，而且天气经常会如此。

军队监督整个过程，他们会在每一个岩点都设有检查站，从而证明大家完成了路线。但在两点间，年轻的团队就需要完全依靠自己。事情有可能而且也确实会出错。

曾经有一个女孩在一次训练中溺水身亡。这个消息让众人震惊，他们也进行了深刻的检讨。我以为，甚至可能暗中希望，他们可能会取消整个活动，但是没有，只是指导方针更加严格了。

西南地区的学校会参加比赛，竞争真的非常激烈。文法学校对综合学校，私立学校对公立学校，氛围既快乐又严肃，每个团队都希望能得第一，完成速度最快。

培训项目持续数月，因为这些青少年必须增强耐力和技巧。他们得读懂地图，去健身、露营。他们得带着帐篷，还有烹饪设备，并会消毒自己的水。有很多孩子中途退出了，但其中没有我们的卢克。卢克真的让我们感到惊讶了，他不仅坚持了下来，还最终成为了团队的负责人。第一次探险非常顺利，回头卢克又参加了。第一年卢克跋涉了三十五英里，去年则挑战了更为艰巨的四十五英里。

是的，卢克获得了第一枚奖牌，有了那张照片，我的骄傲之情溢于言表。尽管广播里放着成百上千少年的名字，但我记得在播报卢克名字时，我看到他满是自豪。卢克就在那儿，站在中间，那是他的高光时刻。

现在呢？埃米莉和卢克分手了，卢克状态很糟。所以人生是起起伏伏的。在达特姆尔高原上那张照片中的卢克与现在状态多么不同啊，那时他多么无忧无虑。

西班牙的新闻已经一直循环播放了好几小时，真是头疼。所有主要频道都在报道，新闻重复又重复。

我一直想起康沃尔的巴拉德一家人，他们面对这个情况会怎样？

然后，又来了。我的胃扭在了一起，真是报应啊。不可否认，我深感内疚，是卡尔或安东尼，或他俩带走了那个女孩。天知道，全都是因为我的错误决定、草率判断，还有我对莎拉行为的不屑。

嘴唇在颤抖，我在责怪自己，但又想着："不，艾拉，这和你无关。"是时候要直面现实了。

现在唯一没有解开的谜是明信片，还有商店里的杂音。是谁一直揪着我的鼻子不放呢？既然卡尔和安东尼这段时间一直在国外，那么不可能是他们寄的明信片。如果又不是巴拉德太太，到底会是谁？

终于有人拿钥匙开门了……

我在等待门"咔嗒"一声关上，随之传来旅行箱碰撞之声。这成了我沮丧的导火线。他出现在门口，我哭了出来。

"天哪，艾拉。没关系，亲爱的，我现在在这儿了。"

我的托尼抱着我。我立刻很感激能有这般的温暖，但同时也倍感内疚，因为我还没对他百分百地坦诚。

"好了，好了，亲爱的。来吧。"

"我没事了。对不起。"

"别这么说。"

然后我终于抓住机会，吐露了真相。这一次连每个小细节都没漏掉。说出我悄悄雇用了马修去警告巴拉德夫人，因为以为明信片是她寄的。说出违背托尼的建议，去了康沃尔，让巴拉德夫人很不高兴。说出我认为有人在商店那边监视我，但不确定我是不是失去了理智。

"是的，就是这样。不如我们关门一会儿？你休息一下，我让那个公司来检查下警报器。你听我说……"托尼把手放在我手臂上，俯着身子，让我直视他，"太可怕了。西班牙发生的这些事，天知道结果会如何。我一直听着广播，安娜的父母一定是像去地狱走了一遭。艾拉，但这不是你造成的，是那个疯子卡尔造成的，不是你。"

我没有回答。现在卢克出现在门口，脸色苍白，脚步拖沓。"爸爸，你回来我真的太高兴了。妈妈，我很抱歉，没和你一起工作。"

"不要告诉我你自己去店里了吧？"托尼紧紧抓住我胳膊，瞪大眼睛。

沉默了很久。

"爸爸，都是我不好，是我一直太累了，心情不好。不过我刚刚在脸书上多发布了一些消息，看看我能不能找到人来接替我的工作。"

"卢克，你没在脸书上分享我们的私人信息吧？"

"没有，没有，当然没有。我只是说了，知道有份很棒的兼职。我会先过一遍回复。如果有不错的人选，就转发给你们，你们再考虑考虑。"

"很好，卢克，谢谢。我觉得你妈妈更愿意自己挑选员工，不过不管如何，还是要在脸书上发信息。只是你不要透露妈妈的个人信息。但是我真的不希望你妈妈那么早一个人去店里。除非一切尘埃落定，水落石出。"

"但是，爸爸，这不可能是火车上那两个家伙干的，不是他们寄的明信片。如果这段时间他们一直都在西班牙，那就不是。"

"也可能是火车上的其他人，或者不知是其他哪个变态干的。拜托，艾拉。从今往后，就按我说的做好吗？你会吗？"托尼松开手，身子前倾，亲吻了我的额头，搂住了我。

然后卢克离开，再去煮点咖啡，我非常清楚托尼接下来会有什么反应。果然，他听到我没有告诉他就请了一个私家侦探，简直吓坏了。他尽力不生气，但脸上失望的神情真是要我命。

"我以为你把什么事都告诉我了。"

"对不起。托尼，真的，我以为能不麻烦你，不让你担心，以为自己一人可以解决。因为你有那么多事要忙，也要为升职做准备。"

"不要管我的事，我简直不敢相信你竟然没有告诉我。还去了康沃尔。我和你说过这不是个好主意。"

"我知道，我猜你会很生气的。我一直在调查，还试着自行解决。现在看来，没有告诉你是我太愚蠢了。很抱歉，亲爱的。但是，老实说，一开始我很确定是巴拉德太太做的，我不想让她状态更糟，报警的话她会更麻烦。"接着，我把所有事情都告诉了托尼。马修一直和康沃尔警署的一名警察保持着联系。我现在不用一个人面对问题，真是可以长舒一口气了。另外马修也说他去医院探访后就建议我们见见面，和我说说最新消息。现在，我也不会对托尼说谎了。

果然，托尼说他想尽快见马修，越快越好，把真相说出来。

"什么想法？"

"我认为现在和警署以外的人联系是不合适的。"

"好吧，但你和马修见面后，会改变想法的。他是个好人，以前也当过警察，经验很丰富。是他坚持要我把明信片交给警察的。"

托尼正准备回复我，新闻主持人说镜头将切回西班牙现场，因为有个新情况。我们都看向电视，发现记者仍然站在警戒线旁，手举在耳朵边，好像努力听着录音棚的连线。然后镜头切到了一个令人震惊的画面，是全屏展示。

画质不是很清晰，好像是从远处拍摄的，但没错，二楼公寓的窗边是有一个高个子男人，还有一个金发女人。

她头上有一把枪。

第三十六章　父亲

亨利·巴拉德的爸妈相信小孩有自己的恢复力，亨利就是这样长大的。他没用过什么药棉，也没有人大惊小怪。亨利爸爸最喜欢说的就是："教会小孩游泳最好的方法就是把他们丢进泳池深水区。"

正是亨利爸妈非常相信孩子天生的恢复力，亨利四岁时就在他爸爸拖拉机后面拖车里的干草堆上跳上跳下，不到十二岁就学会了开拖拉机。

亨利现在想起童年的场景，意识到自己很幸运，不在儿童保护名单之列。他肯定是坏过规矩的，但这又怎样？亨利和两个姐姐不仅有活力，而且蓬勃生长。亨利在八岁时一条腿骨折了，那是一头母牛离开奶牛棚时突然踢了回来，除此之外亨利基本上没有受伤。

所以，亨利很害怕有人像"保姆"一样无微不至地照顾自己，自己当爸爸时也是如此自信，优哉游哉的。在每个夏日的早晨，两个女儿都会往外跑，回到室内只是为了补充体力。每次芭芭拉都会大惊小怪，很是烦恼，要让女孩们涂抹高系数的防晒霜，因为坊间传闻"户外工作者"会得皮肤癌。每逢这时，亨利就会反反复复说道："她们会没事的。"

"亨利，农场是个危险的地方。"每次亨利开始啧啧反对，芭芭拉就会这样回嘴。

"芭芭拉，你看太多纪录片了。"

然后小安娜五岁时，感染了肺炎。最开始只是普通的咳嗽，芭芭拉觉得这是因为安娜在一个储存潮湿干草的谷仓里玩耍才感染的。但亨利觉得芭芭拉有点小题大做："她会没事的。"不料安娜并没有好起来。

结果事态不断发酵，在五天内安娜的病情更为严重了，小安娜进了重症监护室，其中还有二十四小时处于危险期。令人不安的是，没有一个医生敢直视巴拉德一家人的眼睛。

安娜身上绑着各种各样的管子，连接着嘀嘀作响的机器。安娜看上去那么脆弱，还有一个小屏幕一直响着发出警报，提醒她的血氧饱和度非常低。医生一采取新的策略，就会向他们解释，其中医生用了一种药，这药会让安娜的心跳暂时加快，但对肺部有明显疗效。

会诊医生说："一次完成一个目标。我们先治疗好肺，然后再解决心率的问题。"

亨利现在坐在长椅上，看着新闻，他回忆起从前历历在目的情形。在医院里，他坐在安娜的床边，看着监视器上的数据，内疚不已，非常无助，又很抱歉。有时亨利也会向上帝祈祷，但后来想起自己并不是一个真正的信徒，简直无处求援。亨利对孩子的恢复力不再有信心了，再也做不到优哉游哉，无忧无虑了。

而现如今，自从那天亨利载着自己美丽的安娜去火车站，送她搭乘去伦敦的火车，她坐在一旁后，亨利就不再是当初那个人了。"爸爸，你真让我恶心。"

凯茜出现在门口，手上拿着一个大托盘，上面放着鲜红色的茶壶，一壶牛奶和杯子。然后，凯茜把托盘放在房间中间的咖啡桌上。这时有人又换了频道，亨利的心脏就像插了一根冰柱，拔凉拔凉的。

屏幕上显示了窗前的场景。那里有一个人，可能是卡尔，正拿着枪，对准人质的头。

亨利的嘴里发出一种奇怪的声音。紧接着她妻子也在哀号，声音更大，而且可怕，就像是一个受伤动物发出的声音。接着是芭芭拉一阵快速、语无伦次的碎碎念。

"哦，我的上帝。哦，天哪。我可怜的宝贝。亨利，亨利，你看。哦不，哦不，哦不……我们要做点什么。哦，天啊。告诉我，我们应该做些什么。"

芭芭拉一会儿站着，一会儿坐下，一会儿摇晃着，一会儿又哭了。接着又站了起来，边说话边踱着步……

"我们需要去那里。我要去那里。亨利，哦，天啊。我没法在这儿。我不能待在这个房间。"

主持人说，尽管还未验证这张照片，但它却由一家欧洲新闻社传播开来。该男子现已确认为卡尔·普雷斯顿，但官方还未证实人质就是安娜·巴拉德。

"他们不应该展示出来。"凯茜拿出手机，大步走向大厅。亨利则上前去试图安慰妻子。

"会没事的，芭芭拉。"

"你怎么能这么说呢？怎么可以？我们要去那儿，亨利，我们要去西班牙。我们不能待在这儿，不能在这儿。"

此时，蒂姆正试着安抚也在哭泣的珍妮。亨利看着蒂姆，显然这个年轻人也相当震惊。

"亲爱的，我们不能就这么去西班牙。还不行。我们需要跟进事态发展。"亨利瞥了一眼。他在想，如果他们在飞机上，就无法知道最新新闻了。亨利终于朝门口看去，意识到他需要征求家庭联络官的意见，但她仍在走廊上通电话。

"如果你愿意，我可以带着珍妮去西班牙。在那里等你们。"蒂姆身子前倾，凝视着亨利，"这会有帮助吗？至少要有一个家人在那儿？"

亨利一只手穿过头发，另一只手搂着妻子肩膀，因为她现在又坐回椅子上了，头埋在手里。

"我不知道。我不知道。让我们看看凯茜有什么想法。一切都发生得太快了。我不知道警方会有什么样的建议。不，不，我不希望珍妮离开我们。"

凯茜站在门口，脸色苍白。亨利意识到，肯定还有更多新闻，但是她的表情看起来不好，有那么会儿他很害怕询问到底是什么新信息。

监视……

星期五

现在每个人都在看着她，我不喜欢。

我很不喜欢。

这是我的事，应该我来做。你懂的，因为我才能了解。我是唯一一个知道如何正确监视她的人。护她安全，理解她。我是唯一能看到她本我的人，知道她有多么的多么的特别。

我看到其他人看着她，注视她，对她微笑，我的脑海里出现了一种声音。一开始这声音只是像在点击，是安静的点击声。然后声音越来越大，后来我的大脑里就像有雷声在轰隆隆。接着雷声响彻整个房间，到整个天空，然后直冲出太空。

现在就是这样。声音越来越大，我不知道该怎么办。

我只是需要有思考的空间，我需要停止头脑中的噪声，我需要所有人都……不要再看她了。

第三十七章　私人侦探

　　马修伸手够雨刷开关时，打了个哈欠。现在下起了毛毛小雨，这种雨最烦人了，尤其是马修总会忘记更换雨刷片。雨刷设为间歇挡，则有雾蒙蒙的水汽，太湿润；但是开了快速挡，又不够湿润。马修试了试清洗喷雾器，是空的。马修在两个雨刷速度选项间来回切换，挡风玻璃发出抗议的声音，他一声叹息。太干，太湿，太干……

　　广播新闻节目主持人正在现场。马修看了看表，马上会有头条新闻的相关总结了，很好，肯定包含了西班牙那边的最新消息。梅兰妮说过了，如果她从家庭联络官那儿一有新消息，就再通电话。梅兰妮还因为督察的正式举报而余怒未消，这就是为什么她想离职。而且她很信任马修，知道他是不会让她失望的。

　　马修想到安娜，慢慢地深吸了一口气。他有种不好的感觉。

　　马修看了看云朵，云朵在强风中快速飘移。现在，马修脸上浮现出一个矛盾的微笑，然后想起女儿躺在医院的小床里，戴着那顶傻傻的粉红色帽子。护士们说，宝宝的体温显然下降了，没什么可担心的。有一个好办法，就是把宝宝放在灯下，直到她能更好地调节体温。马修离开后，莎莉就歇了下来，打了会儿盹，小艾蜜莉戴着可爱的粉红色帽子，蜷缩成一团，在灯下舒舒服服的。真是太甜美了，太有趣了。

艾蜜莉，艾蜜莉，艾蜜莉。

"我的，"马修在想，"都是我的……"有一个家庭的感觉真是太超现实了。

但是，等等，叮叮当，头条新闻来了。马修调高收音机音量，这样才能在恼人的雨刷声中还能听到新闻。主持人在总结已知的信息。"得了吧，得了吧，这些我们都知道。"最后主持人终于连线了现场的记者，记者正在采访警署发言人。社交媒体上流传的新图片引发了争议。这位发言人西班牙口音很重，说传播照片毫无帮助。谈到警察团队与劫持人质者建立的关系还比较融洽，但现在一切都被破坏了。此举是危险的，不负责任的。记者回复，在现如今这个时代，肯定无法控制社交媒体的传播。接下来，发言人生气了，说他必须得结束采访了，要去接个电话，但他仍敦促人们要理性，请不要分享这些图片。

这则新闻结束后，就转到了另一个故事。马修又看了下时间，还看了看座位上的脏衣袋。马修已经答应去见艾拉，并和她丈夫会面，但是他不想待太久，因为需要回家，为莎莉完成些杂事。一个小婴儿在二十四小时内竟然可以用上这么多衣服、围嘴，还有零零碎碎的东西。马修手上还有妻子所需的东西清单，清单上列有润唇膏、纸巾、某个牌子的润肤露——马修已经忘记了是什么牌子了，还好莎莉写了下来。

马修试着换了其他几个广播频道听听。"什么情况了？"现在西班牙到底发生了什么？马修发现自己在想象幕后的情况通报会。马修心中涌起了一股熟悉的吸引力、失落感，还有后悔之情。马修想起自己离开警署后不久，便独自一人坐在新办公室里，那时他非常想念之前的归属感。归属感是真正重要的事。

"所以你如何调整呢？"一夜又一夜，莎莉不断地问马修。而马修总是撒谎："没事。我很好。"

马修离开警署是因为搞砸了，他要为一个仅有十二岁男孩的死亡负责。马修上司请他留下来，并抽出时间重新考虑下，去进行一些心理咨询。马修参加了一个审讯和一个独立警察问询，两者结果均宣判马修无罪，但马修并没有因此心里好受些。他才是那个在调查中直视男孩母亲的人，那个夜间醒来出汗的人。

那是一个周四晚上，下着雨。马修接到了一个独立小超市的电话，这个小超市受够了盗贼。就在超市经理正服务另一位顾客时，一个男孩抢了一些烟走，然后逃跑狂奔。那个男孩从离商店不远的小巷子跑下来，马修碰巧遇到他，在后面追逐着。

"嘿！就是你！给我站住……"

即使马修在追赶，也只是想警告一下，仍然打算让这个男孩逃开。他这么做过几次了。这个家伙跑得很快，但跑的每一步还是短的，他毕竟只是个孩子。但马修没有机会展示宽容了。这个男孩惊慌失措，跑过篱笆，跑下堤岸，到了铁路线上。

马修大喊着要男孩停下来，但是那个男孩跑了过去。那可是带电线路啊。

随之而来的是可怕的场景，还有难闻的气味。

马修把孩子从带电轨道上拉下来时，那孩子已经严重烧伤。

他告诉莎莉："我真不应该追他。如果他没有那么慌张，就可能还活着。只是两包香烟啊，莎莉。两包香烟而已。"

"你只是在工作。"马修妻子抚摩着他的头发。马修总是记得整个晚上，他不停地说着说着，莎莉则温柔地抚摩着自己的头发。

所以，马修辞去了工作，后来他不管盗贼的年龄有多大，盗窃的动机是什么，都拒绝任何想要他去抓贼的超市。

马修决定创办自己的公司，这样就能更好地选择他可以帮助的人选。

梅兰妮经常提醒马修，事实也正是如此，创业唯一的问题就是马修会很无聊，因为无法接到真正重要的案件。发生了重要的案子，也不会有多少人来寻求私人侦探的帮助。来找私人侦探的客户往往是要寻找失踪的人，这些失踪之人消失不见只是想躲起来，不被人发现；其他的客户要么就是担心丈夫搞婚外恋的妻子们。

马修在杂物箱中摸索着，发现了一条忘记吃的巧克力棒。很好，有糖果。他现在回想起谈判者课程，看到统计的数据，着实惊人。实际上，在大多数劫持人质的案子中，最后人质都可以毫发未伤。当然，这个统计是自杀式袭击之前的数据。自杀式袭击是非常不同的新一波犯罪浪潮。

正像莎莉所猜想，西班牙的团队很可能是规规矩矩地谈判，他们都很学院派。团队会称赞卡尔能保持镇静，确保了安娜的安全。"做得好，很棒。我们不会忘记这点，不会忘记你让大家都安安全全的。"

马修闭上眼睛，希望他是那个谈判者，坐在警车里，打着电话，全面负责。

马修上谈判课时，学到永远不要用"投降"这个词。首选的用词是"出来"。"卡尔，我们来谈谈你如何安全出来。我们怎样才能帮助你安全出来。"

在一个研讨班中，马修问道应该如何应对劫持人质者提的要求。以前劫持人质者不是总会有些疯狂的要求吗？一辆可以逃跑的车？一架直升飞机？还有钱。警察对劫持人质者提出的赎金要求有何官方反馈？

导师建议永远不要说"不"，只这么说："卡尔，我会为你调查下。"谈判者应该始终把劫持人质者的请求传递给其他人，这样的话，任何的否定或延误似乎都不是谈判者的错。"我很抱歉，卡尔。他们告诉我目前这个要求没法做到。让我们谈谈可能达成的事。我们如何确保所有人的安全，这才是对你真正重要的事情。我保证，卡尔，我会尽力帮助你的。"

马修距离艾拉家还有十五分钟路程，他再也等不及了。马修在路旁停下车。他想知道有关流传图片的那些该死言论都是怎样的。他掏出手机，访问推特，到处都在传播相关的照片。照片是从不同的角度拍摄的，拍的都是卡尔举着枪，对着窗边一个金发女人的脑袋，可能是安娜。

马修强迫自己专业地思考，心跳加速，这是在与害怕和恐慌做斗争，打开了大脑分析的开关。好吧。这意味着什么呢？又需要做些什么呢？

马修开始尽可能快地分析所有照片。照片到底述说了些什么？到底发生了什么事？问题是所有照片中，安娜都是背对着窗户。

马修发现从略不相同的角度拍摄的照片大概有六张。他皱着眉，大脑在燃烧，他尚不了解的点不由自主地联系在了一起，思想的火花在飞扬。在警署中，马修学会了在这样的情况下，相信直觉，放松下来，去期待，去等待。

这就有点像《神奇之眼》系列海报，你需要盯着这些海报，放松眼睛，直到精神恍惚，三维立体图像就会浮现在眼前。放松，相信你与生俱来的能力。

马修翻看着所有的照片，做着同样的事情，不是很正确的事……

马修浏览着社交媒体上传播的留言。这些评论本意是友善的，但严格说来毫无帮助。

"天哪，他是要开枪打死她吗？"

警方也在推特上发布了一些留言，是西班牙语和英语的，让人们不要拍照、分享照片，但显然此举没什么作用。

天哪，真是一片混乱。马修又看了看这些图片，这次搜寻的是新闻社的报道。有的画质更好，用的是长焦镜头拍摄，也许是摄影记者拍摄的。但是大多数照片看起来好像是用手机拍的，或许就是在卡尔藏身之处对面公寓更高的楼层上拍的。然后马修发现了一张与众不同的照片，拍摄的角度更高。也许拍摄者是在一栋公寓楼的顶层，向下看窗户的角度更加清晰。现在，马修终于解开了在看其他照片时心中的疑惑了。

他拿出平板电脑，调出相同的照片，再放大一些。马修一边拨打着梅兰妮的电话，一边还用电子邮件把这张图片发送给她。她必须要让西班牙的团队看到这张照片。

天哪……他们需要看到这张照片。

电话响了五声，梅兰妮接了起来。"梅尔，我现在正在发一张照片给你看，是一张卡尔和人质在窗前的照片。你一定要把这个信息传达给西班牙的团队。"

"马修吗？"

"抱歉，是的。我是马修，我在从医院回家的路上。"

"照片我还没有收到。怎么回事？记住，我可是警署不欢迎的人。实际上我还在离职前的带薪假期中呢……"

"我不认为那是安娜，梅尔。"

"什么？"

"就是和卡尔在一起的那个女孩，那个人质，她应该不是安娜。"

"太不可思议了……哦，等等，刚收到图片了。好的，那我应该看什么？"

"肩宽。梅尔，还有身材形状不对。这张图片里，女孩是矩形身材，而不是梨形的。"

"什么？"

"对的，是的。"马修试图让自己的声音平静下来，意识到之前说话听起来就好像疯了，"莎莎她沉迷于身材形体这类事情，根据身材决定买什么衣服。安娜是梨形身材，一点也不胖……是非常苗条的梨形身材。"

"天啊，修，你才是孕傻的那人吗？"

"不，听着，这很重要。我对这个本来毫不关心，但有一天莎莎让我在一本杂志上看了这些。所以，我给她挑礼物时，就不会买错衣服了。即便你增肥或减肥了，身材的形状也不会有很大变化……身材的形状和骨头有关，和骨架有关，是固定的。从安娜家人分享的所有照片看来，安娜的身材都是典型的梨形。和我妻子一样，是个苗条的梨形。腰部盈盈，肩膀纤细，上身苗条，臀部略宽。然而这个女孩，就是和卡尔在一起的女孩，身材形状完全不同，直上直下的。把照片放大来看，可以发现她的肩与臀宽度相同，没有适宜的腰线。只有这张从较高角度拍的照片才能发现。"

电话中沉默了会儿。

"你看到了吗，梅尔？请再回看安娜的存档照片，比较一下，比较一下肩膀。"

又是一阵沉默。

"天哪。我觉得你可能是对的……但团队根本不可能会听我对身材形体的一阵叨叨。理论上而言，我已经不负责这个案子了，除非我见到长官，试着说说我和笨蛋督察之间是怎么谈崩的。"

"那么给你同事打电话怎么样，是凯茜？那个家庭联络官。她应该和巴拉德一家在一起吧？我们需要快速了解事实。"

马修听到梅兰妮深吸了一口气。

"拜托了，梅尔。如果我是对的，那个女孩不是安娜，那么团队就需要采取完全不同的方法应对了。另外，如果不是安娜……"马修顿了顿，"那安娜到底在哪儿，卡尔又在玩什么花招呢？"

梅拉妮呼了口气："好的。我会把这张照片发给凯茜，看看她是否能稍微试探下巴拉德一家。但她可能会直截了当拒绝的。"

"好的。这个案子我会去问的。还记得那个目击者艾拉吧？如果你可以告知我最新进展，我保证会和你分享我所知道的一切。拜托了。"

"好的。尽管我有可能会去找份新工作。"

"梅尔，可别这么说。我还指望你升职后我好回归警署呢。"马修很惊讶，自己竟然第一次大声说出来。

"你在开玩笑吧？"

"我当然是在开玩笑。"其实马修没有。"好的。我会尽快回复你的。"

马修开到艾拉家大约花了十五分钟。雨越下越大，他希望之前能想到在车上放件衣服。马修看了下时间，如果想及时回家完成杂事，晚上还美美睡上一觉，就需要抓紧继续开车。艾拉还有身边所有的人都告诉他，晚上能好好睡觉很快就会成为让他梦寐以求的事。可怜的莎莉在母乳喂养方面遇到了麻烦，现在已经在谈论改用配方奶粉了。马修倒是怎样都不介意，不过莎莉已经暗示他，可能需要分担一些夜间喂奶的工作。他开始在思考婴儿刚出生时，人们到底是如何兼顾工作的……

马修把车停在艾拉家的车道上，停在一辆黑色大宝马后面，便明白艾拉的丈夫肯定在家了。他查了查手机，梅兰妮还没发来信息，真烦。马修鼓起勇气，打开车门，在雨中冲向门廊。

大厅中没有灯光，但过了一会儿，马修就听到了内门吱吱作响，有紧张说话的声音，然后是开灯的咔嗒声。接着艾拉打开了门，脸色苍白。

"我们一直在看新闻，跟踪动态。真是可怕。你看到了吗？"

"看到了。"

马修脚踩在门垫上，右侧有一个竹伞架，里面装着两把大高尔夫伞，还有一个公文包。艾拉丈夫肯定在家。马修觉得这个公文包很昂贵，因为皮革保养得很好。离得最近的衣钩上还挂着一件时髦男式雨衣，衬以丝绸内里。

艾拉一直滔滔不绝地谈论着新闻报道，说看到社交媒体上流传着这么多照片有多么震惊。马修只是点点头，估量着艾拉丈夫的态度。

在客厅里，紧张感迎面扑来。艾拉介绍了托尼，他的肢体语言中充斥着不友好。他的肩膀紧绷着，和马修握手时非常坚定，然后眯起眼睛，完全没有想掩饰自己正在打量着马修。

"我以前就应该告诉托尼的。我现在想明白了。我俩之间一般毫无

保留，没有秘密，所以这次我确实很难过。"艾拉先是看看马修，然后
又看看她丈夫。艾拉是位非常善良的女人，马修也不想看到她沮丧的样
子。"我那时只是很确定是巴拉德太太寄的明信片，你懂的。"

"你怎么想的，希尔先生？"

马修迎着托尼的目光，深吸了一口气。"我觉得你担心甚至怀疑我
的参与都是可以理解的。所以艾拉建议见面时，我真的很高兴。我希望
可以消除恐惧。"

"继续说。"

"我自己以前也是警察，经验很丰富，而且我和警署那边仍然保持
着良好的联系。我只是在这儿说说，不要传出去。我觉得警方真的搞砸
了安娜·巴拉德的案子，我越发高兴能参与这个案子，当然主要是帮助
你和艾拉。但是，我也希望能尽己所能，弄清这个案子的真相。"

"好吧，你真的很伟大，但我主要担心的是我妻子的安全。这就是
我们付你薪酬的目的，而不是破解安娜·巴拉德的案子。这是警察的任
务。那么，你认为艾拉是否真的有危险？从收到的这些明信片看得出
来吗？"

"托尼，说什么呢。"艾拉继续看着他们，"我们都很担心安娜。这
是真的，马修。你看到枪对准她头部的照片了吗？你认为警察能平息这
起事件吗？还是会用到狙击手？有什么看法？真的太可怕了，要担心死
了。只要想想，就知道可怜的巴拉德太太一定会……"

托尼搂着妻子的肩，亲吻她额头，让她平静下来，而马修则在仔

细观察。托尼非常温柔地抚平妻子的头发，马修重新评估了托尼的侵略性，不再介意托尼的不赞成态度。如果换作是莎莎，他也会一样。托尼有保护欲是好事。

"我联系了一位信任的同事，给她看了明信片。在这个阶段，仍然无法确定，但寄明信片的人很有可能是某个紧抓这个案子不放的变态。目前还没有证据表明艾拉会受到真正的威胁。也就是说，在我们了解更多信息之前，最好还是谨慎为妙，我建议艾拉你还是要当心。最近有什么新情况吗？有发生什么不同寻常的事情吗？有什么让你担心的吗？"

片刻间，艾拉有点慌张，摆弄着头发。"我感觉在几个清早有人监视着商店，这可能只是我在妄想。车大灯很早就照进商店了。这让我焦躁不已，因为真的很不安。"

"你没告诉我这事。"托尼惊恐地睁大了眼睛，"对的。就这样，再也不许大清早去店里工作了。"托尼转身对马修说道，"你赞同我的吧，艾拉就是不听我说的话。我们安装了新的警报器，但是这个警报器不太好使。"

"艾拉，你是否看到什么人了？监视商店的人？"

"没有。其实这只是一种感觉，可能是因为最近我都非常沮丧。"

"好吧，我建议还是先把商店关几天，直到西班牙那边真相大白。"马修直视着托尼说道。

"这完全就是我的想法。"托尼深吸一口气。

"那我的鲜花订单呢？"

"艾拉，处理掉这些。我会打电话给顾客，就说你病了。你再推荐其他商店吧，就几天时间而已。"托尼看起来立刻就很高兴了，领着路，去了厨房，在厨房托尼就更礼貌了，提出要上咖啡，艾拉开始去做了。这个房间也开着电视新闻，他们听到新闻广播员开始分享西班牙公寓的最新照片，就都看向了电视。

当艾拉在研磨机和法式按压咖啡壶之间忙碌时，马修又看了下手机。梅兰妮那边仍然没有消息。

艾拉在等待煮咖啡时，转身问马修："那么他们会尝试射死他吗，那个卡尔？他们会这么做吗？就这么看着等着，简直难以忍受。"

"会有一个谈判员试图说服他，说服他出来。这是一个等待的游戏。除非最后别无选择，否则不会选择干预。如果那个女孩是安娜，要知道过去一年卡尔都是让她活着的。"

"如果是安娜？见鬼了，如果不是安娜，那会是谁呢？"托尼的声音透露出他的难以置信，马修倒希望自己之前没说过那句话。

第三十八章　朋友

"莎拉，你还没有解释为什么会觉得这是你的错。"莉莉用苹果片和桃子片做了三明治，用一块大浅盘盛着，放在她房间的梳妆台上，"你真的需要试着吃点东西。"

莎拉的胃还是不太舒服。莎拉看着精心布置的盘子，然后又看看姐姐。莉莉还这么劝莎拉，但她自己宽松的衣服下藏的是一把瘦骨头，真讽刺啊。

"我不知道能不能吃饭。你吃点吧。"莎拉仔细看着姐姐，但莉莉耸了耸肩。

"我之前已经吃了。"

莎拉知道姐姐撒谎了，但没揭穿。她环视了下莉莉的卧室，这个新地方至少私密性还强点，实在是厌烦月亮和其他人在门外探头探脑的，在楼下有很多妨碍，不过在屋里就没法看电视了。莎拉在手机上刷刷社交媒体，又看看新闻，希望现在能有一台平板电脑，这样就能看得更清楚了，数据包也会更优。莎拉已经收到警告短信了，说手机费已不足，但她还没钱充值。

"莉莉，介意用你的笔记本电脑查查新闻报道吗？"莎拉才不会喊她藏红花。姐姐在安装电脑并寻找滚动新闻频道时，莎拉看了看，并努力挤出微笑表示感谢。

"好吧。但是，请不要回避这个问题，莎拉。这卡尔显然是个疯子。对不起，西班牙发生的事情对你来说简直太可怕了。但说真的，爸爸和安娜的失踪没有关系，我真的长舒一口气。会不会是安娜自己要和这个家伙卡尔走的……"

"不会的。"莎拉的回答还飘在空中，她便突然感到精疲力竭了。这种感觉就像是你站在桥上，身体的一小部分想要跳下去，融入水中。你知道自己不应该这么做，但这个念头就是会情不自禁地冒出来。而且你知道，要在刹那间做出这个真正重要的决定，真是令人恐惧。结果就是一条细线，悬在一个选择和另一个选择之间，就像之前的药瓶和药丸一样。尽管莎拉现在意识到之前那么做并不能结束一切，不能解决问题，只会让事情发酵，再发酵。

"我不知道安娜是不是跟卡尔走了，还是卡尔把她带走的，是往她酒里掺了药还是怎样。但关键是我没有照看好她。我和安娜之间吵得很凶。其实我根本不知道到底发生了什么鬼事。"莎拉听着自己的声音，突然变得很急促。她知道自己需要结束这一切，但内心很恐惧，又羞耻，又可怕。而莎拉的姐姐，她那么怀念的那个姐姐，现在如此干瘪、悲伤的姐姐，竟是能为这一切画上句号的唯一希望。

莉莉坐在床尾，表情变了。她紧皱眉头，然后有点抽搐，脑袋一阵刺痛。

"你需要告诉我，莎拉。拜托了。"莉莉再次紧张不安地摆弄着手腕上的串珠，这让莎拉想为她哭泣，想为她们俩哭泣。

她们沉默了很久。莎拉接着一个深呼吸。然后……来吧。

"我们已经说好在俱乐部待到大约凌晨两点，然后一起坐出租车回酒店。开始我是和安东尼聊天，安娜和卡尔聊天，最开始一切都进展得很好。我们那时真的是感觉自己已经长大了。我承认，现在就觉得当时的想法真的很愚蠢，但的确是事实。但后来他们俩对我们都不感兴趣了。他们似乎认识不少人，就走开了，几乎完全忽略了我们。"莎拉回忆当时的感觉，声音低沉了下来。莎拉想起自己在火车上那么努力地让安东尼喜欢自己，就非常生气，多么羞愧啊，怎么能这么愚蠢……但是安东尼很快就离开她，和俱乐部的其他女孩说着、笑着，调着情。莎拉开始以为，他们邀请她们出去，是场双人约会。莎拉想象着就他们四个人坐在一起，跳跳舞，一起玩耍。但事实不是这样……

"莉莉，我总是看错男孩、男人。"她抬起头看着姐姐，"他们在学校喊我荡妇。"

"你才不是。"

莎拉双颊上都是泪水，她闭上了眼睛，满不在乎。"我只是想让人们能喜欢我。"

尽管莎拉闭上了眼睛，但仍能听到床咯吱作响。莉莉坐了过来，搂着她。"嘘，嘘，莎拉。会没事的。"

莎拉直面痛苦。"不，不可能的。安娜大约在午夜十二点半来找我，说她想早点回去，她玩够了，累了，有点微醺了。但我仍然在寻找安东尼。我也有点喝醉了，真的生安东尼的气，所以我告诉安娜不要这么孩子气，再去喝一杯，放松一下。"莎拉用一只手擦了擦脸颊，嘴里都是眼泪的咸味，"这就是我们吵架的原因。她告诉我觉得一点儿也没安全感，我大概告诉她哪儿凉快哪儿待着去，自己回去吧。"

"就是那时安娜建议联系爸爸的？"

"是的。安娜说，也许我们应该让他来俱乐部，把我们送到旅馆。但是我说她很差劲，如果她联系了爸爸，我就再也不和她说话了。"

"你告诉警察这些了吗？"

"没有，当然没有。我撒了谎。我说安娜才是后来没有出现，一起坐出租车的那个人……"莎拉睁开眼睛，试图弄清姐姐会如何评价自己。莉莉看起来很惊讶，莎拉也回想起安娜脸上的震惊表情。"拜托，我现在想回旅馆了。我有点醉了。拜托了，莎拉，求你了……"莎拉想知道，如果人们发现火车上发生的真相，知道了她和安东尼的事，他们所有人的表情看起来会多么难看。

"后来我竟然找不到她了。所以我只得自己打了辆出租。我以为她已经回到我们房间了，生着我的气。我以为我会有清醒的机会，对安娜说声'对不起'。但安娜没有回到旅馆，起初我相当恐慌，在想也许她已经和父亲联系上了。"

"天啊。"

"我很困惑，莉莉。那时，我甚至不知道我把爸爸想得这么坏是否错了，是不是太偏执了。但我开始思考，假如安娜确实打电话到爸爸的旅馆，他也来了俱乐部怎么办？在外面和安娜见了面或发生其他的事。哦，莉莉，我不知道，因为爸爸的行为举止让我疯狂地担心，大脑都在燃烧。但我实在不敢告诉警察。"莎拉直直地看着莉莉的眼睛，她的表情表明能理解，"然后卡尔和安东尼就逃跑了，所以我认为他们更有嫌疑。现在最终也证实了这点。就是卡尔带走了她……天知道发生了什么……"莎拉哭了出来。

"所以，这是我的错。不管怎样，莉莉，是我搞砸了。我让安娜彻底失望了。"

第三十九章　父亲

"我在想你们是不是应该给家庭医生打个电话，也许用下镇静剂之类的，帮助芭芭拉冷静下来？"家庭联络官凯茜抚摩着芭芭拉后背，芭芭拉坐在厨房桌子边的椅子上，头埋在膝盖间。

亨利站着，双手叉腰，情绪动荡、纠结，备受折磨。恐惧、内疚、耻辱交织在一起。"你真让我恶心……"电视上播放的场景太可怕了，最后他不得不转身不看。那个疯子拿着枪对准了女儿的头。在那一刻，亨利所能想到的只有自己拿着枪的情形，警察已经没收了那把枪。亨利想把枪拿回来，瞄准射死他，那个卡尔。该死的。"就这样，举起枪。"对准他的胸口，对准他的头。

亨利来回踱着步，凯茜则在抚慰他妻子，并不时抬头看着亨利，指挥着。

"我不想要医生来。我也不需要什么镇静剂。我要知道的是发生了什么。哦，我的上帝。我的宝贝……我可怜的孩子。"芭芭拉再度发声，凯茜在安抚她，让她安静下来，告诉她要平静地呼吸，长时间缓慢地呼吸。

"芭芭拉有安眠药，但她不愿服用。"亨利看着妻子。芭芭拉因为试着控制自己情绪，肩膀肌肉紧张，上下起伏着，亨利的嘴唇也在发抖。

"我真的认为你应该躺一会儿，芭芭拉。去楼上吧。有任何新消息，都会告诉你的。"凯茜仍在抚摩着芭芭拉的后背，"确定不要医生过来？"

芭芭拉环顾四周，仿佛看不到她面前的东西。"不要医生。我想去安娜的房间。我要躺在安娜房间里。"为了这个新的目的，芭芭拉站起身来，神情古怪，令人担忧。

"让珍妮和她一起上去。"凯茜指挥着亨利，睁大眼睛，满是担忧。而此时，亨利则显得很无助，踱着步，没有太明白凯茜的话。"让你的女儿上楼，和芭芭拉待在一块，不能让芭芭拉一个人独处。"

凯茜的手机铃声又响了起来，亨利身体颤抖着，和在电视上看到这幅场景时的反应一样。凯茜说她必须接听电话，所以亨利回到了客厅，请珍妮去了楼上，去帮她妈妈。

蒂姆站了起来，仔细地思考着他应该做些什么。现在电视已经静音了，但画面已经转到了体育报道。亨利愤愤不平，因为世界又继续正常运转了。那个疯子劫持了女儿站在窗边，用枪顶着她的一头金色头发。这过去了才不到半小时，全世界的目光就已经聚焦在足球上了。

"我真的觉得你最好离开，蒂姆。很抱歉。但我们要面对的实在太多了。"

蒂姆只是点点头，脸色发白，身体发抖，从沙发背后抓起外套。蒂姆最后离开时，亨利听到前门"咔嗒"一下关上的声音。然后亨利回到厨房，试图听清凯茜打电话的内容。但是她已经去了靴室，还关上了门。真窝火。在厚厚的橡木门后，她的声音很微弱，根本听不见。

萨米趁机从靴室偷偷溜了出来，现在坐在亨利脚下，眼睛里满是恳求，希望允许自己和亨利一起待在厨房里。亨利看着他的狗。它的黑色眼睛中闪烁着琥珀色的光芒，满眼的忠诚。萨米感受到了房间里的紧张感，眼神中透露出担忧。亨利想起以前萨米还是小狗时的情形，它在屋前的草坪上叫着，来回地跳着，而安娜则在草地上一个筋斗一个筋斗地翻着。"看呀，爸爸，我可以连续翻三个呢。"

亨利走得更近了些，靠在靴室的门上，但还是没有用，仍然听不到。凯茜简直在窃窃私语。亨利想知道发生了什么事，急切之情如同火一般在他胸中熊熊燃烧。亨利闭上了眼睛，大声吃力地喘着气。萨米又回到了他的身边，用鼻子蹭着亨利的腿。"主人，我可以留下来吗？"亨利拍了拍狗的头，狗的尾巴开始摇摆时，他的内心有些东西就碎掉了。

最终，亨利不知不觉走到了宽大洁净的松木餐桌旁，坐在他妻子腾出的高背农舍椅子上。直到现在，他才注意到，通常放在椅子上的蓝色格子坐垫现在竟然在桌子下的地板上。有一会儿，亨利盯着坐垫，在想是否应该把它捡起来。过了几秒，这个决定显得很重要，太难做决定了。然后亨利告诉自己，这实在是太荒谬、太徒劳了，甚至觉得连想想这个念头都会特别愚蠢。即便所有垫子都在地板上，那又有什么关系呢。哪怕这个愚蠢的房间里所有愚蠢的东西都在地板上，那又有什么关系呢。亨利环顾四周，打量着所有的瓷器、盘子、水罐、碗，还有梳妆台上的东西。有那么一会儿，亨利想挥舞着手臂，把所有东西都甩到地板上，与坐垫为伍。终于，靴室的门传来熟悉的咯吱声，萨米站着那儿，尾巴不动，在想知道它是否可以出去了。

"我的一位同事打来的。"凯茜穿过房间，站在亨利身旁。

"有西班牙的新闻吗？团队那边有什么消息吗？他们还在等什么呢？他们没有催泪瓦斯之类的东西吗？他们打算什么时候结束？"亨利对自己的语气都非常惊讶，与其说是愤怒，不如说是沉闷，词不达意的。亨利的脑袋也是昏昏沉沉的，垂了下来，亨利又看着坐垫，发现坐垫左上角有一个小污点，大概是番茄酱。亨利又回想起之前的一个场景，闭上了眼睛，那是安娜在培根三明治上涂上了番茄酱。

"没有国外的新消息，但的确有件事……"凯茜的语气异常犹豫，她停顿了一下。

"什么事？是要赎金吗？"实际上，亨利一直在等着这个答案，他睁开眼睛，"如果是他想要钱，我们可以准备好。想要多少都行，我们可以卖掉农场。"亨利的心跳突然加快，在思考着他可能会打电话联系的所有人，谁可能捐助，谁会借钱，提供帮助。

"不，不是赎金。无论如何，这也不是西班牙团队会支持的形式……"

亨利觉得自己真傻，怎么会觉得这个方案可行呢？亨利之前想象着打电话给朋友们、各大银行以及当地教堂筹钱，还有在网络上申请现金。然后拿着一包钱给卡尔，安娜从一辆车中释放出来，跑向自己，口里喊着"爸爸……"但是亨利现在停止了一切想象，让这些场景远离脑海。

这些变幻莫测让亨利累不堪言。主意在流逝，希望升起又破灭。多么可怕的想象，还有这些新闻，以及所有社交媒体上流传的该死的照片。不管卡尔要不要赎金，警察都不会放走卡尔。没有什么好方法能确保安娜周全。亨利无能为力，胸口的那团火焰又在燃烧，他紧握着拳头，眼神又聚焦在坐垫上了。

"巴拉德先生，我在想能否请你看张照片。"

亨利注意到了凯茜很重视。凯茜曾让他们喊她不用加姓氏，直接喊名字即可。凯茜也是这么喊芭芭拉的。起初，凯茜也会称呼他为亨利，语气中满是安慰和同情。但自从谷仓事件，亨利的枪被没收，他去了警察局面谈后，凯茜就喊他巴拉德先生了。从此以后，称呼可能就会一直是"巴拉德先生"不变了，自己离嫌疑犯的位置就差一步之遥了，除非一切能够水落石出。

"爸爸，你真让我恶心。"

"就是这张照片，巴拉德先生。这张照片还没有广泛传播。我需要提醒你，这是卡尔站在窗边拿着枪的另一张照片，看了会非常沮丧。我知道你妻子看了这张照片会太难接受的，所以请你看一下。这张照片是从另外一个角度拍摄的。如果你能仔细看一下，会有帮助。你觉得可以吧？"

"我当然可以的。"亨利在撒谎，他鼓起勇气准备看，事实上他根本不想看。

凯茜递给亨利的不是她的苹果手机，而是更大的平板电脑。

"这是从对面公寓拍的，角度更高。这张有点美化，我们放大看看。"凯茜的手在屏幕上滑了下，给亨利看了看第二个版本。

亨利的嘴唇在颤抖："我应该说些什么呢？应该关注什么？"这简直太残酷了。亨利不想看到这张照片，那把枪，还有安娜的头发。

"卡尔拒绝让人质和谈判代表讲话。另外，他没有把照片发给警察小组，他们已经多次要求了。这是标准流程，便于让卡尔平静下来，并确保人质无虞。同样也是一个交易交换的过程。如果你给我们发一张照片或让我们和人质说话，我们就可以送给你们食物，另一部电话，治疗头痛的药片，哮喘吸入器或其他需要的东西。"

"人质？"凯茜为什么这么说？她为什么不叫她安娜？怎么可以？这可是他的女儿。凯茜应该称呼安娜的名字……

"我要问的就是这个。巴拉德先生，看看这张照片，你有多确定这个女孩肯定就是安娜呢？"

现在，亨利的脑子一片混乱。她是认真的吗？一个火车上的疯子在女儿从剧院出来后，把她骗进一个下流的俱乐部。然后这人灌醉了她，天知道。后来绑架了她，把她带去了西班牙，监禁在公寓里，用枪威胁她……

"请非常仔细地看看这张照片。尤其关注这个女孩的身材，她的腰，尤其是肩宽。是安娜吗？”

亨利看着那幅照片，紧皱眉头，一阵疼痛。身材？她说身材是什么意思？只有在这一刻，他才发觉自己头疼得厉害。也许是偏头痛，已经疼了几个小时了，从派出所出来就开始疼了。

这张照片呈颗粒状，画质不怎么好，尤其是放大的版本就更不清晰了。但这头发绝对是安娜的。

“我不明白。该死的，这还能是谁呢？”

“请仔细看看。”

亨利盯着照片上的那个女孩，背对着窗户，头上顶着一把枪。他发现自己一跟跄。亨利回想起安娜背对着他，看向厨房窗外。“看，爸爸，是那只喜鹊，它又回来啦……”

他应该在这张照片中看些什么？身材？什么人呀，让一位父亲去打量女儿的身材？

在这张照片中，安娜穿着一件紧身的套头外衣。衣服是灰色的。衣服被拍得有点失真，几乎可以肯定这是用手机拍的。

亨利按照凯茜指的地方，看着照片上女孩的腰还有肩膀。

奇怪，有点不对劲。哦，我的天啊……

“你是说她可能怀孕了吗？是这个意思吗？”亨利努力不失去控制，他不想在这个女人面前失控。他再次看了看照片，觉得有些异样，有些事情他不能完全理解。

“不。这不是我的意思。关注她的身形、肩膀、腰线。巴拉德先生，我们所有人的身形都是固定的，哪怕我们减肥或增重，甚至怀孕，比例也不会改变。所以这不是我的本意。这个女孩的肩臀比，你看看像安娜吗？"

亨利现在知道了问题之大，结果之严重，所以屏住呼吸，说道："我认为需要把珍妮叫下楼。"

第四十章　目击者

看到托尼终于上楼去换衣服了，我松了口气。

"他不是故意那样的。"我盯着马修说道。但我的思绪已经跟随丈夫到了楼上，看着他把西装架放在门后，把洗漱袋放回浴室。托尼疲惫不堪，坐在床上，为我担心着。

"不，用不着道歉。他想保护你是很好的。如果是我的妻子，我也会完全一样的。我真的很高兴我们现在见面了。对你来说，会更好。"

我笑了笑。这时卢克走进厨房，在橱柜里翻着饼干桶。我在想要不要阻止他，我真的应该做点适当的东西吃，但因为我得直面这一切压力，就根本没有心思去做。

"对不起，马修。我太无礼了，我都还没问问小宝宝和你妻子的情况。她们怎么样？"

马修的表情立刻就变了，脸上既洋溢着自豪，又夹杂着困惑的不可置信之情，惊喜把他砸得头晕目眩。我看着就很为之动容。"太棒了，谢谢。情况非常好。我妻子是剖腹产，这有点讨厌，因为会比较痛，所以得在医院待几天。"

"告诉她要充分利用一切时间好好休息。顺便介绍一下，这是卢克，我儿子。卢克，这是私人侦探。马修，还记得我和你说过的吗？"

　　我密切观察着，发现卢克看马修的眼神里满是小心谨慎，和他爸爸一样。我突然觉得托尼和卢克的防御性很强。马修是对的，他俩很留心我是件好事。我想起过去数周里卢克和他女朋友经历的这一切，我因为那个愚蠢的地图放大镜还怀疑了卢克，这对卢克真是不公平，太愚蠢了啊。我怎么就让自己陷入如此混乱的地步呢？我不会把这事告诉马修，也不会再去质疑卢克。也许那个该死的放大镜本来就不知何故在我口袋里罢了。是的，也许我才是那个把它弄丢在地上的人。

　　"我们要吃晚饭了吗？"卢克无视马修，盯着我问道。

　　有时我在想，如果卢克有个兄弟姐妹，和他年纪相仿，卢克就有个能说说心里话的人，生活会不会就轻松一点？我们曾经确实尝试过再要一个孩子。医生从来没有检查出任何问题，但我们就是再也要不上了。

　　"其实我想点菜。卢克，你想吃中国菜吗？"

　　"很喜欢吃。"

　　卢克一离开房间，我就告诉了马修过去一年我们整个家庭经历了多么大的考验。都是我的错，因为我都不是我自己了，尤其是名字泄露后，全身心都扑在了这个案子上，还有那些该死的明信片。真心渴望这一切赶紧结束。

　　"你确定没有其他事情要告诉我了吗？关于有人监视商店的事？你有没有注意到汽车的颜色？有奇怪的人在附近闲逛？在商店附近？或是

家附近？”

"没有。真的，这只是一种奇怪的感觉。你懂的，就是有人监视你的那种感觉。像我之前说的，是我太焦虑了。就是因为那些愚蠢的明信片导致我可能有些妄想。"

"好的，好吧。很抱歉，艾拉，我现在得走了。"马修看了看手表说道。

"我们很欢迎你留下来的。要一起吃外卖吗？"话一从口中溜出，我就后悔了。

"不用，你太客气了，我还得做些杂事。但如果发生了什么事，或有什么担心的，随时打电话给我。"

"谢谢。"听到马修不会留下来吃晚餐，我大大松了口气，同时也觉得挺尴尬。马修不留下来托尼和卢克也会更加放松。我真的必须学会把家人摆在礼貌前。我觉得马修人不错，但我得记住这是他的工作。我换了个频道，这样我们就能在马修离开前快速看看西班牙那边是否有新消息。就在马修伸手去拿车钥匙时，我听到来了一条短信，他的手机嗡嗡作响。

"和这个案子有关吗？"

马修点点头，正在看短信，脸色一沉，然后抬头看着我。

"是这样。艾拉，这需要严格保密。但有一些消息很难消化。我怀疑警方公布这个消息还需要一段时间。我有一个联系人，和巴拉德一家接触着，另外……我觉得你应该现在就知道这个消息。"

我振作起来，胃部肌肉绷紧。我的手臂、手掌都平压在我的大腿上。我看着电视，电视上播着西班牙那所公寓的窗帘已经拉上去了。屏幕底部的滚动标题还没有新的变化。但我担心马修会告诉我最坏的情况。那就是希望的泡沫破灭了。

"她死了吗？卡尔杀死她了？"

"不是的，艾拉。那个在公寓里的女人，那名人质，她不是安娜。我们也不知道该死的卡尔在玩什么花招。但她确实不是安娜。"

第四十一章　朋友

　　莎拉躺在莉莉床上，盯着姐姐睡觉，莉莉睡在旁边鼓起的床垫上。莉莉用右手的食指压着鼻子尖，做着和小时候一样甜的事。她们小时候，莎拉就会嘲笑她。

　　"莉莉，你干吗这么做？睡觉时把鼻子顶起来？"

　　"能帮助我更好地呼吸。"

　　"真荒堂。"

　　"我才不管。"

　　莉莉的手腕还带着串珠，莎拉在想她至少洗澡时会摘下来吧。月亮开始时进了房间，莎拉现在可以确定他们是一对了，但是她终于可以舒一口气了，因为月亮现在离开了。也许是趁莎拉在洗澡时，莉莉对月亮说了些话。

　　莎拉已经筋疲力尽了，尽管淋浴后舒服了不少，但她始终知道自己要努力睡着。她想把床垫放在地板上，但莉莉坚持不同意，甚至还开了个玩笑："我会留意床底下的怪物哦。"

　　幸好房间不是漆黑一片。门上方有一小块玻璃板，柔和的光线透了进来。莉莉解释说，这里有几人会失眠，做噩梦，所以有点柔和的光透进来，他们在晚上不得不起床时就不会害怕了。

屋主卡罗琳显然是早上才回来。莎拉很紧张。莎拉需要询问她是否能在这里待一段时间。她一想到要回她妈妈那里，就觉得无法忍受，尤其是从莉莉那里知道了所有实情后她就更不想回去了。莎拉妈妈又发来了很多短信，恳求她回家，但莎拉的回复总是非常简短，只说她很好，是和莉莉在一起。"让我在这儿待着。"

但是莎拉也饱受折磨，和莉莉一样，她为爸爸和安娜失踪无关而宽慰，但这只是暂时的缓解，事情还没有画上句号。对于爸爸，她们必须得做点什么。她们没法假装过去什么事也没有发生。如果他对其他人做了坏事怎么办？如果她们只是袖手旁观，那未来铸成大错时不也有她们的份了吗？

莎拉简直不敢相信莉莉告诉妈妈实情时，她竟然完全不信任或支持莉莉。莎拉揉着眼睛，紧紧闭着，这时她意识到自己应该把爸爸对自己的所作所为说出来，这样就能以实际行动帮助到莉莉，而不是责怪她放弃了家庭。

莎拉尽可能安静地向后移着，并试着平静下来，再去检查房间内的阴影处。在角落里，有个用某种竹子做成的商店人体模型，莉莉把它用作衣服架子，架子上主要披着围巾和拼接制成的披风。白天，莎拉很欣赏这个架子，多么不羁的波西米亚风格啊，但在阴影中看来，这个架子就像一个无头之人，给人不祥之感。莎拉只得努力全神贯注地辨认、识别所有物品，让它们看起来没有那么可怕。这是围巾，这也是围巾，这是披风。"莎拉，都是些衣物罢了。"

现在，莎拉已经觉得很不舒服了。她走到一边，检查门后的长袍。长袍太长了，拖在地板上。莎拉在想她们应该把门上的钩子向上移一点。是的，只需往上移几英寸即可，这样打开门时长袍就不会卡在门下了。

然后突然之间思绪一片混乱，阳光照进来，窗帘沙沙作响，玻璃或陶器叮当作响，遥远的说话声传来。真是奇迹啊，莎拉竟然睡着了，她简直不敢相信。莎拉身旁有瓷器碰撞的声音，莉莉拿着一个木制托盘，上面放有两个漂亮的咖啡杯，还有一个盘子，盘子里装着三角形的、奇怪的绿色东西。

"是牛油果吐司。莎拉，不要找借口了，你今天真的必须吃点东西了。"

莎拉打着哈欠，伸了个懒腰。"好的。天哪，真不敢相信我终于睡着了。"她看着托盘，伸手拿了一片吐司。"如果你吃的话，我就吃。"莎拉点了点头，示意莉莉拿另一片。

莎拉姐姐眯起眼睛，然后拿了片吐司，坐在地板上，把床垫推开。

"说真的，真没想到我能睡着觉。睡前我记得的最后一件事是那时大约凌晨三点。"莎拉打着哈欠，声音变了，"那么，你觉得卡罗琳会让我再待一阵子吗？我可以在咖啡馆或什么地方找份工作。"

"我不知道，但我会去问的。注意哦，只是这个夏天。你还要开始高中学业呢。"

"我不确定现在还要烦心这事嘛。"

"不要这么说，莎拉。如果你承诺完成考试，我才会去问卡罗琳你能不能留下。"

莎拉耸耸肩。吐司很好吃，莎拉惊讶地发现牛油果上有很多胡椒粉，还有柠檬汁。莎拉把最后一块塞进嘴里，然后到地板上拿起手机。收到了一串短信。莎拉坐起来，向后靠在木制床头板上，浏览着信息。

"哦，天啊……"

莎拉还不能接受这个消息。不是安娜吗？怎么可能不是安娜呢？这又是什么新的疯狂之事？珍妮发来了信息，还有蒂姆、保罗和其他朋友发来信息……

莎拉滑到一个新闻应用程序，请莉莉又把新闻弄到她笔记本电脑上播放。

"他们说那不是安娜，西班牙公寓中的那个女孩。"

"什么？"

电脑开机了几分钟，声音响起。莉莉和莎拉一起挤在床边，肩靠着肩，听着西班牙公寓外的记者证实这场闹剧终于落下帷幕。卡尔目前正在拘留中，由警方审讯。

经证实，据称卡尔扣为人质的年轻女子并不是失踪的英国女孩安娜·巴拉德。卡尔和公寓里的金发女子都毫发无伤。警方暂时并未透露更多信息。

"不是安娜？"莉莉脸色苍白，"这说不过去啊。"

　　莎拉的手捂着嘴巴，她的食指压在嘴唇上。因为莎拉紧挨着姐姐，所以可以感觉到她在颤抖。

　　"莉莉，你知道这意味着什么吗？"

　　姐姐身体前倾，双手抱着头，开始哭泣。莎拉轻轻地抚摩着她的后背。

　　"我很抱歉，亲爱的。我知道这很糟糕，莉莉。我知道这不是你想要的结果，但我们现在别无选择。"

　　莉莉仍然在哭，莎拉不知道如何安慰她。她俩都知道该做什么。

　　她们必须现在就去报警，举报爸爸，因为别无选择。莎拉必须对警察和盘托出了。

第四十二章　父亲

下周会有一股热浪袭来。每个天气预报都播报温度会高得惊人。亨利看到这儿就觉得窝火。这是唯一一次天气播报员受到万众瞩目，其实人们自己看向窗外，就会对天气一目了然。与此同时，世人却完全忘记他女儿了，再也没有上头条新闻，当地新闻播的都是温度图表，神采奕奕的旅游官员一直叨叨着温度高得要打破纪录了，宅度假重又流行起来。"这是多年来最好的季节了。"德文郡和康沃尔周遭的一切，都变得一片金黄，与草丛颜色遥相呼应。

今天，有则新闻报道说，在沿海地区，海豚出现的频率更加规律，数量也更多。一些海洋生物学家称，因为全球变暖，不久还可能会出现更多鲨鱼。

"全球变暖，是的，对的。"亨利打包了更多衣服，装在另一个手提箱里，卧室角落里电视机安静地开着。每次亨利回到家拿更多东西时，都会尽可能拖拉，希望芭芭拉能回心转意，希望她会泡茶，和他谈一谈，让他留下来。但事实并未如愿，芭芭拉在楼上高喊着，让亨利快点，在珍妮回家前收拾好东西。他们的大女儿和蒂姆还有保罗外出了。芭芭拉说，自从出事后，事态一直发酵，变得糟不可言，这两个男孩就一直是她的支柱。

亨利整理箱子时想着："现在，我们又跌入了最可怕的地狱。安娜仍失踪不见。新闻里播的都是该死的天气。而我还有家不能回。"

亨利又回到楼下，再次尝试。

"至少我们可以谈一谈吧，芭芭拉？再试一次？为了珍妮？"

"再试？你竟然还有勇气让我再试试？尤其是你几乎在谷仓里要炸飞自己的头，然后我发现你竟然在家附近一直乱搞。就在我们女儿出事时，还和当地妓女出去鬼混……"

亨利不清楚芭芭拉是怎么发现他有婚外情的。芭芭拉还不知道他的出轨对象是谁，谢天谢地。但她已经在拼拼凑凑各种信息和线索了。亨利怀疑是凯茜故意泄露信息的，虽然她坚决不承认。自从西班牙危机解除后，他们的家庭联络官不像以前那样长时间陪伴他们了。每天就来喝杯咖啡，聊会儿天。可能是因为警察把整个问询都搞砸了，凯茜觉得尴尬吧。

大家最后发现西班牙的"围困"事件不过是子虚乌有。卡尔公寓里的金发女子是他的新女友。他俩策划上演了一出人质劫持事件，试图通过谈判得到一辆逃离的汽车。警察首次露面要逮捕卡尔的消息泄露后，他俩就编造了这个故事。

从那以后，警方就告诉巴拉德一家，卡尔在安娜失踪那晚似乎有不在场证明。安东尼也出现在了西班牙同一个建筑工地上，如今也在拘留中。两个人都说和安娜的失踪没有任何关系。他们的陈述版本是他们到了俱乐部，不到一小时，就对这两个女孩失去了兴趣，也不知道后来发生了什么事。两个家伙说，从沃克斯豪尔的俱乐部出来后他们就和朋友们参加聚会了，这一直就是他们的计划。目击者和监控双重证实了这个新消息。目前为止，所有照片和证词似乎都证实了这个版本。迄今为止，伦敦警察团队在时间表上没有发现他们会涉案安娜失踪的相关证据。

这两个人说，他们是在第二天清晨才逃跑的，唯恐受到指责或遭到陷害。他们觉得又要进监狱了。所以，他们的朋友提供了伪造的护照，还有一条船前往法国。司法鉴定部门已经检查了举办聚会的公寓。警方还在严格盘问新的不在场证明，但到目前为止还没有。卡尔的女友，那个所谓的人质，是六个月前他在一家酒吧遇到的英国女服务员。

警方一直向巴拉德一家保证，卡尔和安东尼有可能会重回监狱的，因为他们在假释期逃跑了，卡尔还假装劫持人质。但安娜呢？警方似乎慢慢排除这两个家伙是嫌疑人了，因为没有线索。督察又回到伦敦了，显然又是因为连环杀手案而分心。

"那么，该死的，现在能有什么进展吗？"亨利不断问道。

"我们仍在继续审讯，还在继续侦破这个案子……"

在这样的高温下，亨利正慢慢面对他最大的恐惧。那就是警方会永远找不到自己的女儿，他们永远也不知道到底发生了什么。亨利想想这就是他的未来，他们一家人的未来，就觉得简直难以承受。他在珍妮眼中还有他妻子眼中，都看到了这份恐惧。

在这可怕的炼狱中，芭芭拉终于开始屈服了，开始服用抗抑郁的药了，但结果似乎情绪波动仍然很大，芭芭拉饱受折磨。据珍妮说，症结在于她拒绝每天服用抗抑郁药，而且剂量不一，这对她的神经系统是有害的。亨利永远不知道下次看到芭芭拉时她是怎样的：有时沉闷而安静，眼中所有的光都消失不见；有时躁狂不已，一遍又一遍地打扫着房子。无论亨利何时试着劝阻，都会对他大喊大叫。

"你应该再去看看医生，芭芭拉。"

"亨利，我做什么都不再关你的事。"

亨利内心一沉。他发觉，这不只是内疚，而且内心深处充斥着深深的悲伤。

"我还是爱着你的，芭芭拉。"亨利边说着，边觉得现在意识到这真情实感为时已晚，他希望时光能够倒流，这样他从农民变为营地经理的烦恼和不满就会稀释了。

"好吧，过去的我很幸运，是吗？"

"芭芭拉，我不会放弃这个家庭的。我们必须考虑珍妮。"

"什么家庭，亨利？"芭芭拉厉声说道，"难道你没有注意到，我们再没有一个完整的家庭了。安娜失踪了，我不知道未来她还能不能回来。蒂姆和保罗为珍妮考虑的都比你之前考虑的加起来要多。"

"这么说就不太公平了。"

"公平？我来告诉你什么才是不公平。女儿失踪那天，你甚至都没有胆也没脸告诉我你和谁在一起鬼混。"

萨米站在亨利旁边，亨利从它摆的姿势中都能感觉到紧张之感——尾巴耷拉下来，眼睛看着地面。

"亨利，从我面前消失，好吧？带上你的狗。"

"我会和你联系的。"

"真是等不及。"

亨利身后拖着行李箱，搬到了路虎上，他把行李抬到后备厢时，装作很重。其实，为了找借口回来，亨利每次只拿了几件衣服，仍然抱着芭芭拉可以重新考虑一下的希望。亨利很难相信以后就是这样过。

全没了。

他又瞥了一眼屋前的草坪，闭上眼睛想起安娜翻跟头的场景，翻完跟头后，安娜就那样坐着、笑着，向他挥手。

亨利觉得自己手指都在抖动，也想向她挥手。最终，他双唇抿得很紧很紧，睁开了眼睛，沿着狭窄的道路驶向度假小屋。这原先是一个比较大的谷仓，后来改建成一排四个房间。目前，亨利睡的是一个双人间。住在这儿的感觉就像是在游戏人间，而不是真正过日子。尤其是隔壁的三间房还都是来度假的人，院子里到处都是冲浪板、潜水衣，充斥着笑声，还有很多可怕的沙子。

亨利拿着行李箱，来到这间悲伤的小卧室，房间里的墙壁是灰色的，被褥是素色的，地板是假橡木做的。芭芭拉曾经花了很多时间向亨利解释，资金转换时"实用性"才是关键，也可以称作"投资回报率"。芭芭拉说，家具和固定设备必须是朴素的、耐用的，而且易于维护。这无关乎个人品味或个人选择，而是与投资回报率有关。亨利盯着这"易于维护"的地板，想起了家里楼上更纯正、更富有质感的橡木地板，上面有着天然的纹理、结节和隆起。

亨利躺在床上，凝视着天花板，想起了自己喜欢的世界，那个仍然放不下的现实世界。多亏天气不错，已经挑选好了干草。小羔羊断奶了，转而可以吃草了。接下来做什么呢？亨利必须决定是否要开始犁上面的田地，以准备来年的谷物。他还要烦心这些事吗？农业上还要继续糊弄下去吗？亨利环顾房间，看到一个小小的松木衣柜，搭配着五斗橱和床头柜。家具非常新，色调是亮橘色。

亨利想起了萨米的狗窝就在隔壁，是在"易于维护"的厨房里。这只可怜的狗就像他一样极度痛苦和困惑。"主人，我们在这里干什么？"那双琥珀色的眼睛每天都在询问。亨利关上房门，打算睡觉了，但是门铃发出刺耳的响声。又是一个可怕的现代按钮，声音尖锐且刺耳，和农舍较为古老的门铃一点也不一样。

"这是谁呀？"

亨利等了下，希望他们能走开，但是刺耳的声音不断重复。第三次响起，第四次……最终，他只得起身，透过前门中间的玻璃窗格看访客是谁。

"哦，天啊，是珍妮。珍妮，快进来。对不起，我没想到会是你。"

亨利女儿环顾四周，看到了他开放式的房间简直一团糟。水槽里有一堆脏的餐具，因为亨利一直忘了买洗碗机的洗涤剂。他的工作服就扔在厨房的桌子上，地板上都是泥泞的靴子印。

珍妮来到冰箱前，向里看。她闻着过期的牛奶，摇了摇头。冰箱里唯一还能吃的东西是一些从当地车库买来的事先包装好的三明治和两个合装包，合装包中一个是香肠卷，另一个是猪肉馅饼。

"对。就这些而已。我真不愿意看到你过成这样。我们一起去买点东西，然后回来我做晚饭。走吧。"

"不用，亲爱的。你不需要做这些，我说了我很好。"

"你过得一点都不好，来吧。"珍妮晃着汽车钥匙。她开的是一辆破旧的福特嘉年华，亨利买来让女孩们开的。珍妮第一次就通过了考试，安娜即将准备去上驾驶课。亨利非常努力地不去想这些。他实际上已经计划要买第二辆车了，这样她们就可以一人开一辆了。

★　★　★

一个小时后，他们从当地超市回来。亨利看着女儿查看所有橱柜里的锅碗瓢盆，准备做肉酱。

"我很懒，所以准备用上一罐酱汁，但是味道会很好。虽然比不上妈妈的手艺，但总比猪肉馅饼好吃。"

珍妮在锅里煎着洋葱和大蒜，滋滋作响。亨利看着她把肉着好色，加上酱汁，不禁为自己食材的不充分而羞愧，还在想珍妮什么时候学会了烹饪，他之前并没有注意到。

"你是不是觉得我还是个老古董，不会做饭？"

"到现在还没有这个必要，是吗？"珍妮脸色苍白，亨利在想珍妮到这儿来到底要说什么。亨利能感觉到她的退缩。在做饭时，他们互相悄悄试探着对方，但是亨利没有逼迫。

饭做得很好吃，亨利又感恩又内疚。

"爸爸，我忘了加帕尔马干酪。"

"没关系。你都不知道我有多感激你。感觉角色好像反了，换成是你来照顾我了。"

"所以，这是真的吗？你有外遇了？妈妈没有多说。只不过她现在一天大多时候都躺在床上。她一直睡在安娜的房间，抱着安娜的旧外衣缩成一团。"

"哦，亲爱的，我真的真的非常抱歉，你得自己独自面对这所有事情。"亨利深吸了一口气，无法直视珍妮，"好吧，我承认。我是一个愚蠢的白痴，我真的很后悔做错事，但这并不意味着什么。我向你承诺，我爱你妈妈，你不要介意她这么难过。她完全有权利这么做。"

"你认为妈妈还会原谅你，让你回家吗？好像幸福全都消失不见了。"珍妮的声音有些颤抖，亨利听了几乎没法忍受。

亨利伸出手握住女儿的手。这个姿势让珍妮开始哭泣，接着她又说了些自己也不明白的话。

"我从莎拉那里也得到一个可怕的消息。莎拉还和她姐姐在一起，在德文郡。然后她说……"珍妮看着爸爸的脸，眼泪止不住地往下流。

"莎拉不说为什么，也没和我讲任何细节。但是她说，我们有权知道伦敦的警察可能会就安娜的事审讯她的爸爸。"

"鲍勃？莎拉的爸爸鲍勃？"

"是的。"

"但是为什么呢？我不明白。"

"我也不知道。我想说，他们审讯了你，是所有爸爸都要审问一遍吗？是这个意思吗？"

"我不知道。鲍勃？但为什么是现在审问呢？鲍勃离开了好多年。在我的印象中，他甚至都没和家人联系。"

亨利觉得挺困惑的，表情一变。因为非常困惑，他肌肉都绷紧了。亨利瞥过地板，从这儿看到那儿，看看他的长筒靴，看看那只狗又回到篮子里，看看空的购物袋。又回想起莎拉小时候，她和爸妈在乡村集市上的情形。那时莎拉和安娜刚成为朋友，一起去兜风，四位父母小聊了会儿。鲍勃，高大英俊，和其他人有点距离感，有些自大。打一开始，亨利就不喜欢他。

然后亨利又想起了别的事情：鲍勃总是在拍照片，给所有小孩拍了无数张照片。他们家似乎也没有很富裕，但鲍勃却拥有昂贵的相机，还配了很多镜头和不错的相机包。芭芭拉说鲍勃想要留住回忆这很好，但亨利觉得有点奇怪。鲍勃离开村庄时，亨利还很高兴。

"不会的，肯定不会吗？"

亨利的胃出现了一种奇怪的新感觉。

"我需要给梅兰妮·桑德斯打电话。她是个不错的警长，现在回来上班了。她会告诉我是怎么一回事的。"亨利站着，一只手拿出手机，另一只手抓着头发。

"你需要再给莎拉打个电话。去吧，珍妮，拜托了。逼逼她告诉你发生了什么事。现在就打。"

但是珍妮没动，只是定定地盯着亨利，眼泪从下巴滴落。"还有别的事情，爸爸。"

监视……

周四

事情不妙。一点都不好。

我不喜欢这种高温天气，而且她也不喜欢……

我现在必须非常非常仔细地思考，千万不要让自己陷入困境。陷入困境时状态就会不好。

最重要的是，我需要阻止所有这些可怜的人，他们以为这事与他们有关系，但绝对无关……

关他们什么事。

如果他们不管闲事，就不会有事了。但人们是如此愚蠢。所以现在我必须做点什么，停止这一切。

没有选择。

是他们的错，不是我的。

没有选择……

第四十三章　目击者

过去一年，我常常想知道到底是什么让我们变成现在这个样子。我不仅仅是说客观的事，还有我们的个性，以及做出的决定共同起了什么作用。所有这些都燃烧着我们的大脑，尽管我们并不希望如此。我们如何平衡好良心和责任呢？为什么我总是自我批评，但是遇到一样的事情，别人就不会自我批评呢？

托尼说主要就是因为我想得太多了，把世界都扛在了肩上，我只需要多放松一下，不要再反复思考。有时我在想，如果我学会了这么做的技巧，是否就会成为另一种人，不会再不停地分析，一次只能专注一件事。但是我的大脑根本不能那样运转，从来也没有过。我一直思考、思考、再思考。百万件事都在同时竞争着出现在我脑海中，不断发出嗡嗡之声。

拿今天来讲，就像其他所有人一样，我觉得太热了，但是呢又穿了短袖，觉得有点尴尬，因为手臂有点不习惯。打开花朵的包装时，我不断往墙上的镜子里看着自己，来检查新娘的手捧花在腰线处看起来如何。所以现在我不仅在思量着花朵和炎热的天气，还注意到了我的胖胳膊。所以，这些想法一股脑儿地都出现在我脑海里了。我应该在博客上写点东西，说说在这种天气下该如何保持花朵新鲜。是的，人们喜欢小技巧。我需要在热浪下已经"蔫了"的干花存货中挑挑拣拣，以便制作一些漂亮的标签和卡片，放在橱窗陈列。我真的不喜欢手臂在镜子中的样子，现在很希望之前有带一件衬衫来店里。我很高兴卢克觉得找到了几个可以接任他的人。卢克会先审核，然后再介绍给我。坦率而言，我宁愿自己处理整个环节，但是我把小告示贴在橱窗上，没有收到任何反馈，我也不想破坏卢克的好意。他能够参与进来，帮助遴选接班人，似乎让他感觉更好，所以我就顺水推舟了。

我也在想，真是希望托尼不必再离开。我们需要找人在家检查烧水壶。对了，我需要在橱窗上贴个小告示，推荐一些能在这种天气下比较持久的花朵。

我又想着，安娜的事毕竟不是我的错，但时不时还会这么觉得。我就是无法彻底打开心结。

明白了吗？所有这些想法，都在同一时间涌现，难怪我会总是头疼。

这周我多订购了些洋桔梗和玫瑰花，因为这两种花在这炎热的天气下都表现不俗。它们花期持久，物有所值，非常时髦。我要记得把这点也写在博客上。个人而言，我喜欢所有白色的花，但紫色的洋桔梗很漂亮，所以白色的、紫色的洋桔梗我都多订购了些。我把大部分花都放在了冷藏箱中，剩下的一些陈列了出来，从而展示它们的千种风情。花朵在高度不同的花瓶中看起来是如此不同。

我尽量不去打扰马修，不仅是因为他的妻子和女儿已经回家了，理应休假，还因为理论上而言，我在这整个可怕案件中起到目击者的作用已经完结了。

我到现在都难以置信。卡尔和安东尼竟然与安娜的失踪毫无关系。这彻底惊掉了所有人的下巴，尤其是我。马修说，这种事情在大型调查案件中经常发生，转折突如其来、出乎意料，这就是为什么你必须始终保持良好的心态。

同时，托尼把这一切看得就更简单了。他说我现在只需要把整件事情抛诸脑后。"你看，这完全不是你的错，艾拉，从来也不是。"

问题是我还会不时想起她，想起安娜脸书首页上的美丽照片，头发在风中飘舞。她在哪儿呢？到底发生了什么事？我现在比以往任何时候都更担心可能永远都找不到答案。

天哪，已经三点钟了。完成所有紧急工作后，我决定停下来，回家拿一件轻薄的衬衫，来遮住手臂。我知道这个举动很傻，没办法，本性难改。

我终于回家了，停下车，发现楼上的窗帘仍是拉开的。我离开时一定是给忘了。在这样高的温度下，花园倒是令人惊讶，一片欣欣向荣。我晚上会把洒水器打开，总会有几个人皱起眉毛，但没有文件明令禁止，所以我为什么不开呢？是我们自己付钱。

我试着打开走廊门时，门有点卡，门缝里塞了几本广告小册子。我希望他们不要扔在这儿，太浪费树木了。我注册了一个系统，可以拦截垃圾邮件，确实减少了一些垃圾邮件，但挡不住还有很多人工寄送的纸质邮件，真是恼火。

回到屋内，我注意到卢克把一堆邮件堆在前窗旁的小书架上，然后我快速翻了一遍，有电话费账单，还有人觉得我们可能对新窗户感兴趣。"不，谢谢。"有银行的来信，可能是关于我们个人储蓄账户的利率，利率又下调了。然后我看到它了，那可怕、熟悉的黑色信封，廉价、鄙薄又讨厌，正面贴有白色的地址标签。

我靠在墙上，实在是不明白。事情现在都已经结束了。我没做错任何事。卡尔和安东尼都没参与其中，和我更没什么实质的关系了。

我的心怦怦直跳，静止了片刻，回想起马修的指示。我走进厨房，拿起一小盒防护手套和警方提供的证据袋。有那么会儿，我在考虑不打开信封，就把信封装进证据袋里，但我发现做不到。我必须得知道为什么还有人这么做。他们一定已经看过新闻了。毕竟不是卡尔和安东尼犯的事，那他们为什么还要这样做呢？为什么？

我戴上手套，撕开信封，和之前一样。现在我都能听到自己的呼吸声了。我四下看了看客厅，又进入厨房，就是来看看，并确认下后门的门闩是否闩上。很好，闩好了。

又是黑色的明信片。字母还是从杂志上剪下来再粘贴上去的，非常凌乱，不成直线。

"我在监视你。"

我盯着这行字，一遍一遍地阅读，接着从手提包中取出手机，一边试着冷静下来，一边拨打马修的电话。

第四十四章　朋友

莎拉一直很害怕这次见面，她坐在厨房的桌子旁，用指甲敲着她的咖啡杯。

过去几天，她们每天都花很长时间与警察待在一起，已经筋疲力尽了。卡罗琳是这个家的关键人物，当然你也可以称这个家是避难所，是社区，或任何你想称呼的名字。卡罗琳一直都很善良，也很支持，对莉莉来说显然是坚实的支柱，肯定比莎拉更能帮上忙。莎拉现在才意识到自己是多么地低估了报警后的糟糕情形。

莎拉本以为进展会很快，警方会逮捕她爸爸，并迅速获得有关安娜失踪的答复。但是警方似乎找不到他……

莎拉还曾想，她和莉莉会一起接受采访，能互相支持，互相依靠。但规则不允许，因为要确保一个证人不会干扰另外一个，但莎拉发现后为时已晚。她们要分别提供证据，分开陈述，在不同的时间段进入一个特定的小房间。这个小房间里有一张柔软的绿色沙发，角落里摆着一篮玩具。这些玩具是为年幼的孩子们准备的，他们因为同样可怕的事情而接受采访。莎拉明白这点后，不禁觉得皮肤痒得厉害。

警方首先是调查安娜的失踪案。莎拉只好告诉他们真相。说了自己是多么喜欢安东尼，还在火车上和他发生了性关系。说了在俱乐部里和安娜的争吵，她如何告诉安娜不要那么孩子气，大约午夜，就不知道安娜的行踪了。说了安娜想回到酒店时，自己拒绝和她一起乘出租车回去。说了回酒店时以为安娜已经睡着了……

接下来，莎拉说出安娜失踪那晚，自己向安娜展示爸爸发来的短信，爸爸让她们在他旅馆的酒吧里与他见面。说出莎拉担心她爸爸可能和安娜失踪有关。

然后轮到可怜的莉莉了。莎拉看着警察把姐姐带入那个有绿沙发的房间，她和卡罗琳在外面等着。这里每个人都太善良了，善良得都有点过头了。"喝茶吗？来点饼干？"还有大量杂志，很多饮品。仿佛莉莉的问讯经历了几个世纪那么久。

"所以，莎拉，谢谢你答应来聊聊天。只是我们需要共同做一些决定。"卡罗琳双手托着杯子，杯中飘出熟悉的绿茶清香。

"他们找到我爸爸了吗？"

卡罗琳摇了摇头。"至少如果他们找到了，也没有告诉我们。"莎拉忍不住看着卡罗琳手腕上的串珠，很容易就能弄清楚她为什么经营这个地方。

"所以重要的是，我会一直和社会服务部门沟通的，告知他们现在的最新进展。"

这让莎拉倍感意外，恐惧席卷全身。社会服务部门？她不知道这个地方会和社会服务部门有关系。她以为这是独立的，因为这儿风格迥异，有自己的规则和奇怪的处事方式。除非你自己愿意，否则没有压力一定让警察介入。

"莎拉，这是因为你的年龄还太小了，"卡罗琳说道，她仿佛能读懂莎拉的心思，"而且你妈妈也想让你回家，这就更复杂了。"

"我不想见到我妈妈。拜托，我能留在这儿吗？和莉莉待在一起？"

卡罗琳点点头，卡罗琳继续说着如何让她在当地读六年级也就是中学的最高年级，莎拉听着听着突然就哭了出来，不禁觉得一身轻松，什么也听不见了。还有各种协议和条件，问题都会一一解决。

卡罗琳握住莎拉的手，侧着头说道："莉莉还是有厌食症的问题，我非常担心你爸爸审讯的事情。如果真有其事，会对莉莉有影响的。所以如果需要改善这个问题，我需要你配合在这儿的规则，不要和人们谈起我们为什么在这里。"

"我也必须要戴串珠，取个新名字吗？"莎拉不知道为什么这么着急发问，听起来又粗鲁又不知感恩，"抱歉，我不是有意的。"

但是卡罗琳笑了，莎拉就更放松了，从头到脚都舒缓极了，脸颊发红。

"莎拉，你是不是觉得这儿都有点古怪？"

"有那么点儿。"

"不要有压力，只不过串珠也好，新名字也好，都可以帮助大家。戴串珠可以很好地减轻压力。你觉得无法承受时，就有东西可以摆弄摆弄。是我把这介绍给会自我伤害的人的。"

莎拉突然想起姐姐离开家之前她手臂上的那些痕迹。

"那这些名字呢? 你为什么给莉莉选了个藏红花的名字? "

"因为她刚来这里时，就希望自己像隐身人一样，消失不见。所以她不吃东西。有一天，我看到了她的画，突然就发现了她内在是一个完全不同的人。那一页画上，色彩鲜明、能量鲜活，是那么辛辣，令人难忘，唤人共鸣，仿佛述说着'看看我'。我觉得那就是她的本我。"

莎拉的泪水止不住地流下来，卡罗琳轻轻地捏了捏她的手。

"还有很多事情要做。你的妈妈希望和我们联系，所以我们需要小心翼翼地联络。但如果你接受我的条件，而且想要一个新名字的话，"卡罗琳又开始揣摩莎拉的想法，"我会建议这个名字是黎明。仅供参考。"

"为什么是黎明呢? "

"因为你不太喜欢自己，莎拉。没有一个十七岁的女孩会恨自己。亲爱的，你需要一个全新的开始——这只是我自己的观点——你需要太阳升起。"

第四十五章　目击者

趋势是如此有趣。绿色植物之风重又流行，如火如荼。突然，宴请和陈列所用的光泽绿色植物就不够了。所有的餐厅和新娘都想要绿色植物，希望点缀得到处都是。桌子要绿色的，门口的拱门要绿色的。到处都是茂盛多汁的树叶。这就有点像给婴儿取名字，也是赶时髦。流行蔓延，突然每个小宝宝都叫作艾米莉亚，突然每个人都想要绿色植物风。

实际上，我不介意，有变化很好。我喜欢在自家花园和当地小巷里收集绿色的植物。我一直会种很多玉簪花，因为它有着大大的叶子和弯曲的枝条，而且月桂树篱的插条在大型展览上的效果也很好。能做些新鲜东西是件好事，老实说，我需要一些事情来分散注意力。我讨厌这个新的困境。收到新明信片已经有两周了，却没有任何进展。我直接把明信片交给了马修，马修又交给了他的朋友梅兰妮·桑德斯。他们做了常规的指纹检测、邮戳查询等，但是什么也没有发现。寄明信片的人肯定戴了手套。事实证明，这些仇恨者既残酷又聪明。

现在，我在制作今天最后一个生日订单，而卢克则站在前门。卢克看起来好多了，晚些时候他会邀请两个对他工作感兴趣的人来见一面，那时候马修和我会在康沃尔。卢克将进行第一轮审核。他们只有工作小时数没问题时，我才会见他们。我开始是在橱窗中打的广告，有几个人挺感兴趣的，但是看到得早早到店就退缩了，简直浪费我的时间。我想年轻人都想在周末睡睡懒觉吧。

我像往常一样把所有东西都摆放好：丝带、胶带、别针，然后开始做花束了。这次组合了玫瑰和紫罗兰，粉红和紫色相间，带有一些迷迭香的芬芳。我通常会旋转式慢慢制作，以保持平衡和节奏。这次是为了一位四十岁的寿星做的生日花束。这让我想起了我的四十岁，所以我比平时多加了几枝花。我检查了下花型，把花束捆绑好，再修剪了尾端，然后放入花瓶，使花束呈圆形。我绕着花瓶走了一圈，然后从各个角度检查，再用薄纱和缎带包裹。

我把花放到冷藏箱中，然后去找卢克，提醒他这束不用物流运送，寿星丈夫晚点儿会来花店，而且之前就已经付好费用了，账本上已经写好了。

然后我看了看时间，卢克告诉我不要担心花店，因为所有事情他都已经了然于胸了，还提醒我晚点儿他会去见可能的接班人。先见女孩，再是男孩。他俩都和他一起参加过十岩活动，所以人是可靠的，也习惯了早起。如果他们看起来都还不错，卢克就会把他们的简历和联系方式留在柜台下的架子上，我再决定是否亲自见见他们，还是继续打招聘广告。卢克希望最晚在圣诞节前停掉工作，这样就能专心于学业了。"这样可以吗？"

我笑了笑。我欣赏卢克为我做的这些事，也很高兴他睡得更好了，回到学校的状态也还可以。过去那是一段多么艰难的时光啊。

短信来了，马修在外面他的车里等着我。我不想让卢克担心，我告诉他我要去康沃尔看一个潜在客户，下午晚些时候回来。我亲了亲卢克的额头，卢克做了个鬼脸，所以我眨眨眼，和他道别，并提醒他有什么担心的都要给我发短信。康沃尔的信号可能不太好，所以如果我没有立即回复的话，也不要惊慌。

我坐进马修的车，他的新生活与之前很不一样，处处透露出痕迹，看到这些我就笑了。马修眼睛下面还有着黑眼圈，车上一堆父母用的儿歌光盘，备用的围嘴，后座上有一条粉红色的毯子，架上有一只柔软的黄鸭子。还贴了"宝宝在车上"的贴纸，马修告诉我，是他妻子坚持要贴的。

"艾拉，你确定和我一起去康沃尔没问题吗？"马修倒车离开停车场时，回头看了看我。我想起曾经清晨让我恐惧万分的车大灯。这里每个停车位都是固定的，那可能是商铺楼上公寓的住户的吧。我系好安全带，尽量不去细想。"不要想了，艾拉。"

"有点紧张，但是我想去。"

马修初次打电话给我说这事时，老实说，我那会儿脑中一片空白，很是震惊。巴拉德太太联系了他。开始我在想她是不是要正式投诉，因为之前我让马修去了她那儿，因为怀疑是她寄的明信片。但结果不是，发生了更让人惊讶的事。

开始下雨了。马修道着歉，抱歉他的挡风玻璃雨刷发出刺耳的刷蹭声。他告诉我，自己要做的事情的清单可以列上一长串，而更换刷片是清单中的一件，也许要等到他女儿去上大学了，他才可能有时间着手解决这些问题。我笑了，他也笑了。

我说："一旦宝宝睡着了，就会轻松一点。"

"哦，我不是在抱怨。"马修说道。他脸上露出坦率的表情，我很喜欢，又轻松，又直接，还很善良。我看着他的侧脸，在想他为什么离开了警署。每每我提出这个问题，他都会非常巧妙地回避。

车上的时光很愉快。马修开了一路，只停下来买了杯打包的咖啡。我们大部分时间都在听广播，他只谈论了十分钟晚点儿要用上的讲话策略。他很聪明，没让我提前就紧张起来。

伦敦警察厅那边传来的最新消息并不是什么好消息。他们就安娜失踪对莎拉爸爸进行了问询，已经排除了他的嫌疑。那时他在诺威奇。我不知道具体细节，实际上我也不应该知道这些。但根据非官方报道，马修说莎拉爸爸在安娜失踪那晚住的酒店中监控有显示，还有手机定位功能，都提供了坚实的不在场证明。安娜失踪时莎拉爸爸在旅馆房间里，这点没有问题。走廊上的摄像头显示，他只有在莎拉妈妈给他打电话时才又出现在监控中。

巴拉德太太现在很绝望。她想聘请马修来调查安娜的失踪，试试看警察有没有错过了任何线索。她觉得这个案子已经彻底"凉凉"了。没有了嫌疑人，调查团队的人数也在悄悄减少。马修也对她突如其来的要求惊讶不已，马修说他很清楚自己单打独斗不太有可能取得进展。但他对这个家庭很同情，至少希望把巴拉德太太的话听完。但是，马修先接了我的明信片案，所以中间可能会有潜在的利益冲突，这就是为什么他来咨询我的意见。

"我几乎可以肯定，巴拉德太太和明信片的事情无关，但我需要和你一块去拜访。"他已经在电话中和我说过这点了，我的确能理解。

"我不能为你俩都工作。但现在我确实担心安娜这个案子能否完结。这个家庭的确也很悲伤，又很坚强。"马修瞥了我一眼，说道，"但艾拉，你也十分沮丧。我第一个想到的就是你的感受。"

"我知道。但除非知道安娜她到底发生了什么，否则我永远也快乐不起来。"我顿了一下，"马修，你觉得她活着的概率大吗？"

"很小。但是巴拉德太太不想听到这个回答。母亲们都不会想听到的。"马修又瞥了我一眼，然后看着宝宝那堆杂物，"我现在才完全明白这一点。"

车默默地行驶了一阵子，我皱着眉，看了马修一两眼："你介意我再问一次吗，马修？你为什么离开警署？"在我看来真是太可惜了，马修似乎非常善于侦查，人又很好……

马修的眼睛一直都盯着前方的路。我们看到去农场的一个路标，是一个右转的标志。

"内疚。"马修转身向我安静地说出这个词，我眯起眼睛听着，"曾经有个案子，一个孩子死了。理论上讲，这不是我的错，但……"

我看到马修眼神变了，希望我没有让他难堪。我不安地摆弄着安全带。马修清了清嗓子，暗示要转弯了。我现在终于明白为什么了。

"好，我们到了。艾拉，你准备好了吗？"

我点点头。车开在这条奇怪而狭窄的小路上，驶向农舍，这时我的胃就开始闹腾了。我想起上次自己来这里的糟糕情形，想起了在门口的争吵。马修说，他也需要确保巴拉德太太对我不再有怨言，这是另一个原因。

巴拉德太太打开门时，紧绷着脸，语气中满是勉强。她看起来更老了，也瘦得多，我真为她难过。"我感谢你俩能来。"最开始她都没怎么看我，是一眼也没看。马修发现了这一点。

巴拉德太太忙着冲咖啡了，尽管我俩都不需要喝什么。我们把她的行为看作是在破冰吧，做些减压的事。

我赞赏着她们家的厨房，整个房子，还有大的雅家炉。然后我又觉得自己的闲聊有点尴尬，便注意到了冰箱上的照片。在这些照片里，安娜还是个小女孩，没错，拥有一头引人注目的金发。大部分照片里，安娜都是和一个大点儿的女孩一起拍的，我想那是她的姐姐。还有一些和朋友一起拍的照片。有一张在嬉水池的照片。有一张安娜在草坪上翻着跟头。

马修开始了"业务"讨论。他直截了当地问巴拉德太太，是否知道他仍然受雇于我，调查着明信片的事。觉得没关系吗？

"我从艾拉那里了解到，你曾经去过她的商店是吗？有一次艾拉还来过你家，你当时非常生气。"

"那是我的错。"我很快说。

"不。"巴拉德太太拿着托盘，带着我们去客厅。这是一间华丽的房间，通向花园的门还是法式的。客厅的一角，摆有一架很棒的美丽钢琴。

"艾拉，那时候的我都不是我自己了。我道歉。我能理解你为什么觉得是我寄的明信片，但我向你保证不是我。我去你店里是因为那时我确实怪你。这对你不公平，我只是不知道该往哪里发泄愤怒。"

"我理解。"

马修又谈论了会儿这类调查的难点。他谈到了在警署里的联系人，谈到遇到案子没有进展时的失望。马修证实了莎拉爸爸在安娜失踪那晚有着坚实的不在场证明，但因为"其他事情"仍在拘留中。巴拉德太太说莎拉也是这么和她说的。

"所以，没有嫌疑人了。"巴拉德太太放下杯子，"马修，这就是为什么我需要你的帮助。我还有一些积蓄。"巴拉德太太声音中透露的绝望令人恐惧。我看着她的眼睛。马修说他要考虑一下，再回复她。

接下来是可怕的僵局。因为我很喜欢钢琴，所以我就谈起，自己曾经上过钢琴课，上到了十几岁，我后悔后来放弃了课程。我走过去仔细看了看，钢琴上面也放着照片，用漂亮的相框框着。又是安娜和她的姐姐，她们做着伴娘。还有全家福。

然后，我看到了一张照片，震惊无比，仿佛心脏受到重重一击。我太困惑了，突然觉得站也站不稳。

"这是谁？"我拿起照片，转头向马修和芭芭拉·巴拉德问。过去的情形再次在我脑海中浮现。真的不明白……

"那是女孩们和她们一个朋友的合影。他们那时在参加十岩活动。"巴拉德太太的语气很警惕。

"但是他在火车上。"

"什么？"

"这个男孩，就是这个卷发的男孩。那天他在去伦敦的火车上，安娜去伦敦的那趟火车。"

"不好意思，你一定是弄错了。不……不会的。那是不可能的。他不在的。"

"我告诉你，就是他。"我又看了照片，然后看向马修。马修站了起来，向我走来。我说道："绝对是他，马修。我差点把咖啡洒在他身上……"

这就发生在那可怕的一幕之后。我经过厕所，里面传来"莎拉，哦，莎拉……"我决定去火车的另一端坐着。拐弯通过过道时，我跟跄了一下。

"对不起。"我的咖啡盖松了。

"没关系。不用担心，没事的。"

那时他看着我。绝对是他……那头头发，还有那双眼睛。

"这是谁，巴拉德太太？"马修从我手里拿过照片，又把照片给她，试着让她看看。

第四十六章　安娜

2015 年 7 月

安娜对莎拉又惊又怒。她跟在莎拉后面，想再次试试说服她，挤过人群，他们都在跳着舞，喝着酒。突然之间，俱乐部变得太黑，太吵了，非常陌生。无论安娜去到哪里，都是汗水和酒精的气味。她有点头晕了。

"我们说了要待在一起的。"安娜抓住莎拉的手臂，但自己说话有些含糊不清，现在看到莎拉站得也不稳，"现在我们真的需要走了。我觉得不安全。拜托，莎拉，求求你了……"

"噢，天哪，不要这么孩子气，安娜。你太夸张了。"莎拉又甩开她的手，"我已经告诉过你了。如果你想走，那就走。但是我还没好。为什么不去放松下，再喝一杯呢？"

"我在这里待够了，莎拉。我们要走了。"

"那——你走吧。我晚点再见你，回到酒店后再见。"然后，莎拉又离开了，穿过人群，朝着安东尼的方向，去到了其他房间。

安娜站着不动，只是看着莎拉。安娜不得不把双腿分开点，才能不晃得厉害。一切都在摇摆。房间、影子、灯光，还有人群。音乐咚咚咚地在地板上舞动，一直穿过她的身体。安娜眼睛眯了起来，视线也变得有些模糊。她看到一个男人看着她，拿着啤酒瓶，大口大口喝着。他朝安娜眨了眨眼。安娜移开视线，忽然有点神经起来，又是检查手提包，把长带子挎在身上，又是检查拉链，然后是钱包还有手机。

她按照指示牌去了厕所，排着队等其他人从隔间出来。安娜放下马桶盖，坐下来，身子前倾，试着冷静下来。拿出手机，她浏览了一遍联系人。"家"。她看着这个词，眼神模糊。安娜想起她和爸爸在车里的情形。安娜是多么生他的气啊。安娜看到了那张照片，爸爸和那个女人在一起。安娜手指悬在手机上片刻，但接着"不"。安娜把拇指在裙子上擦了擦，她考虑到了后果，那就是她妈妈再也不会让她自己单独做任何事情了。她坐了会儿，想知道要等多久晕劲才能过去。有那么片刻，她想到了莎拉爸爸，但又想起了安娜的警告："如果你给我爸爸打电话，我就再也不和你说话了。"

安娜以前也有喝多过，但从来没有自己一个人待着，不像现在这样。安娜希望自己已经下载了出租车的应用程序，但没有，因为莎拉说她会去下的。

安娜现在别无选择了，决定出门叫出租车。她记起现在打车肯定是黑车，也听说过坐上假出租车的危险。安娜很害怕，所以为了让自己镇定一些，她试着在脑海里想象自己坐在车后座的情形，安安全全地，直达酒店前门。到酒店后，安娜会给莎拉打电话，也许接着打电话给爸妈。如果莎拉还不接电话，还不回来的话，她甚至会去报警……

外面下着毛毛雨。有几个人在抽烟。真是一个狭窄的街道啊，几乎没有什么车。安娜等了一会儿，试着不看任何人。但是没有汽车经过，更没有出租车。她在门口看到保镖，在想他能否帮自己找辆出租车，但突然，一伙三个人来胡闹，分散了他的注意力，因为他不让这群人进去。

安娜身上淋湿了，脚步仍然不稳，然后……

"安娜，你到底在这儿做什么？"

安娜转过身，又是宽慰又是惊奇，无数情绪涌上心头，忍不住大哭起来。

"蒂姆。哦，我的天。"

嘘嘘，蒂姆安抚着她，安娜很尴尬，但立刻就松了一口气，用袖子擦着脸。

"天哪，蒂姆，能见到你真是太高兴了。但怎么回事……你不是在苏格兰吗？"安娜紧紧抓住他的胳膊，才能站稳。困惑加宽慰加迷茫。

"莎拉在哪里？"蒂姆看着安娜的脸问道。

"在俱乐部，她不会来。我想找辆出租车。我没法让她和我一起来。"

"好吧，你在这里找不到出租车。不可能的。"蒂姆环顾四周，说道，"来吧。往这儿走，不要再淋雨了。"

蒂姆用胳膊牵着她。安娜想的是他会把她带到咖啡厅、酒吧或其他地方的门口，或去坐地铁。但蒂姆说，地铁几个小时前就停了，他们需要去到一个可以打车的地方。"往这儿走，我们需要乘夜班车。只坐几站路。这样就容易打到车。"

他们似乎走了很长一段路，来到了一个公交车站，然后坐上公交车。车上没有别人了。安娜问："这辆车能到酒店附近吗？"安娜又把地址给了蒂姆。蒂姆说不能，车开不到那么远。但让安娜不用担心，他们能在最后一程打到车。

然后他们下了车，又开始步行。蒂姆说："在这儿。公寓就在这儿。把衣服弄干后，我们再从这儿叫个出租车。先等等，干爽了再说。"安娜听见钥匙在叮叮当当。有一个门廊，他们在底下淋不着雨，然后进入室内。

眼前是一个狭窄过道，接着是客厅，带有凸窗，窗帘是棕色的。

蒂姆解释说这是他爸爸留给他的公寓。这个公寓出租出去，得到的租金可以资助他一直上完大学。这是他爸爸遗嘱中写到的。这也是他在城里的原因。苏格兰之行取消了，这个公寓通常是出租出去的。"记得吗？在我爸爸去世的时候，我告诉过你们的。"

她依稀记得是听到过。蒂姆爸爸一直都对蒂姆毫不关心，然后突然得了癌症，要去上帝那儿了，就联系了蒂姆。蒂姆爸爸他也没有别的亲人了，所以让蒂姆继承遗产……安娜很高兴自己安全了，不用淋雨了。但是租客在哪里？现在离她的酒店有多远？

蒂姆说租客刚刚跑了，他来城里就是为了整理一下，挑一个新的租客。蒂姆说他打算明天与她联系，再说苏格兰之行取消的事，看看能不能见到她和莎拉。

"我以为你们今晚去听音乐剧了。"

安娜解释是网上推荐的俱乐部。她没提起卡尔和安东尼，因为倍感羞愧。她说话还是含糊不清的，所以试着慢慢说。安娜觉得太尴尬了，不希望蒂姆来审视自己。安娜希望自己说话听起来还是清醒的，但现在她好奇蒂姆在俱乐部附近做什么。蒂姆说他在附近的一个印度餐馆和一位朋友吃咖喱。

"你也真是的，安娜你不应该一个人待着。在伦敦不行，特别是在那一片这么危险的区域。"

"你也在那儿。"

"我们男生是没关系的。"

安娜现在需要坐下，还是头昏眼花的。

"对了。我们还得确保莎拉也没事，"蒂姆说道，"一旦你醒了酒，我就回去找她。她现在在俱乐部里还是安全的。"蒂姆拿出手机，安娜听到他为她订了辆出租车，再三确定了安娜的旅馆名字。蒂姆说，在夜晚这个时候，订辆出租车去特定地址，会更可靠。出租车十五分钟就会到。对的，还不错。这样蒂姆就能安全送走她，然后他自己回去找莎拉，再带她去旅馆。蒂姆问安娜这样可以吗？

安娜在想，也许他们应该马上回去找莎拉。安娜很感激但也很困惑，又开始哭了起来。蒂姆坐在安娜旁边，搂着她的肩膀，告诉她不要担心，他确保一切都没事的。"安娜，会好起来的。"

　　然后安娜闭上了眼睛。她想起了蒂姆今天早上发给她的那张可怕的照片，是她爸爸和艾谱莉——她是蒂姆的妈妈。她不想说起这张照片，甚至连想一想也不愿意，但不知道为什么蒂姆也什么都没说。

　　"蒂姆，为什么你把这张照片发给我？"她还在哭，"我是说，为什么选在今天早上？"

　　就在安娜爸爸开车送她去车站前，她的手机就收到这张照片了。真是震惊得可怕。

　　"你真让我恶心……"

　　"我只是觉得你有权知道。这对我也是晴天霹雳。我觉得我们应共同决定该怎么做，要不要告诉你妈妈。"

　　"我希望你没有告诉我。我和我爸之前吵了一架。"

　　"对不起，我没想到会这样。"

　　"但是你怎么拿到它的？这张照片？"这张照片那么清晰，那么淫秽。她爸爸还有艾谱莉，全身赤裸……

　　现在，蒂姆站起身来，说他现在不想再谈论这个话题了，他去煮点咖啡两人喝，安娜喝了会感觉好一点。安娜在想，时间肯定不够，没有意义。要带上出租车吗？但蒂姆说，哪怕只喝几口也会觉得舒服点。"你现在的状态……"

　　蒂姆走了，在另一个房间忙开来，安娜开始四下张望。现在她不明白了，有一个架子上放了不少书，是些徒步书和地图，还有一些杂志。她知道这都是蒂姆喜欢的。安娜眯起眼睛，有一堆，看来积了几个月了。安娜又低头看咖啡桌，是过去三个月的杂志。没有道理啊。

"安娜你在房间还好吗？"

"挺好的。"

安娜去咖啡桌下的书架上拿了本书，是关于康沃尔徒步的。一阵不安传过全身。书中有几处都用书签做了标记。不，不是书签。安娜翻着书，发现标记各章的是照片。

安娜看到第一张照片微微一笑。这是一张集体照，是安娜妈妈为蒂姆举行的生日聚会。他们戴着用气球制成的帽子，而她和莎拉则拿着蒂姆和保罗制作的腊肠狗形状的气球。

安娜翻到下一张照片，突然间就觉得真的很奇怪，仿佛温度陡然一变。因为这是一张她的照片，是从远处拍的。她在卧室窗前向外看，正要拉窗帘。

安娜心跳加快，肌肉紧张，快速翻阅这本书，找到了更多照片，都是她的照片：在草坪上玩的照片，坐在树上的照片。这些照片都是从远处拍的。

安娜把书放了回去，站着，这时蒂姆拿着两个杯子回来了。

"蒂姆，出租车要多久到啊？"

"很快就到的。"

"我想上下洗手间。"安娜试图掩盖自己放在身体两边颤抖着的手。

"坐下。不用一会儿你就能回到酒店了，回酒店再上洗手间吧。"蒂姆的语气变了，斩钉截铁，一点也不友好，不像之前的蒂姆。他站在安娜和门之间。

安娜看着蒂姆，身体内的温度甚至更低。

"这里卫生间不好用，安娜。"

"哦，好的。"

"喝咖啡。你只需记住，我找到你你很幸运。"终于，蒂姆坐下来啜了几口咖啡，"安娜，我关照你你很幸运。我一直都在关照你。"

"是的。很对，蒂姆，我很感激。"安娜看着杂志和徒步的书，心脏"扑通扑通"直跳。

"你开始说房客跑了？"

"是的，就在上礼拜，我们需要找到其他租户。"蒂姆已经开始在座位上摇来摆去，来来回回……

安娜发现自己肩膀已经开始发抖，担心蒂姆看到。安娜看着书架上的书，发现其中有些是高中的书籍，都是与蒂姆中学科目相关的书。

"我们去门口等吧。出去等出租车，好吧？"安娜又站了起来。

"不，坐下，喝咖啡。"又是斩钉截铁的语气，蒂姆猛地摇头，晃得更快了。

"我想我需要呼吸一下新鲜空气了，蒂姆。"

"你没事的，安娜。你现在和我在一起，和我在一起会很好。"

安娜喝了口咖啡，她可以听见自己的呼吸、脉搏，还有心脏的跳动。害怕之感愈筑愈高，身体温度越来越低。但即便是在酒后这么恐惧的情况下，安娜也知道一定不能让蒂姆看出来。眼前边缘上出现了一个个的小黑点，越来越近，但不是真的黑点。

"蒂姆，我可以喝点水吗？"

"不用。你好得很。"蒂姆开始摇得更快了，来来回回，来来回回。他突然变得很激动，头奇怪地晃着，像抽筋一样。

"没关系。我自己去拿水。"安娜站起来，朝着走廊的门走去，起初走得很慢，但后来越走越快，突然蒂姆从背后抓住了她。安娜本能地将右腿用力地踢了回去，蒂姆后退了点儿。

安娜穿过走廊，离门只有几英尺远，突然感到头后部被一击，眼前一黑。后来安娜睁开眼睛时，发现自己在地板上，手掌下是黑色和白色的瓷砖，冰冰凉凉的，还看到一个黄铜信箱。

安娜试着尖叫，但是嘴里有东西。是肉，夹杂着汗水的气味。安娜试图咬肉，但没法张开下巴。安娜把左手放在头上，极其疼痛。安娜放下手时，手上有血迹，安娜仍试着把蒂姆的手从自己嘴里移开。

蒂姆无时无刻不在重复着一遍又一遍的话，都是些狂言狂语。什么安娜和他在一起很安全，只有和他在一起时才安全。

蒂姆的声音混乱又疯狂，真可怕。说着安娜需要让蒂姆照顾她，关照她。说他们小的时候就好多了，更容易护她周全……

安娜试着爬，爬到黄铜信箱那儿。

然后安娜听到一种新的声音，是空气中的一种鞭打声。蒂姆从他们左边的衣钩上抓了个东西。就那么一秒钟，蒂姆松开了她。安娜往前冲，扑向门还有闩锁。"拜托了……"

　　但现在安娜的喉咙上围了圈什么东西，把她拉了回去——有皮革的气味。接着是新的痛苦，情况更糟了。

　　安娜无法呼吸，窒息，窒息。她把手放在脖子上，试图在皮带和自己的肉之间挤进手指。

　　安娜突然看到了一些画面，在眼前飘浮着，变化着，模糊着。她爸爸在车上的画面。"你真让我恶心……"家里小巷中开着月见草的画面。萨米那条狗转头看着安娜的画面。

　　安娜在抗争，用手指挤压着，拼命地试着回到他们身边。

　　安娜妈妈在厨房里，有肉桂的香味，有李子片。"安娜，准备好了……"

　　安娜用手指挤，再挤。

　　安娜爸爸和萨米在小巷上，回到家，抚乱她的头发。"这是给妈妈的月见草……"

　　安娜在向他们呼喊，向所有人一个一个地呼喊，但他们听不到她的声音。相反，安娜的喉咙里发出可怕的咕咕声。安娜的胸很疼，她还在抗争，抗争，抗争……

　　安娜在草坪上翻着跟头，珍妮对着她微笑。萨米跟在她脚后叫着……

　　"拜托了。"她必须抗争。安娜必须告诉她爸爸，她是真的爱他。她得回到他们身边。

　　"拜托了。"

第四十七章　目击者

"我告诉你那时他在苏格兰。"巴拉德太太喃喃自语，"我在脸书上看到了一张照片，是蒂姆在苏格兰的照片。你搞错了……"

我盯着马修，嘴里突然有胆汁的苦味。

"蒂姆总是对安娜魂牵梦绕的。他一直喜欢安娜……"巴拉德夫人喋喋不休，"不，不可能是他。他在苏格兰。"一派困惑、害怕、恐怖。马修拿出他的手机……

马修如此全神贯注，真是让我印象深刻，但又觉得害怕。马修的语气这么斩钉截铁，异常急迫，加剧了我内心的恐惧。马修在和他的联系人梅兰妮·桑德斯通话，声音是外放的。

"我晚点再解释。出现了新的主要嫌疑犯，是安娜·巴拉德的案子。嫌疑犯是他们家人的朋友。梅尔，我们必须现在就得谈……是蒂姆，他的姓是什么？"马修转身对巴拉德夫人大喊道。巴拉德夫人仍然很迷茫，喃喃自语着我们错得多离谱，说蒂姆一直崇拜安娜，很小时就开始了。

"蒂姆的姓，还有地址……现在告诉我，巴拉德太太。"

"布莱克豪斯。赖德巷……我不记得那个门牌号了……他是一个好男孩，好男孩。我告诉过你了。你一定是误会了。"

"蒂姆·布莱克豪斯。赖德巷。同一个村庄……保持联系，梅尔，我一有更多消息就告诉你。他也在安娜去伦敦的那趟火车上。坐在火车的另一端，但他谎称自己在苏格兰……"

片刻停顿，马修在听电话……

"不知道，梅尔。不要挂断……如果蒂姆不在家，有谁可能知道他今天在哪里吗？巴拉德太太，事情紧急。看着我，拜托了。真的很急……"

"我猜，珍妮她可能知道。她在楼上看电影。因为我和你要交谈，所以不希望她在楼下……我不想让她难过。"

"叫她下来。马上。"

两分钟后，珍妮站在了走廊上。珍妮比她妹妹高些，也黑些，非常愤怒，肢体语言说明她很不友好，双臂交叉在胸前。

"怎么回事？"

"我是侦探，珍妮，我急需知道如何找到你的朋友蒂姆。我没有时间解释了。你知道他今天在哪里吗？"

"德文郡。"

"在德文郡哪里？他为什么在那里？"

珍妮一开始耸耸肩，拉着一张脸，一副不合作的态度。"这对你有什么意义呢？"

"真的很重要，珍妮。警方需要知道，很紧急。"

"不是很清楚，好像是关于工作的事。他没说。有一个他在十岩活动遇到的人，他最近一直在说啊说……"

"说什么？工作？"

现在，我不禁打着寒战。我盯着关于十岩活动的那张照片。看看日期，是和卢克同年参加的活动。

困惑，皱眉。

我突然想起，在商店地板上发现的那个地图放大镜。所有参加活动的人都有，所有快速完成任务的团队都可以拿到。我的天……

"不，说的是十岩活动。他一直说的都是这个。"珍妮的声音听起来仍然很生气。

我现在又站了起来，胆汁还在我嗓子里。

"什么工作？"我声音中传出的恐慌让每个人都转向我。

"某个商店，他没有说在哪里。他最近很丧好吗？你们让他静一静。不要打扰我们。"

"珍妮。"马修的语气很坚定，"我不是要吓你，但这事和安娜有关。真的很急很急，我们需要找到蒂姆。他为什么一直很丧？"

"蒂姆把所有的老照片都翻了出来，翻出他和安娜还有所有人一起参加十岩活动的照片。他要在照片里找个人。他觉得安娜对一个男孩情有独钟。我不知道为什么。我叫他不要想这事了。当然，他只不过是太沮丧了，好吗？我们都一样。"

"卢克……"我的呼喊仿佛是在哭着求救。我要走了。我要去车里。

我必须回到他身边……我开始往门边走去。我不明白……毫无道理可言，所有事都是。但是我必须回到他身边。突然间，我能很清楚地看到他们，他们有几百个人。我再看看照片，能发现，安娜获得了奖牌。所有人都获得了他们的奖牌……有卢克，有蒂姆。每个人都在笑，每个人都这么快乐。

"我的儿子卢克，他参加过十岩活动，和他们是同一年参加的。他现在一个人在花店里。马修我们必须得走……"

"等等，艾拉。和我说，看着我。"

"他要和一些想接任他工作的人见面。哦，天啊。卢克说，他们是脸书一个十岩活动小组里的。我在商店外面找到了一样东西，马修，我以为那是卢克的。但我现在担心……"

"对了。给他打电话，现在就打卢克的手机。"

我按着马修的话做，手在发抖。"拜托，拜托，卢克。"

"没人接。"我转向马修，心跳加速。还有胆汁的味道。脸上所有肌肉都在疼痛。不明白……我耳边响起了卢克的语音信箱。

"试着打打店里的电话，尝试冷静下来。艾拉，尽量让声音平静下来……你儿子认识安娜吗？"

"不，不，绝对不认识。我是指，如果卢克认识安娜，他会说出来的……"我正在查看照片上的日期，是同一年……

马修再次和梅兰妮·桑德斯通话，这时我又拨了电话。"对的，是长焦拍摄，梅尔。但是蒂姆可能在目击者艾拉·朗菲尔德的花店里。特伦代尔大街。梅尔，她儿子现在一个人在店里。他叫卢克。这是紧急事件。没有警报器……"

"我不明白……"现在轮到我在自言自语。电话响了，但无人接听。"我的卢克？为什么是我的卢克？我一点也不懂。"

第四十八章　卢克

卢克对自己还是满意的。杰西卡看起来挺不错，就是身形有点娇小，似乎不太喜欢搬东西。她抱怨着十岩活动耗尽了自己的精力，累得不行，所以，帮助运货可能是个问题。卢克注意到，她的指甲也很长，这也可能会造成一些困扰。但是她人很好，是本地人，态度也非常友好。杰西卡说不介意早起，也需要赚钱。妈妈会喜欢她的，所以他一定会把她的简历留下来。

卢克看了看手表，下一个是蒂姆。他迟到了，这不是一个好兆头。妈妈喜欢守时的人。

这两个人都是从脸书小组看到招聘广告的，他俩都和卢克在同一年参加过十岩活动，尽管他已经记不得杰西卡或蒂姆了。参加的人很多，但是任何能直面十岩活动的人都很有毅力，会遵守承诺。这真是筛选的好方法啊。是的，卢克一想起来，就觉得很高兴。"有一份不错的兼职工作，在特伦代尔商店工作。如有兴趣请给我发信息……"卢克很高兴自己的学业越来越好，他也不想直接撂挑子走人，让妈妈难堪，卢克也想感谢妈妈对他的支持。但是，没有多少年轻人愿意这么早起床工作。如果妈妈不喜欢杰西卡或蒂姆，再让她自己招人。

卢克瞥了一眼商店后面，咖啡快做好了。很好。他喘着粗气，整理着柜台上的杂物，发现地板上陈列的一朵玫瑰羞愧地低下了头。卢克把这朵玫瑰从水桶里拿了出来，然后移到后面的花瓶里。晚点再试试看怎么挽救这朵花。这一刻，他想到了埃米莉。就在去年情人节，他送给她一朵玫瑰。发生了这么多事之后，他们一起出来喝了杯咖啡，卢克很高兴能好好谈一谈。埃米莉知道了卢克有多么在乎她，为她经历的一切都很抱歉。埃米莉现在没有上学，正在休假，去短途旅行了，和一位在法国的阿姨待在一起。埃米莉还不想和任何人谈恋爱，但说卢克可以给她写信。卢克听到可以写信还是很高兴的。然后商店的门铃响了。卢克笑着，又想起了妈妈，她真的非常喜欢这种复古的声音……

起初，卢克没有想到眼前这人会是蒂姆，还以为这是一位顾客，因为蒂姆看起来比实际年龄大……

"嘿，我叫蒂姆，是这里在招聘吗？"蒂姆伸出手，卢克和他握了手，试着掩饰吃惊之情。这个男孩的方方面面都比实际年龄显得要成熟，无论是衣服、头发，有点灰暗的皮肤，还是凹陷的眼睛。

"对的，是这儿，太好了……感谢你过来。"

卢克对他讲着这份工作的信息——工作时间还有职责。卢克请蒂姆坐在柜台旁的凳子上。只需等十分钟，他们就关店，中间有半小时的时间可以吃午餐，好好聊聊天。

一个女人进来了，看看有什么物美价廉的商品。"有什么在打折吗？"卢克给她看了看向日葵。向日葵很引人注目，华丽卓绝，有八折优惠。顾客接过了花朵。蒂姆看着卢克用薄纱包着花，然后整理着现金和零钱。

卢克告诉蒂姆，他妈妈在周六一早还有偶尔周日，需要人来帮助整理箱子，做些常规分类，做橱窗展览时，还要在店前帮忙。

"你愿意来工作吗？"

"哦，是的。我之前在报刊店工作过。"

"好的。那很棒。"

蒂姆有点古怪，但很难说到底哪里奇怪。接着蒂姆身体前倾，身体的气味扑来，体臭很严重。那不行了。卢克往后靠了靠，勉强挤出笑容。他妈妈不会喜欢，蒂姆出局了。但他会有礼貌、有策略地拒绝，话语尽量简短。

"所以你不记得我了？我也参加了十岩活动。"蒂姆盯着他。

"不记得，朋友，真抱歉。但是有那么多人参加。实际上，我参加过两次，第二次的路线还更长。你呢？"

"我只参加了一次。我是同一年参加的，"蒂姆停顿了下，"和安娜·巴拉德是同一年。"

现在卢克没有说话。蒂姆故意盯着他，眼都没眨一下。

卢克盯了回去，开始明白了。卢克眯起眼睛，思考了一会儿。蒂姆非常仔细地看着他，真的很奇怪。

"所以你是名记者吗？"

"不，我不是。"

"好吧，蒂姆。你知道吗？我觉得你不适合在这里工作，不是冒犯，但是……"

"你告诉我你不记得安娜·巴拉德了？"

卢克再次沉默。"什么鬼，这到底怎么回事？我不知道你到底什么意思。但我不会再因为安娜·巴拉德的案子，让我妈妈很沮丧了。不如请你离开好吗？"

但现在蒂姆从口袋里掏出一张照片。

"解释下。"

蒂姆"啪"地把照片拍在柜台上，卢克忽地有点迷茫。照片是在十岩活动的颁奖典礼后拍的，人很多，有几十个人。卢克扫了下照片上的面孔，眯起眼睛，终于认出了徒步队的两个队友，是安迪和杰夫。他们右边是一群女孩。是的。卢克靠得更近，其中一个……看起来确实像安娜·巴拉德。真是震惊，他当然在新闻上看过她的照片，但是卢克完全不知道他们在同年参加了十岩活动……

"听好了。我不知道安娜·巴拉德那年也参加了活动，而且我不知道你为什么把这张照片带来。但我不会和你讨论这个问题。知道吗？你该走了。马上、立刻。"

蒂姆接着慢慢后退，卢克想："谢天谢地，这家伙真是个疯子。"但是，蒂姆没有离开，反而把门上的门闩闩上，把店门挂的牌子翻到另一面"关闭"。

"你在做什么？"

蒂姆现在就站在门边，盯着卢克。

"哇哦。"现在卢克意识到了当前情形有多么严峻。他进一步在想怎么解决这个问题：这个家伙身材不高，也不强壮。卢克觉得自己能把他扛出店外，看看他会不会滚开。或者，也许他不得不报警。但蒂姆慢慢地从右口袋里掏出了一把刀，眼睛凸起，锁定卢克。

"去后面。现在。"

卢克看了看这把锋利的刀，正在考虑自己的选择。后门。电话。把刀从这家伙的手里踢出来。现在，卢克慢慢地举起双手，放在腰部的高度。"好的，伙计。我们先平静下来……"

"我说走到后面。"

卢克缓慢向后走。他不能冒险，因为不一定能躲开刀。他现在想起后门是锁着的。天啊。

"你和安娜，她喜欢你。她以前和你说话。我看到你们了，我监视了，我想起来了……"

"没有，伙计。真的，我很抱歉，但是你错了。我记不得她了，只是那时每个人都很开心。"

"你在撒谎。"现在蒂姆怒目而瞪，愤怒狂暴，"我监视着她。我知道……"

然后，蒂姆突然猛地向前冲去，用刀砍了卢克的右胳膊。只砍到了表面，立刻一阵剧痛，血立即流了出来。

卢克站在他妈妈的工作台旁，向左望去。想起来了，卢克很快就抓起了咖啡壶，把灼热的液体向蒂姆猛泼过去。其中一些泼到了蒂姆的腿上，他痛苦得大叫起来。但是，没有泼到脸，蒂姆又刺了卢克一刀。这次是卢克的大腿火辣辣地痛，鲜血迅速渗到裤子上。

他们现在都躺在了地板上。卢克努力站起来，感觉大腿很湿。他试着站起来，但是极其疼痛，接着他的肩膀又挨了一刀。

然后，卢克只是一瞥，发现他妈妈用来检查花形的镜子上反射着红色的光芒。那是他妈妈最喜欢的修枝剪手柄。卢克可以看到架子下方有着亮红色的手柄。卢克利用镜子的反射来感觉它们，伸展，再伸展，向后一摆。刀片深深刺入肉体，真是可怕，眼前一片漆黑。

尾声
艾拉

趋势又发生了改变。今年秋天的新娘似乎想要更多白色。以前秋天的新娘喜欢一大片丰富、温暖的颜色，现在的新娘只是希望加上一抹这样的颜色：橙色、深紫红色、铁锈色和南瓜色。我会选择较为温柔的乳白色，因为搭配起来效果更好，拍摄后看起来尤其棒。我们有一个非常好的供应商，为我们提供非洲菊和大丽花，色彩鲜艳、华丽、大气。我会经常使用这两个品种的花。

实际上，我不介意采用更多白色。白色是这么的简单、经典，而我喜欢各种各样的白色。托尼说："白色不就是白色吗？肯定的。"我说，你看看画表是怎样的一种白，白玫瑰又是怎样的一种白，白郁金香呢？

今天，我在工作台上放了各种各样的白色，用作顶级餐桌的中心装饰。这是我最喜欢的设计之一：刚刚还是花蕾的白玫瑰微微张开，搭配如同正在燃烧着的橙色马蹄莲，添加了一抹别样的色彩。非常简约，但又很醒目。

我在喝今天的第三杯咖啡，工作速度比平常慢。这些天的工作方式似乎都是这样。我的思绪经常不自主地就漂泊到他处，总是情不自禁地做很多白日梦。

现在我停了下来，盯着手中新的修枝剪。我对手中这把修枝剪还是有点陌生。我不确定警察是否会归还我之前的那把。那把修枝剪现在是证物了。我并不是一定要把修枝剪拿回来，我只不过是想回到我们以前的生活。

以前……

我看了看时间，还有一个多小时就要关门了。我叹了口气，必须抓紧了，完成这笔单子，然后放入冷藏箱。在快结束营业时，尤其是下雨天，就不会有什么生意了。真是有趣，天气这么能影响人们的购买行为。

我听到门外有沙沙声。真是惊喜，这么晚了还有顾客来。顾客摇了摇铃铛，晃了晃雨伞。我站起身来，走到柜台，看着她……

震惊，是经历的众多震惊之一。

有那么会儿我们只是站着，四目相对，我不知道该怎么办。眼泪涌出，我想是因为惊呆了，但感觉于事无补。我在想她为什么会出现在这，她在这里我很紧张。

我看着她，都能听到自己的心脏在跳动。我记得马修在电话里的声音。

警方在冷冻库里找到了安娜的尸体，是在蒂姆的秘密公寓。根据蒂姆爸爸的遗嘱条款，蒂姆应该把这个公寓出租，一直作为完成大学学业的资助，但蒂姆却把这里用作秘密基地。在这所公寓，警方发现蒂姆的日记里全都是照片，其中都是疯狂和令人咋舌的抱怨和咆哮。安娜还很小时，蒂姆就开始监视着她，并拍摄她的照片。蒂姆讨厌安娜和其他人聊天。他一直都在记录，监视，总是监视……

显然，蒂姆有时会和安娜一家一起吃晚饭，然后又假装回家，但实际上他会在山脊上一栋古老的牧羊人石屋里露营。在那儿，蒂姆监视着安娜一家在楼下厨房的动静，监视着安娜，直到她上床睡觉，并在日记中做笔记。

"艾拉，很抱歉让你吃惊了。你有时间吗？"

我要说什么？

我看着她。她眼睛凹陷，神情悲伤，永远变了。我在想我们之间能有什么话可说，想知道她为什么在这里。

"当然可以。来店后面吧。我原本快要关店了。"又是礼貌在作祟，我总是讲究礼仪。

我走到门边，将店门上的牌子换到"关闭"一面，然后停顿了片刻，闭上眼睛，回想起曾经的事情。真是不愿回忆，梅兰妮·桑德斯警长站在他们门口，宣布了案情的最终结果。

在这个案子后，梅兰妮·桑德斯晋升了，但她告诉马修自己并不想要晋升，因为觉得破案不是她的功劳，而是马修的。马修在给她讲道理，但我确实理解，上前一步要进行很大的心理斗争。梅兰妮仍然希望马修能重返警署，但他还不能决定……

我把备用凳子挪到后面的工作台，但是芭芭拉选择站着，也不喝咖啡。

我在想，如果是我提问，开始闲聊是否合适？她是如何面对的？但这么问又有什么意义呢？其他人会怎么办呢？我决定等待。即使她不坐，我也需要坐着。

"卢克怎么样了？"

她来就是为了关心卢克吗？我不这么认为。但是我想到卢克，想到安娜，就会感到内疚，同时我也高兴，我的孩子能够活下来……

"好了一些，谢谢。他现在可以不用拐杖了，肩膀还有点麻烦，另外还挺跛的。卢克在理疗，希望……"

"很好。听到他在康复中我很高兴。"

果然关心卢克不是她来这里的原因。"她为什么来这儿？"

"巴拉德太太，我真的很抱歉安娜的事。"

"芭芭拉，请叫我芭芭拉。"她看向别处。

我现在破音了，所以没有说话，喘了口气。

"我是第一个把他带进家里的人。你知道，我说的是蒂姆。"她的嘴向左抽动，"我把他带进我们家，认识珍妮和安娜，还有她们的小伙伴。我看到蒂姆很心疼，他妈妈从来不关心他，总是和她的情人们在一起。你知不知道，她和我丈夫还有过一段。对不起。我不知道为什么要告诉你这些。"

"对不起。"

马修告诉了我所有的事情，包括蒂姆写的日记。蒂姆在他妈妈房间里设置了摄像头，用来勒索她的情人，赚了一些钱，然后抓到了一个他没料想到的人……

我们再次四目相对。我看到她点头时嘴唇在发抖，急促的点头，仿佛在说着："别让我哭。不要说出他的名字，拜托了……"

"所以，最后证明是我的错。蒂姆，我总是很心疼他。即使蒂姆还很小的时候，他也总是一个人在村子里逛。我以为我很善良，把他养大，带他融入我们家庭。但是，"她停顿了下，"事实证明这是我的错……"

"你一定不要这样想……"

很多人也是这么对我说的，听到这些话都觉得遗憾。大家都知道，内疚有内疚的原因。

"他想回来，我的丈夫。"芭芭拉看着地板说道，"有趣的是，我真的也在考虑。我想念他。"

我发现我想碰碰她的手臂，安慰一下之类的。但我没有。

我在想她会不会上庭。马修说，提出的指控是谋杀和企图谋杀。蒂姆预计会提请减少罪责，但马修认为应该坚持谋杀罪的指控。事实证明，蒂姆盘算着设立了在苏格兰的不在场证明，这简直令人发指。蒂姆挑选了一个户外的活动中心，他知道这个徒步聚会的记录只有第一天才会登记。蒂姆在安娜伦敦行之前的三天预订了这个徒步活动，据称该活动需要一周时间，但他只待了二十四个小时，不过也足够在社交媒体上发两三张照片了，再小心翼翼抱怨下无线网络信号不好，假造出足够的"在场"证明来愚弄警察。那时警察只是粗略地检查了他的不在场证明。后来警察检查了所有的监控录像，证实了蒂姆实际上回到了康沃尔，藏在最后一批乘客中，潜入了去伦敦的火车，还穿着连帽衫、戴着太阳镜进行伪装。然后，他跟踪着安娜和莎拉，从伦敦西区剧院来到俱乐部。

现在还不清楚蒂姆为什么要杀死安娜。他的日记杂乱无章、含混不清，日记里透露出只要其他人看着安娜，蒂姆就变得分外痴狂。

我无法忍受这一切，尤其是我可怜的卢克现在还必须要提供证据。什么是真心话？真心话就是我希望蒂姆死了，永远也不要从昏迷中醒过来。这样一切才真正都结束了。

有很长一段时间巴拉德太太什么也没说，沉默良久，时间长得难以置信，所以我只能叨叨着，什么我为婚礼准备的花朵是我喜爱的马蹄莲，我尤爱它那丰富、浓郁的颜色，那是深紫红色和紫色。

"我有件事需要告诉你。这就是我来这儿的原因，艾拉。可以叫你艾拉吗？"

"当然。"我弄平裙子的面料，又担心又好奇。

"我在打扫珍妮房间时，发现了一些东西。"

我皱起眉头。

"是黑色的明信片。"

再次沉默。

"我已经和珍妮谈过了，她最终都崩溃了，坦白了一切，似乎是珍妮给你寄了前两张明信片。她非常抱歉，很惭愧。她那时只是太生气了，想找出气口。当然这不是借口。但是她太年轻，又很抱歉。"

"所以那是珍妮——安娜的姐姐干的？"

"恐怕还有其他隐情。"她撸了下鼻子，"那时你让马修来找我，珍妮惊慌失措。我告诉她，你怀疑我。你知道，我为此还很生气。所以，珍妮决定向某人倾诉，一个亲近的人。"

"哦，我的天。"

"蒂姆？"

"是的。很不幸，是蒂姆。好像就在那时他对你越来越感兴趣，然后决定自己再寄一些明信片，也开始监视你的商店。想法真是扭曲。我们完全不知情，但是警察说蒂姆心理很不正常，痴迷于监视人。他就是这样认出了你儿子。从十岩活动开始，也开始监视他了。蒂姆让自己也陷入了一片混乱、两败俱伤的局面……"

我做了个深呼吸，都能感觉肺部的形状改变了。我在想，为什么蒂姆会对我们感兴趣。

"所以，如果你想把事实都告诉警察，我也完全能理解。"芭芭拉的嘴唇在发抖，"因为你可能会觉得这是珍妮的错，让蒂姆最后注意到了你儿子。"

所以，终于我明白了。

马修说，他们在蒂姆的电脑上找到了数百张照片，有派对上的，有十岩活动的，还有在学校的照片。蒂姆如果觉得有任何男生对安娜感兴趣，就会在他们的头像旁边加上照片，写上暴力的评论。哪怕有的男生只是和安娜说了说话，并没有其他意思。不管对话内容多么简短，蒂姆也会把这些男生加入清单。卢克只是倒霉，他真的不记得见过安娜或和她说过话。

我低头看了会儿地板。我想起卢克，两周前他终于可以不用拐杖，能独自走过房间，真是为他骄傲。他跛得很厉害，但我们都假装一切都会过去，真的希望如此。卢克大腿上也留下了个可怕的疤痕。

"谢谢你来告诉我这些，但没有必要告诉警察，没有什么用。"我在想，珍妮还很年轻，告诉警察又有什么意义呢？如果警察认为所有明信片都是蒂姆寄的，又有什么关系？

巴拉德太太闭上了眼睛，紧张的肌肉一波一波地松缓了下来。首先是脸部肌肉，再是脖子上的，还有肩膀的。"谢谢你，艾拉。"

我估摸着芭芭拉要离开了，但她还站在这儿。我不知道她在等什么。

她看了看柜台，看向了放有展品的冷藏箱。

"警方现在解禁了安娜的尸体，要准备葬礼了。"

"哦，我的天……"

我又在挣扎了。如果我崩溃了也只是无济于事。我的悲伤帮不上任何忙。

"殡仪馆馆长昨晚来和我们讨论了所有细节。"

芭芭拉顿了一下。我什么也没说，找不到任何词句，是的，没有一个词。一片安静。

我想起了火车上的安娜，绿色的眼睛，明亮又美丽，兴高采烈的样子。才十六岁……

"是这样，他给我看了一本册子，是关于在棺材上要放的花。"芭芭拉的声音仍然平稳，但眼泪从双颊流下，"真可怕，艾拉，这些花太可怕了。"

"为什么？"

芭芭拉仍然盯着冷藏箱："我知道这么说很荒谬，因为大家认为花圈就是惯例。但是我不希望这场葬礼上出现花圈。我不能看到这么悲伤的东西，花圈是给逝去的成年人准备的。这么可怕。我不希望我女儿的棺材上有花圈。"

芭芭拉回过头，发现我一脸困惑。

"你知道安娜还这么年轻，年纪太小了，承受不起花圈。你不觉得吗？"最后，芭芭拉用手擦了擦脸。

我还是不知道该说些什么来安慰她。

"我以前来过这里一次，我想起你的橱窗陈列，非常特别。那是为春天而做的作品。层层叠叠的绿色植物，仿佛一座座山丘，又像是片片草地。上面缀有野花，有月见草、野蒜，还有树篱花。"

"那是为了比赛做的。我想起来了……"我还在那次比赛中得了奖。

"真的很漂亮。我在来这儿的车上，就在想着这才是我想要的，是适合安娜的。就像是绿色的植物和草地的野花织成的毯子，一点也不像花圈。我知道要求得有点多，也许我根本都不应该说，毕竟事情都已经过去了，你……"

"这是我的荣幸。我很高兴能为你做这些事情。"

我们最后一次四目光相对。

"当然了，不论要花多少钱，我都愿意支付……"

芭芭拉留下了她的电子邮件地址，我告诉她会给她发设计初稿，从而最后确定。我已经决定不收取她任何费用了。一分开，我的思绪便开始驰骋，已经在脑海里构思草图了，做着计划，并思考如何把所有的绿色植物通过某种网来编织，折叠作为打底。就像一块草地，是的。那月见草呢？我认识一个供应商，人工养殖了月见草，在温室里栽培。我会订购几十棵，把他有的都订购来。

我在本子上做着笔记时，已然泪流满面，知道这次的作品真很特别，和我以前的都不一样。

我完全明白，要掩盖悲伤，需要用到橡木，还有黄铜把手，这些带有一丝他们家附近草地的香味和动人之处。

上面再点缀以月见草和风铃草、野蒜、剪秋罗，还有粉色、浅黄色和柔白色的花瓣。这都是为了一个美丽的女孩而准备的，她香消玉殒太快了。

为了一个女孩，"是的"。

她还太年轻了，承受不起花圈。

作者的话

非常感谢您阅读了这本《意外的目击者》。这本书的出版对我而言分外特别，这本书从最初的想法到现在出版已经过了许久。

有一天我去伦敦旅行，当时真的有两个年轻人拿着黑色的塑料垃圾袋。我知道原因后，既有少许的不安，但又着实好奇，所以我那写作的大脑就开始运转了。在那段真实的旅程中，并没有发生什么特别的事情，但想象力很快就毫不停歇地驰骋开来。如果发生了这件事会怎样，如果发生了那件事会怎样……

当时我还因为各种各样的写作项目忙得不可开交，所以最初打算把这个想法写成一个短篇小说。但安娜这个角色让我魂牵梦萦，对我的影响非常强烈。我知道我还有更多话要说，这个故事必须得写成一本书。

所以，您会了解，一个想法从萌芽到成长是多么特别。再次感谢您能阅读，如果您喜欢这个故事，请在亚马逊上写下一条评论，我将不胜感激。此举将有助于其他读者发现我的作品。

我也很想听听读者们的意见，请随时与我联系。您可以访问我的网站（www.teresadriscoll.com），也可以在推特上关注

我（@TeresaDriscoll）或访问我的脸书主页（www.facebook.com/
TeresaDriscollAuthor）。

祝大家一切顺遂。

特蕾莎

致谢

写作是件孤独的差事，所以我必须感谢我非常棒的家人和所有朋友。我时常"消失"，躲在办公室，在想什么时候能打下"剧终"二字。在此期间，他们给予我诸多支持、信任和宽容。

我还要特别感谢才华横溢、无比耐心的两位编辑：简·斯内尔格罗夫和苏菲·米辛。正是他们的精心呵护和远见卓识才能有这本书的问世。他们在我垂头丧气之时，抚慰了我敏感的神经！真的非常感谢你们两人。

我还要向所有支持我写作的善良读者和博客作者欢呼致谢。你们的反馈和支持就是我的全世界。

最后，还要对我出色的经纪人玛德琳·米尔本的大声感谢，你从写作伊始直至完稿始终支持着我。这都是你的功劳。